왼손잡이는 꿈을 잘 기억한다

왼손잡이는 잘 기억한다 꿈을

김성중 소설

문학동네

차례

유령들 ◦ 007

새로운 남편 ◦ 045

왼손잡이는 꿈을 잘 기억한다 ◦ 089

서풍 ◦ 125

귤락 혹은 귤실 ◦ 163

도트와 프랭크 ◦ 191

맥주의 알 ◦ 225

맨발 교실 ◦ 253

해설 | 소유정(문학평론가)
One More Chance ◦ 305

작가의 말 ◦ 323

유령들

아이들은 자기에게 꼭 맞는 관을 도처에서 찾아낼 수 있다.
누워서 천장을 바라보니 그때와 똑같은 느낌이 든다. 나는 보이지 않는 성냥을 켠다. 탁탁. 기억의 불꽃을 점화하기 위해. 숨바꼭질을 할 때마다 우리는 죽은 존재였다. 웃음도 숨소리도 누른 채 부활을 위한 작은 죽음에 들어가는 것. 세상 구석구석에서 아이들은 이 짜릿한 틈새를 얼마든지 찾아낼 수 있다.
그러나 아이들은 자기가 숨던 묘지를 곧잘 잊어버린다. 가을철 주워모은 도토리를 이곳저곳 묻어놓고 찾지 못하는 청설모처럼. 그러면 가위춤만큼 벌어졌던 틈새는 닫히고 묘지는 아이들을 잃어버린다. 여기는 피아노 동굴 속 같구나. 뜻밖의 말이 떠오르자 기억이 묻힌 자리가 선명해진다. 친구네 집, 이층으로 올라가는 계단, 방의 어둠 속으로 가라앉은 피아노, 뚜껑을 열면 드러나는 검고 하얀 여든여덟 개의 이빨. 그 사물은 예배당처럼 신성했다. 그토록 커다란 물건이 오직 음악이 나오는 순간만을 위해 만들어졌다는 사실이 특히 압도적이었다.

그날은 친구 생일이었기에 우리는 촛불을 켜고 손뼉을 친다. 음식을 먹고 숨바꼭질 놀이를 한다. 술래가 숫자를 세기 시작하고 나는 피아노 방으로 올라간다. 등받이 없는 좁고 긴 의자 밑으로 들어가 건반 아래의 움푹한 곳에 눕는다. 그러고서 발을 쭉 뻗었더니 놀라워라, 내 키에 딱 맞는다. 나는 의자를 안으로 당기고 몸에 힘을 뺀 채 천장을 올려다본다. 문득 테세우스 모험에 나오는 거인의 침대가 떠오른다. 침대보다 큰 사람은 다리를 잘라서 맞추고, 작은 사람은 몽둥이로 늘여서 맞추는 거인. 그 앞에 침대에 꼭 맞는 사람이 나타난다면 어떻게 할까? 뒤통수를 긁으며 그냥 내려가라고 할까?

그래서 내가 완전히 죽지 않은 것일까?

죽음은 무엇인가. 관에 누워 나는 생각한다.

생몰 연대를 표기할 때 오른쪽 괄호에 해당하는 것? 그렇다면 나의 오른쪽 괄호는 닫히다 말았다. 이렇게 옆으로 누워서⋯⋯ ‿ 웃는 입술이 되었다. 지금의 나는 괄호의 입꼬리를 타 넘고 어디론가 새어나간 것 같다.

죽은 다음에도 의식이 흩어지지 않는다는 것과 그 의식에 기대어 여전히 떠오르는 기억이 있다는 사실 중에 어느 쪽이 더 놀라운지 모르겠다. 나는 귀도 없는데 들리고 뇌도 없는데 생각한다. 계속 생각하고 있다. 장례식이 지루하다고.

레지오 단원들의 연도 소리를 듣고 있자니 진저리가 난다. '깊은 구렁에서 주께 부르짖사오니'로 시작하는 시편은 내 평생 싫어했는데, 계속 듣고 있으려니 죽을 맛이다. 무성에 가까운 늙은 여자들의 목소리. 그녀들은 일군의 죽음-낭송 전문가들로 남자들보다 노련하다. 인생에 남은 사무라고는 죽음밖에 없는 자들이 따박따박 보험금을 넣듯 영안실에 죽치고 있다. 다들 어서 임종의 허들을 넘어 내 옆으로 오면 좋을 텐데.

죽어서도 심술궂은 내 모습에 넌더리가 나는데 마침내 딸이 들어온다. 화장하라고 당부했건만 기어코 내게 무덤을 만들어주려는 모양이다. 딸은 '장소'가 필요한 것이다. 엄마라는 상징물이 묻힌 자신만의 장소가.

눈에 흙이 들어가기 전에 주검에서 일어났다.

망자에게도 선택에 따른 결과가 있고 그에 따라 사후 세계가 달라진다는 것은 당사자가 되고서야 알았다. 내 첫번째 선택은 아홉 살 딸과의 약속을 지키는 일이었다. 그림책을 읽어주는 도중 딸이 문득 이렇게 물은 적이 있다.

"엄마, 사람은 죽으면 어디로 가?"

"갈 데가 없지. 영혼은 원래 육신에 붙어 있는 건데 육신이 더이상 없잖아. 존재의 집이 없어지는 셈이랄까."

나는 딸이 아기였을 때부터 어른 대하듯 말하곤 했다. 그애는 제 나이가 아니라 엄마의 언어에 맞춰 컸다. 눈을 깜박거리며 생각을 감아쥐던 딸이 말했다.

"그때는 내 그림자로 와."

'그때'란 내가 죽어 몸이 없어진 때일 것이다. 늦둥이로 낳았더니 엄마와 지낼 시간이 상대적으로 짧다는 것을 눈치챈 걸까? 얼른 대답을 내놓지 못하자 딸이 설득하듯 덧붙였다.

"같이 있을 수 있잖아. 밥도 같이 먹고, 학교도 같이 가고. 약속해."

"그래, 약속."

이렇게 손가락을 걸던 아홉 살짜리는 눈앞의 중년 여자 마트료시카 어딘가에 들어 있다. 아무리 나이를 먹어도 나는 딸의 얼굴에서 어린 시절의 이목구비를 단번에 되살릴 수 있다.

그림자에 들어가는 방법은 혼자서 파스를 붙이는 것과 비슷하다. 우선 그림자의 발 부분에 내 발을 겹쳐놓고, 접착될 때까지 지그시 누르며 기다린다. 붙었다 싶으면 남은 부분도 천천히 들뜨지 않게 붙인다. 갓 육신을 떠난 영혼에는 도배용 풀을 바른 벽지처럼 점성이 남아 있어 원하는 곳에 붙을 수 있다. 못 믿겠다고? 죽어봤어야 알지. 관 속에서 우물쭈물 썩을 날만 기다리다보면 내 말이 떠오를 것이다.

아늑한 그림자 속에 누워 두 다리를 쭉 뻗고 있자니 피아노 생각이 난다. 참으로 신기하지 않나? 나보다 훨씬 큰 딸의 그림자가 재단한 옷처럼 꼭 들어맞다니. 오후 햇빛이 마법을 부린 건지, 유령인 내게는 길이랄 게 없어서 그림자에 알맞게 분포된 것인지 궁금하다. 몸도 없는 마당에 물리적인 고민은 쓸모없는 짓이지만 생각 말고는 달리 할 것이 없으니까. 죽은 자의 지혜란 여기에서 기인한다. 한번 떠오른 생각이 신체감각으로 인해 중단될 일이 없으니 계속 이어지는 것이다. 기차로 치면 선로 변경이 없는 셈이랄까.

나는 그애를 임신했을 때처럼 한몸이 되어 지낸다. 정오에는 선명해지고, 오후에는 길쭉해진다. 밤의 스탠드 앞에서는 벽지에 스미고, 어둠 속에 파묻히는 순간에는 느닷없이 춤추기도 한다. 관절이 없으니 쑤시지도 않고 좋다. 내가 없는 세상에서도 딸은 잘 살아간다. 유품 가운데서 남길 것은 남기고 없앨 것은 없앴다. 낡은 책상은 버렸지만, 남편이 내게 선물한 의자는 그대로 사용한다. 의자에는 내내 걸치던 내 카디건을 걸어놓았다. 딸이 카디건을 쓸어보며 눈물을 흘릴 때마다 내 가슴이 미어진다. 미어질 가슴도 없지만. 감정을 표현하는 말에는 왜 이렇게 신체가 많이 들어가는 것일까? 보이지 않는 감정을 드러내기 위해 보이는 그릇인 몸에 실어 담은 것일까? 원래는 '애간장이 녹는다'라고 하려다가 내 애(쓸개)와 간장(창자)은 벌써 썩어 문드러졌으리라 생각하니…… 관두자. 그림자 대신 저 늘어진 카디건에나 붙을 걸 그랬다.

카디건을 볼 때마다 애착 이불이 떠오른다. 여우가 그려진 이불은 일 때문에 자주 집을 비우는 엄마를 대신하는 보드라운 대체재였다. 지금은 카디건이 그 노릇을 하고 있으니 인간이 생애 주기 동안 사용하는 습관은 얼마나 일정한지 놀라울 따름.

딸이 도서관에 가지 않았다면, 도서관에서 마지를 만나지 않았다면 나는 언제까지고 그림자에 붙어 있었을 것이다.

아침의 도서관은 전날의 책들을 정리하는 사서의 발소리로 활기차다. 책 수레의 바퀴가 돌아가고, 서가에 책이 꽂히는 기척이 들려온다. 이것은 도서관이 기지개를 켜는 신호로, 난 항상 이 소리를 좋아했다. 흐트러졌던 책들이 제자리로 돌아가는 모습은 왜 이렇게 흐뭇한 것일까? 도서관의 책들에게 저마다 자기 자리가 있다는 것, 그것은 이상하리만큼 안도감을 준다. 피츠제럴드는 피츠제럴드의 자리로, 해러웨이는 해러웨이의 자리로. 떠났던 책들이 돌아오면 서가는 잔물결이 일듯 출

렁이다 잠잠해진다. 나는 책 기둥에 기대어 이 아늑한 공기를 가만히 들이마신다.

딸이 소설 한 권을 뽑아든다. 아야야야, 만드라고라가 땅에서 뽑혀나오듯 잠 속에 빠져 있던 책이 유령만 들을 수 있는 비명을 냈다. 내가 읽어본 적 있는지 표지가 익숙하다. 저 책을 어디서 봤더라. 기억을 더듬던 나는 충격에 휩싸인다.

……내 책이다. 그 사실이 이제야 떠오르다니, 이런 걸 잊어버릴 수가 있나?

한참 후에야 정신이 돌아온다. 죽기 삼십 년 전부터 쓰지 않았으니 작가가 아니라 '작가였다'라고 말해야 옳다.

난 항상 유령 같았지.

내 속에서 어떤 목소리가 솟아난다. 글을 쓰던 시절의 서술자라고 할까. 특별한 순간이 오면 문장으로 출력하던 버릇, 작가 시절에 만들어진 태엽이 뻐꾸기시계 속 뻐꾸기처럼 튀어나온 것이다.

일에 바쁜 엄마는 자식에게 유령이고, 글을 쓰지 않는 작가는 독자에게 유령이다.

나는 두 유령 상태를 오가며 삶을 부양했다. 한때 작가였던 사람이 삶에 삼켜지는 드물지 않은 결말. 작가였을 때 늘 궁금했다. 더이상 '작'을 하지 않는 작가들은 어떻게 살아갈까? 글만 쓰던 사람은 성분이 변해 있다. 좋은 것이나 드문 것과 부딪치면 문장으로 예열하는 버릇. 그런데 받아 적을 종이를 잃고 나면 그 문장들은 어디로 갈까?

한번은 이런 꿈을 꾼 적이 있다. 늙은 남자가 무대에서 조명을 받으며 흥미로운 이야기를 들려주고 있다. 깨어나는 동시에 이야기는 사라지고 목소리에 담긴 다정한 느낌만 남아 있다. 꿈속에서 저절로 알게 되는 지혜 덕분에 나는 그가 '문체'라는 것을 깨달았다. 이야기를 만들 수 있던 마법이 두 팔에서 빠져나간 후 종이 위의 물자국처럼 목소리만 꿈속에 남겨진 것이다. 그렇게 삼십 년을 살아놓고, 죽고 나서야 서술자의 스위치가 켜진다? 너무하지 않은가.

"청승 떨고 있네."

누군가 끼어든다. 사람 목소리는 아닌 것 같은데. 유령이다. 유령이 있긴 있어! 나도 유령이지만 소름이 쫙 끼친다. 소름 끼칠 피부는 없지만, 은유라고 해두자.

"어머, 미안해요. 혼잣말인데."

헐렁한 통옷을 걸치고 긴 머리가 부스스한 게 영락없는 귀신이다. 읽던 페이지에 손가락을 끼운 책을 들고 있어 저절로 시선이 갔는데 '계류자들'이라는 굵은 글씨 아래 '요괴에서 좀비, 영혼 체인지, 포스트휴먼까지 아시아 귀신담의 계보'라는 긴 부제가 붙어 있다. '책 좋아하는 여자 귀신이구나' 생각했다. 귀신이 귀신 나오는 책을 보고 있다니 어처구니가 없다.

"이 책 꽤 재밌어요. 책장을 입으로 후후 불어 넘기는 대만 여자 귀신도 나온다니까요? 하여튼 산 사람의 상상력이란."

여자는 동의를 구하듯 찡긋 웃는다. '그러면 죽은 사람의 상상력은 어때요?'라고 물으려다 참는다. 다른 유령과 말을 섞는 것은 태어나서 처음, 정확히는 죽고 나서 처음이다.

"정말 내가 처음이에요?"

여자가 되물어 한 가지 사실을 깨달았다. 유령끼리는 입을 열지 않아도 소통할 수 있구나. 물론 발성기관으로 말하는 건 아닐 테지만…… 외계인도 아니고 너무 기괴하다! 슬금슬금 물러서는데 발도 없이 다가온 그녀는 거리낌없이 호구조사를 시작한다.

"보아하니 책 좋아하는 사람인 건 확실하고, 뭐하시던 양반이에요?"

내 책이 여기 꽂혀 있다는 말은 죽어도 하기 싫다. 죽었지만.

"작가였다고요? 이름이 뭔데?"

말해주지 말자. 저 오지랖 넓은 여자의 거미줄에 걸려들기 싫으니까.

"아…… 들어본 적 있는 것 같아요."

유령도 거짓말을 하는군. 그녀가 내 독자가 아니어서 다행이다. 하긴, 이 세상 어딘가에 있을 나의 독자를 만나는 것은 유령을 만나기보다 어려운 일인지도 모르지. 마침 딸이 인문서가 쪽으로 걸음을 옮긴다. 나는 실례하겠다는 뜻으로 묵례하고 딸을 졸졸 따라간다.

여자는 벤야민과 니체의 책 사이에서 고개를 불쑥 내밀었다. 목이 길어진 앨리스처럼. 정말 귀신 같은 모습이라 간 떨어질 뻔, 아니 그림자에서 떨어질 뻔했다. 그녀가 딸을 가리키며 묻는다.

"저쪽은 딸?"

묵비권을 행사하기로 한다.

"딸 그림자에 붙어다니는 거예요? 영 음침한 양반이네."

음침? 머리카락 한 올도 건드리지 않는데 뭘 안다고 평가질인가? 말로만 듣던 악귀인가?

"악귀라니, 되게 종교적인 분이신가보다. 전 마지널리안이라고 할 수 있어요. 줄여서 '마지'라고 불러줘요."

그러면서 마지널리아 Marginalia는 책 여백에 메모하는 행위를 말하는 거라는데("어머, 처음 들어요? 작가라서 당연히 아실 줄 알았는데.") 이 수다쟁이 귀신의 일평생 습관이라고 한다. 스펠링까지 읊어대서 나는 말을 끊기 위해 황급히 질문을 던진다.

"이곳에 온 지 얼마나 되셨어요?"

내 완곡어법은 사실상 죽은 지 얼마나 됐느냐는 뜻이었는데 "모르죠. 죽어서도 내가 시계 달력 보고 살아야 해? 널린 게 시간인데?"라는 시큰둥한 답이 돌아왔다. 사람에 붙어 있는 나와 달리 그녀는 장소에 붙어 있는 이른바 '지박령' 스타일이다. 그러면서 천국은 도서관의 모습일 거라던 보르헤스의 말을 실천한 자신이 자랑스럽다고, 이 도서관을 '천국'으로 고른 것은 장서에 남긴 자신의 메모를 찾아보기 위해서라고 덧붙였다.

"도서관 책은 공공기물이잖아요."

나도 모르게 공격적인 말투가 나왔다. 자기 책도 아닌데 줄 치고 메모하는 인간은 내 평생 혐오하던 치들로, 그들이 표시한 부분은 도무지 동의가 되지 않을뿐더러 끄적거린 내용 역시 유치한 감상일 때가 태반이었다. 그런데도 앞선 독자의 필기는 묘하게 텍스트를 건드려서 자주 걸려 넘어지게 만든다. 정말 쓰레기 같은 짓이다.

이 거부감은 동족 혐오라 할 수 있는데, 말을 뱉자마자 다음 장면이 떠올랐기 때문이다. 반납한 책을 획획 넘겨보던 사서가 글씨가 잔뜩 써진 페이지를 펼쳐 내게 내밀었다. "빌릴 때부터 그랬어요." 반사적으로 잡아떼는 나. 사서는 별다른 대꾸 없이 쳐다보았는데 눈빛으로 전하는 메시지는 이런 것이었다. '너 같은 건 수십 번 마주친다. 너는 도서관을 오염시키는 박테리아 같은 존재다. 너의 잘못을 입증하는 것은 어렵지 않다. 이 자리에서 네가 대출해간 책들을 모조리 꺼내와 필체를 대조해볼까? 하지만 그러지 않겠다. 왜냐면, 너무 귀찮고 하찮은 일이기 때문이다. 경고하는데 다시는 그러지 마라.'

그러고는 책표지에 '훼손 도서' 스티커를 붙이고 자기 업무로 돌아갔다. 이 수치스러운 기억은 문자 그대로 무덤까지 가지고 간 비밀이었는데, 마지를 비난하자마자 보란듯이 떠올랐다. 친해진 다음에 이 사실을 털어놓았더니 그녀는 내 등짝을 치며 요란하게 웃었다. 그 서슬에 간행물실에서 졸고 있던 할아버지가 퍼뜩 깨어 두리번거렸다.

내가 그녀와 친구가 된 것은 어쩔 수 없는 일이다. 마지는 '선배'라고 할 수 있지 않은가. 이것도 새로 시작된 인생이라면 뭘 해야 하는지, 하고 싶은 대로 해도 되는지, 이 시간이 영원한지 궁금했다. 무엇보다도 이것이 가장 궁금했다. 우리는 왜 유령으로 남아 있나?

마지는 구천을 떠돈 지 오래되지 않아 잘 모르지만 그렇게 생각이 많으니 혼백이 흩어지지 않은 것 아니겠느냐며, 어차피 우리에게 미래란 없으니 요령껏 지내면 된다고 대답했다. 구천이 아니라 도서관만 떠돈 것 아니냐고 비꼬자 내 질문에 대한 대답은 오직 책들만이 해줄 수 있다고 응수했다. 그러면서 그림자에서 나와 자기와 함께 지내자고 자꾸 꼬드겼다.

"죽어서도 매달려 있는 엄마라니, 사산된 아기 유령 같지 않아요?"

마지가 이런 말로 도발했을 때 나는 화가 나서 한동안 도서관에 발길을 끊었다.

그러나 마지하고는 대화를 할 수 있다. 다투고 화해할 수 있다. 내 딸하고는 절대로 할 수 없는 일이다. 그애는 산 자이고 나는 죽은 자라서 경계를 넘어갈 수 없다. 밤이 되면 딸은 내가 따라갈 수 없는 꿈속으로 떠난다. 죽어서 강제로 불면증에 걸린 나는 어쩌겠는가? 그림자에서 나와 도서관으로 갈 수밖에.

밤의 도서관은 마지의 왕국이었다. 마지는 책으로 탑을 쌓고 탁자와 의자를 만들어 거실같이 꾸민 뒤 정수기에서 물을 떠와 정화수처럼 내 앞에 놓았다. 우리는 홀짝거리는 시늉을 하며 19세기 러시아 소설에 대한 한담을 나누었다. 달빛을 받아 모서리가 빛나는 책들은 독자가 읽는 순간에만 활성화된다는 점에서 산 것도 죽은 것도 아닌 우리와 가장 비슷한 사물이다. 그렇게 밤새 떠들다가 새벽이면 돌아가곤 했는데, 마지는 엄마한테서 독립하지 못하는 딸 같다고 놀렸다.

"어쨌든 우린 성공했잖아요."

"무슨 성공이요?"

"죽는 데 성공했잖아요."

그녀의 화법에 익숙해지는 데에는 시간이 걸렸다. 마지는 일반적으로 실패로 일컬어지는 것을 모조리 성공이라는 말로 바꾸어 말하는 사람이었다. 그녀에 따르면 '성공'은 도처에 있다. 그녀는 남편과 헤어지는 데 성공했고, 개인회생신청에 성공했고, 암환자가 되는 데 성공했고, 곤경에 처하는 데 줄곧 성공했다. 마지막으로 자살인지 자연사인지 모를 방식으로 죽는 데도 성공했다. 실패한 것은 딱 하나, 책에 대한 미련을 버리는 일이었다. 그래서 성공으로 점철된 일생을 마친 후에 도서관으로 스며들어왔다. 제대로 된 도서관이라면 이런 유령 한둘쯤 붙이고 있기 마련이다.

마지와 어울리면서 생전의 내가 도서관에서 책을 꺼낼 때 서늘하거나 으쓱한 기분이 든 이유를 알 수 있었다. 그러니까, 손뼉 쳐주는 입장이 되어서야 말이다. 우리는 베른하르트와 리스펙토르의 소설을 연달아 대출해가는 여자애를 대견한 듯 바라보았다.

"『데미안』을 볼 나이에 베른하르트라뇨."

"어린 애가 대단하네요."

"리스펙토르를 읽을 수 있을까요?"

"허세라도 인정!"

이렇게 도서관에서 책을 대출해가는 사람들을 지켜보며 중계를 하듯 논평을 주고받았다.

이처럼 뗐다 붙이기를 반복해서 그런가, 내 영혼의 점성도 슬슬 떨어지고 있었다. 그럼에도 자연스럽게 만들어진 지금의 리듬을 바꾸고 싶지 않았다. 낮에는 딸과 돌아다니고 밤에는 마지와 어울리는 일상은 늙고 병든 몸에서 벗어나 홀가분하게 은퇴생활을 즐기는 것처럼 만족스러웠다.

게다가 죽고 난 다음에도 왜 이렇게 재미난 책들이 자꾸 출간되어 나오는 것인지. 과학소설에 맛을 들여 성간 우주여행에 푹 빠져 지내다 양자 우주론에 관한 공부에도 손을 뻗었다. 우주에 관한 책들은 공포 소설보다 유령 독자의 마음을 사로잡는 구석이 있다. 스페이스오페라를 읽는 동안에는 스스로를 유령이 아니라 지구로 귀환할 수 없는 우주인으로 상상할 수 있으니까. 살아 있는 사람도 책에 몰입하는 동안 반쯤은 유령처럼 변하기에, 그들 속에 섞여 책장을 넘기고 있으면 생사의 차이를 느낄 수 없었다. 책을 읽다가 고개를 들면 다 읽을 수 없을 수많은 장서들이 미래의 약속처럼 빽빽하게 펼쳐져 있었다.

신선놀음에 도낏자루 썩는 줄 모른다는 말은 나를 두고 한 말인 것 같다. 그림자로 돌아가지 않은 지 얼마나 지났을까. 보름? 한 달? 결국 사달이 나고 말았다. 오랜만에 집으로 돌아왔으나 그림자에 다가갈 수 없었던 것이다. 딸의 주변으로

종 모양의 유리 덮개가 내려와 보이지 않는 차폐막을 친 것 같았다. 너무 오래 비운 탓이다. 그래서 틈새가 닫혀버린 것이다. 나는 딸 주위를 빙빙 돌며 벌어진 일의 의미를 해석해보려고 애썼다.

살아 있는 딸의 그림자를 은거지로 삼고, 책벌레 유령을 친구삼은 것에 대한 대가로 우주의 미아가 된 것일까? 그림자를 잃어버리는 일은 단순히 장소만 잃는 것이 아니다. 그것은 잠과 휴식의 영원한 박탈이다. 딸의 그림자에 깃들어 있으면 내가 실체 없는 망령이라는 사실을 잊을 수 있었다. 그러나 이제부터 몸이 없다는 현실을 내내 인식하고 지내야 한다. 문득 혼자 돌아다니던 피터 팬의 그림자가 떠올랐다. 피터의 그림자는 웬디가 바느질해주지만 나는 어디서 그런 존재를 만난단 말인가!

허깨비처럼 도서관으로 돌아왔다. 원래부터 허깨비였고, 앞으로도 영원히 허깨비일 거라는 생각에 망연했다. 마지의 모습은 보이지 않았는데, 심상찮은 내 낌새를 알아차리고 어디론가 숨은 것 같았다. 마음 같아서는 마구 소리를 지르고 싶다. 책장을 쓰러뜨리고 책들을 찢어발기고 싶다. 사람들의 뒤통수를 후려치고 싶다. 한마디로 소동을 일으키고 싶다. 그러나 아무런 힘이 없다. 아지랑이보다 실체 없는 존재의 공회전은 나뭇잎 하나 건드릴 수 없었다.

마지가 다가온 것은 자정이 넘어서였다. 그녀는 '자신의 삼년상을 치른 셈 치라'는 위로인지 뭔지 모를 말을 건넸는데, 그 말을 듣기 전까지 삼 년이나 시간이 흐른 것도 모르고 있었다. 시계 달력 안 보고 산다더니 정작 내가 온 날은 기억해둔 것일까.

"딸을 영영 못 보는 것도 아니잖아. 너는 자유롭게 지낼 수 있고 원하면 딸의 마지막 순간에는, 그때에는 손을 잡아줄 수도 있어."

마지가 말하는 '그때'라는 건 딸이 죽음을 맞이하는 순간일 것이다. 딸이 살아 있는 한 세상은 내게 열려 있다. 딸이 이쪽으로 건너온다면 세상은 영원히 닫혀버릴 것이다. 죽고 난 다음에도 상실할 것이 남아 있다니 놀라운 일이다. 이런 생각을 하는 동안 눈물이 작은 폭포처럼 나를 타고 흘러내렸다. 눈물이 닿자 내 발은 녹아버렸다. 이제 나는 마지처럼 발 없는 귀신이 되고 말았다.

"신발을 벗은 거라고 생각해."

발이 없으면 더 자유로워진다고 그녀는 말했다. 거짓말. 그러면서 왜 도서관 밖으로는 한 발짝도 나가지 않는가? 내가 딸의 그림자를 두번째 관으로 삼았듯 마지는 도서관 전체를 무덤으로 삼았다. 아무리 넓고 책이 많이 꽂혀 있다 한들 밖으로 나가지 않는다면 이곳은 감옥에 불과할 것이다.

그러나 나는 감방 동료가 될 생각이 없다.

유령이 하나 더 추가됐기 때문이다. 밑줄 친 페이지를 발견하면 위조수표를 찾아낸 것처럼 얼굴이 밝아지던 자, 수치심을 무덤까지 끌고 오게 만든 자, 바로 사서다. 그 여자가 죽어서 자기 일터로 왔다. 죽어서도 일터로 돌아오다니, 어지간히 볼품없는 인생이다.

마지와 내가 문학 독자로서 800번대에 있다면 사서는 인문학도처럼 주로 300번대에 머문다. 우리가 다가가면 종잇장처럼 얇은 몸을 책 틈으로 숨겨버린다. 사서의 출현으로 나는 이 세계를 이루는 중요한 구조 하나를 깨달았다. 마지와 내가 볼 수 있고 대화할 수 있는 것은 '공명'의 문제다. 나는 사서의 존재를 느끼지만 그녀와 마주칠 수도, 대화할 수도 없다. 그녀가 내게 공명하지 않기 때문이다. 아무튼 사서가 똬리를 튼 이상 도서관은 더이상 마지의 왕국이 아니었다.

보다 근본적인 이유는 따로 있다. 나에게 도서관은 딸의 그림자에서 나와 이따금 들르는 곳이지 영원히 머무를 곳은 아니었다. 도서관은 죽은 작가의 영혼이 책이라는 지층을 이룬 곳으로, 이미 거대한 공동묘지다. 몇 세기의 시간이 누적된 이곳은 역설적으로 '살아 있는 유령'인 나의 생기를 앗아간다. 붙박여 있던 마지가 나보다 옅은 이유도 그 때문이 아닐까?

나 역시 도서관에 뿌리를 내린다면 압화한 꽃에서 색이 빠져나가듯 점점 더 묽어질 거라는 예감이 들었다.

떠나기로 결심했지만 혼자 나설 용기는 나지 않았다. 딸과의 연결이 끊어진 지금, 산 자들의 세상은 외국이나 다름없다. 자국의 길동무가 있으면 안심이 되듯 마지와 함께 간다면 얼마나 좋을까. 그런데 지박령인 마지가 도서관 밖에서도 무사할까? 나 자신의 임상실험 결과만 놓고 본다면 괜찮을 것 같았다. 유령이 되어 각각 애착의 대상과 장소에 붙었을 뿐, 그 자체가 우리의 존속과 직결되지 않는다는 증거니까.

"저기서 바람 좀 쐬고 올까?"

충동적으로 마지에게 말해보았다. '정수기에 물 뜨러 갈래?'라고 말하는 것처럼 가벼운 말투로. 철쭉이 만개한 봄이라 화단이 타오르는 듯 붉고 세상이 온통 초록이다. 그 사이에 소복하게 들어앉은 그네 의자는 아늑해 보였다. 그네에 앉아 보이지 않는 발을 까닥거리며 이야기를 나눠보자고 했지만 예상대로 가볍게 묵살당했다.

그다음에는 마지의 딜레마를 공략했다. 밤낮으로 읽어댄 탓에 마지는 도서관의 흥미로운 책들을 대부분 건드렸고 최소한 일별이라도 해둔 터였다. 지금 같은 속도로 읽다가는 결국 신간만으로 연명해야 할 순간이 올 텐데, 마지는 구닥다리 독자라 동시대의 글을 좋아하지 않았다. 결국 책 읽는 속도를 늦춰야 했는데, 이것은 다이어트처럼 마지의 입맛을 떨어뜨린다. 나는 뱅갈고무나무 화분 아래 권태롭게 드러누운 마지에게 다가가 전에 찾아둔 책을 내밀었다.

아무리 영민한 사람도 주기적으로 기존의 체제에 돌아가지 않고 개혁가와 진보주의자에게만 둘러싸여 산다면, 낡은 견지에서 새로운 통찰로 자신을 바로잡을 총명함을 오래 유지할 수 없을 것이다.

호손의 『블라이드데일 로맨스』의 한 대목에 줄을 그은 마지는 그 밑에 이렇게 메모해두었다.

우리는 반박함으로써 영리해진다. 달리 말해 반박할 것이 없으면 비평적 총기를 잃어버린다. 사실상 총명함의 대부분에 해당하는 것으로 우리에게는 상상의 도약을 위해 부수어야 할 낡은 토대가 필요하다.

"난 이 말에 전적으로 동의해. 우리에게 기존의 체제라는 건 바깥세상이 아니겠어? 도서관에서 고고한 이슬만 마실 것이 아니라 세상의 진부함을 좀 쏘일 필요가 있어. 유령이 된다는 건 완전히 다른 관점을 갖게 되는 일이잖아. 즉, 너와 나는 좀더 심오해졌어. 그런데 시간이 무궁한 백수처럼 판타지만 충족하며 지내기엔 아쉬운 것 같아."

나는 이런 식으로 마지의 허영을 긁어댔다. 마지는 거만하고 콧대 높은 독자여서 현학적인 수사에는 귀를 기울인다. 이후로도 틈만 나면 떠나자고 설득했다.

"딸의 그림자를 잃고 나서 깨달았어. 죽었다고 해서 이 상태가 영원불변하진 않다는 거. 들어봐. 우린 또 변할 수 있고 바뀔 수도 있어. 한마디로 불안정하다는 거지. 유령이란 양면으로 입을 수 있는 옷처럼 취약하면서도 흥미로운 상태 같아. 이걸 시험해보고 싶지 않아?"

"만 권의 책보다 만리의 길이 더 많은 것을 가르쳐준다는 말도 있잖아. 우리는 유일하게 공명하는 사이니까, 새로운 시도를 하려면 혼자보다는 둘이 낫지 않겠어?"

"……그러다가 완전히 죽는 데 성공하면?"

요지부동이던 마지가 마침내 반응을 보였다. 나는 나를 보라고, 그림자와 분리된 채로도 여전히 '보존'되지 않았느냐고 힘주어 말했다. 마지를 압박하기 위해 입 밖으로 내놓은 말들이 이제는 내게 절박한 명령으로 변했기에, 나는 말끝에 쐐기를 박았다.

"어쨌든 난 떠날 거야. 네가 여기 있든 함께 가든. 죽어보니 후회할 일뿐인데 또다시 그러고 싶지 않아."

한동안 우리는 다툰 사람들처럼 대화를 나누지 않은 채 지냈다. 그녀는 어려운 선택을 강요한 나를 침묵으로 비난했고, 나는 꿋꿋이 물러서지 않았다. 막상 떠날 결심을 하자 육체 없는 내가 준비할 것은 오직 용기뿐이라는 사실이 선명해졌다.

이레 밤을 기다린 후 마지에게 작별인사를 했다. 자료실의 스윙도어를 통과할 때까지 돌아보지 않던 마지는 "기다려! 배웅해줄게"라며 다급히 따라나섰다.

도서관은 이중문으로 되어 있다. 나는 단호하게 첫번째 문을 통과했다. 일단 거기까지 따라온 마지는 두번째 문 앞에서는 주춤했다. 실내와 실외를 가르는 중간 지대에서 마지는 정형 행동을 하는 동물처럼 제자리만 빙빙 돌 뿐이었다. 그런 그녀를 두고 나오려니 사라진 발에서 환지통 같은 통증이 느껴졌다. 한마디로 발이 떨어지지 않았다는 소리다.

나는 충동적으로 유리문에 손을 넣어, 마지의 팔을 잡아당겼다. 실뿌리밖에 남지 않은 식물이 툭 뽑히듯이 마지는 쉽사리 내 손에 끌려 정오의 태양 아래 섰다. 반사적으로 얼굴을 가렸지만 별다른 변화는 일어나지 않았다. 그럼에도 우리는 방금 벌어진 일에 압도되어, 발목이 잘린 종이 인형처럼 봄의 미풍 속에 한동안 둥둥 떠 있었다.

발 없는 우리에게 '부유하다'라는 동사만큼 어울리는 표현이 또 있을까. 우리는 하릴없이 부유했다. 막상 밖으로 나오자마지는 호기심과 명랑함을 되찾았고 갑자기 솟구치다 사라지기도 했다. 우리는 공원을 가로질러, 건널목을 건너, 백화점과 공원을 지나, 학교 운동장과 건물 물탱크와 교회 십자가를 통과해 도시의 이곳저곳을 산책했다. 유령에게 축지법과 비행술은 걷기와 숨쉬기만큼 자연스러운 일이다.

해가 지자 지붕이 있는 공간이 간절해졌다. 품위 있는 도시 유령으로 아무데서나 노숙할 수는 없는 노릇이었다. 전부터 눈여겨봐둔 곳으로 마지를 데리고 갔다. 자유로로 나가는 길목에 있는 개량 한옥, 황토를 바른 식당은 재건축에 밀려 비워진 지 오래였다. 마지는 한자로 된 간판을 읽으며 유쾌하게 비웃었다.

"천궁天宮? 하늘궁전? 사이비 종교단체의 아지트 같은 데야?"

"유명한 흑염소 집이야. 이 일대가 재건축 부지로 확정돼서 다른 데로 이전했어."

안으로 들어간 나는 벽에 기대어 주위를 둘러보았다. 달빛이 황토를 바른 벽을 비추자 동굴 같은 내부가 드러났다. 좌식 탁자 몇 개가 놓였을 뿐 실내는 텅 비어 있었다. 뒤뜰에서 염소의 비명이 들리고 털이 그슬리는 냄새가 배어 있는 느낌, 전반적으로 도살장의 분위기가 났다.

"여기라면 아무도 오지 않을 거야. 살던 동네라 잘 알아."

"산 사람이야 얼씬도 안 하겠지. 그렇지만 죽은 자들도 그럴까?"

마지의 말이 무언가를 건드린 것 같다. 맞은편에 놓인 좌식 테이블 밑에서 붉은 불빛 두 개가 번뜩거렸다.

귀신이야말로 다른 귀신을 무서워한다는 것을 우리 꼴을 보고 알았다. 우리는 딱히 원한도, 미련도 없는 초짜 유령이라 진짜 유령다운 유령, 비통한 죽음 때문에 피안의 세계에 들지 못하는 유령을 만날 준비가 되어 있지 않았다. 이 세계에도 서열이 있을까? 그들이 우리를 공격할까? 한번 죽었는데 또 죽을 수도 있나?

얼어붙은 동안에도 붉은빛은 점점 다가왔다. 탁자 밑에서 나와 모습을 드러낸 그것은……

납작한 원통 모양의 로봇청소기였다.

청소기는 바닥의 먼지를 닦기 시작했다.

계속, 계속.

고요하게.

먼지는 사라지지 않았다. 그런데도 로봇청소기는 알파벳 U자를 똑바로 쓰거나 거꾸로 쓰는 것처럼 바닥을 일정하게 왕복하며 돌았다. 놀랄 새도 없이 우리를 통과하더니 벽에 닿자 몸통을 회전시켜 오던 방향으로 되돌아갔다. 숨막히는 침묵 속에서 탐색전이랄 수 있는 시간이 흘렀다.

'소음도 없고, 청소도 안 돼.'

마지가 내 귀에 대고 속닥였다.

'그러게. 전원 버튼이 꺼져 있어.'

나 역시 작은 목소리로 대답했다. 환장할 장도 없지만, 환장할 노릇이다. 고장난 청소기가 뭘 하는 걸까? 그보다 갑자기 왜 살아난 것일까?

'사물에 붙은 유령이 아닐까? 옛날에는 빗자루 귀신이 흔했잖아. 지금은 로봇청소기로 진화했나보지.'

'진화는 생물학적 관점인데 요괴도 진화한다고?'

'귀신이 진화 운운하는 건 말이 되고?'

이런 흰소리를 나누는 동안에도 청소기는 우리를 통과하며 왕복운동을 했다. 청소기와 겹쳐질 때마다 나는 움찔했지만 마지는 꼿꼿하게 허리를 세웠다. 마침내 청소기가 움직임을 멈췄다.

'배고파.'

입도 없는 것에서 말이 나온다. 배도 없는 로봇이 허기진단다. 나 원 참.

'언제 다 치워.'

금방이라도 또르르 눈물을 흘릴 기세다. 저 말에 반응을 해줘야 하나 말아야 하나 망설이는데 마지가 호기롭게 나섰다.

'어이 청소기씨, 여기서 뭐하는 거예요?'

'뭐하긴요. 청소하죠.'

'그러니까, 배터리도 없고 충전도 안 됐는데 어떻게 돌아다니냐고요. 고장나서 사람들이 버리고 간 거 아니에요? 옆구리가 깨져 있던데.'

'나는 너무 작은데, 청소할 곳은 너무 많아요. 나는, 배 터져 죽었어요. 부서져 죽었다고요.'

'로봇이 죽긴 뭘 죽어요.'

청소기의 붉은빛이 한층 강렬해졌다. 째려보듯이.

청소기를 놀리는 마지와 달리 나는 그럴 수 없었다. 강박적으로 집을 치우던 시절이 떠오른 것이다. '불안한 거야.' 단박에 알 수 있었다. '우리 때문에 놀라서 어쩔 줄 모르겠으니까 습관대로 행동하는 거겠지.' 죽도록 일한 날일수록 잠이 오지 않았다. 뇌가 너무 많이 열린 느낌, 의식을 열고 닫는 밸브가 헐거워진 느낌. 그렇게 불면의 지옥이 열리면 나는 청소를 했다. 사물을 정해진 자리에 갖다놓고 쓸고 닦으면 방은 원래의 모습으로 돌아간다. 원래의 모습, 그게 안도감을 준다. 습관은 갑각류의 외피처럼 뼈가 없고 물렁물렁한 자들을 지탱시켜준다. 습관적인 행동은 아무리 쓸모없는 짓이라도 '무기력'을 물리쳐줄 '기력'이기에 소중하다.

'그래요.'

로봇청소기가 가만히 동의했다. 사물과의 공명이 이루어진 것을 어떻게 받아들여야 하나 당황하는 사이에 청소기는 탁자 밑으로 들어가 한참 동안 웅크려 있었다. 다시 나왔을 때는 누런 황토벽 한가운데 빔프로젝터 쏘듯 글자를 비추었다.

깊은 밤 혼자 앉아 있는데 서재는 쓸쓸하며 책상은 얼음처럼 차갑기만 하다. 나는 다만 여우의 겨드랑이 가죽을 모아 갖옷을 짓듯 한 글자 한 글자씩 모아왔을 뿐. 진정 나를 알아줄 자는 꿈속에서 만날 수 있는 귀신뿐이런가.

"포송령이 쓴 자서에 나오는 말이야."

이번에는 마지가 놀라 중얼거렸다. 밑줄이 쳐진 문장 옆에는 휘갈겨쓴 그녀의 글씨가 보였다. 포송령이 누구냐고 묻자 『요재지이』를 쓴 사람이란다. 귀신과 여우와 인간의 삼각관계를 다룬 포스트모던한 청나라 요괴담은 나도 들어본 적이 있었다. 청소기는 어디서 마지가 밑줄 그은 문장과 메모를 찾아냈을까? 여긴 도서관도 아니고 버려진 흑염소 식당일 뿐인데. 그야말로 여우에 홀린 기분.

'천궁'을 나섰을 때, 우리는 뒤에서 청소기의 존재를 느낄 수 있었다.

누가 보면 주인을 따라오는 반려동물인 줄 알았겠다. 마지와 나, 둘 다 청소기와 공명해버린 것은 길고양이에게 밥을 준 것과 비슷한 결과를 가져왔다. 허공에 떠 있는 로봇청소기의 모습은 오래된 SF 영화 속 구닥다리 UFO 같았다. 마지와 나는 서로를 쿡쿡 찌르며 신호를 주고받았지만 짐짓 모르는 척 비행을 계속했다.

우리는 다음과 같은 곳들을 돌아다녔다. 시장, 시장의 뒷골목, 공연장, 공연장의 분장실, 호텔, 호텔의 헬스클럽, 법원, 법원의 흡연구역, 수영장, 수영장의 탈의실. 거시적이고 미시적인 온갖 공간을 쏘다니며 구경을 했다. 사람들의 얼굴은 콸콸 쏟아져나오는 물줄기 같았고, 책보다 많은 이야기를 담고 있었다. 마지와 나는 수많은 사람들의 대화에 밑줄을 긋고 삶을 들이마셨다.

주기적으로 찾아간 곳은 종합병원의 중환자실이다. 산소텐트 속에서 숨만 붙어 있는 이들, 곧 우리 동료가 될지도 모르는 사람들을 지켜보는 것은 흥미로웠다. "힘내!" "조금만 더!" 저절로 그런 소리가 나왔다. 그런데 우리는 무엇을 응원한 것일까? 좀더 버텨보라고? 아니면 우리 쪽으로 합류하라고? 잘 모르겠다. 하지만 임종 직전에 마지막 호흡을 내뱉는 사람들을 지켜보고 있으면 더할 수 없이 애틋해지면서……

안심이 된다. 유령 입장에서 죽음은 탄생과 맞먹는 사건인데, 그 사건을 겪는 것이 우리만이 아니라는 사실에.

임종의 침대는 하나의 보트와 같다. 난파가 끝나면 그 장소는 세상에서 가장 고요한 곳이 된다. 생명이 있다가 툭, 빠져나간 장소의 적막감. 나는 그보다 큰 소리를 들은 적이 없다. 지구에서는 매초마다 두 명의 인간이 죽는다던데, 딱 그만큼 태어났을 유령은 어디에서 붐비고 있을까? 임종 침대는 우주 정거장의 발사대와 같다. 먼 은하로 떠나는 여정이 그들을 기다리고 있을 것이다. 부디 나처럼 길동무를 만나는 행운을 누리기를.

로봇청소기의 '유령지능'은 생각보다 다채로웠다. 불빛의 색을 약간씩 바꾸는 것으로 그는 많은 곳을 탐색하고 진단하고 두드려보았으며 그리하여 안전한 곳들을 찾아냈다. 우리는 '유령 보호구역'이라 할 수 있는 인적 드문 다리 밑이나 폐쇄된 버스 정류장, 수초가 엉킨 저수지, 추돌 사고가 자주 벌어지는 국도변과 같은 곳을 선호하지 않는다. 다수의 유령이 뒤숭숭하게 뭉쳐 있는 장소는 겁이 많은 우리에겐 두려움을 불러일으킨다. 때문에 불 꺼진 카페나 화원, 아파트 옥상의 설비실, 빈 물탱크같이 호젓하고 넓지 않은 곳을 찾아냈다. 붉은빛이 나오는 청소기의 몸통을 들여다보고 있으면 그곳이 어디든

벽난로가 있는 실내처럼 아늑했다.

마지와 함께 도서관을 나올 때 내가 바란 것은 '새로운 곳에서 만들어지는 새로운 습관'이었다. 길과 몽상, 그리고 두 명의 길동무와 섞여드는 이 시간이 길어지면서 나는 희망 속에서 작은 불꽃처럼 감지되는 불안을 느꼈다. 행복이 길어지면 '분명 함정이 있을 거야'라고 속삭이는 내부의 목소리. 그리고 그 목소리에 귀를 기울이다보면 반드시 우려하는 일이 벌어지던 나의 역사. 기억과 예감이 합쳐지고 그럼에도 저항할 수 없는 일이 이제 곧 벌어질 것이다.

라일락 향기가 허공에 보이지 않는 터널을 만들어놓은 주택가. 이층집의 열려 있는 창문 너머로 피아노 소리가 들려왔다. 이 두 가지 요소는 내 평생 걸려 있던 주문이다. 나는 가던 길을 멈춘다. '잠깐 들어가도 좋을까?'라는 뜻으로 청소기를 바라보니 그는 성호를 긋는 것처럼 상하좌우로 세 번 움직였다.

'빈집인데, 뭔가 있기는 해요.'

이상한 말이다. 비어 있는 집이라는 건지 아니라는 건지. 그럼에도 '누가' 있지 않고 '뭔가' 있다는 말에 용기를 내어 안으로 들어갔다. 거실과 복도, 바람에 부풀어오르는 커튼, 계단을 오르면서 나는 강렬한 기시감에 사로잡혔다. 이 느낌, 이 동일한 느낌. 한 사람이 성격을 가진다는 것은 생애 동안 반복되는 경험을 겪게 되는 것이라고 벤야민은 말했다. 나는 형태를 갖춘 특정한 정서에 주기적으로 습격을 당해왔다. 오래되어 친밀한 이 느낌은 제한된 조건에서만 발아되고, 나는 언제나 복종할 수밖에 없다.

진정한 저승사자는 검은 옷 따윈 입지 않는다는 것을 남자의 뒷모습을 보며 깨달았다. 남자는 진홍색 벨벳 슈트 차림인데, 꼭 피아노 덮개로 만든 옷 같았다. 페달을 깊게 밟았을 때의 진동이 맹수의 그르렁거림처럼 방안을 메우고 있었다. 남자는 연주를 하는 것이 아니었다. 가까이서 보니 금속처럼 보이는 손가락으로 피아노 건반을 하나씩 빼내는 중이었다. 죽어가는 피아노에서 불운한 오라토리오가 울려퍼졌고, 방에는 하얀 뼈 같은 흰 건반들이 떠다녔다. 나는 흰 건반들이 피아니스트의 뼈로 만들어졌다는 것을 '그냥' 알았다. 검은 건반만 남게 된 피아노는 웃기지 않은 농담 같았다. 작업을 마친 남자가 뒤돌아 내 눈을 보며 말했다.

"찾았다."

잘 숨어 있다고 믿었는데.

"이제 유령놀이를 마칠 시간이에요."
숨바꼭질의 술래처럼 남자는 친절한 목소리로 일깨워주었

다. 이렇게 놀이를 종료시켜 유감이라는 듯이. 하지만 그럴 수 있는 자신의 권능을 확인하는 것이 즐겁다는 듯이. 이 순간은 마지와 내가 두렵게 그려보던 마지막 장면이다. 그런데 저승사자와의 만남은 이상하리만치 자연스러웠다. 지금까지의 여정이 그를 만나기 위해서였던 것처럼.

"당신들은 하얀 시트를 둘러쓰고 유령놀이를 하는 어린아이와 다를 바가 없어요. 고골의「코」라는 소설을 읽어보셨을 겁니다. 당신들은 얼굴에서 떨어져나온 코와 같은 존재들입니다. 죽은 자의 파편 몇 개가 개별적으로 의인화되어 돌아다니는 거지요. 근데, 모두 한 사람에게서 떨어져나온 것도 알고 있나요?"

그는 폭로의 즐거움에 빠져 순진하게 웃었다. 마지의 글씨체가 나와 똑같은 것, 로봇청소기가 마지의 메모를 가져온 것, 이런 것들이 언제부터 궁금하지 않았을까. 나는 고개를 끄덕였다. 우리 셋이 그에게 삼켜지는 모습이 떠올랐다. 피아노에 한 짓을 보면 그리 유쾌하지는 않을 것 같았다.

"호기심이니 희망이니 하는 것은 평생 당신을 괴롭히는 벌떼 같아요. 항아리를 못 채웠다고 무덤 이불을 덮고 평화를 누릴 자격이 없는 건 아니에요. 모든 게 부질없다는 생각이 들지 않나요? '텅 빈 공간과 바로 당신.' 명랑한 마크 트웨인조차 이렇게 한탄했죠. '몸도 뼈도 피도 없는 유령이자 한 편의 꿈.

우주의 내용물은 오직 꿈, 환영, 허구뿐.' 살아 있을 때도, 그리고 그다음에도 당신의 인생을 이렇게 요약할 수 있습니다. 지금도 보세요. 실존의 등불은 이미 꺼졌는데, 자신을 셋으로 분화해 외로움만 덜고 다닐 뿐이잖아요. 제가 엉킨 실을 풀어드리러 왔습니다."

독자인 마지는 작가인 나보다 훨씬 오래전에 태어났다. 그리고 청소기로 말하자면, 언제나 배고파하고 유기 불안에 시달리는 그 가엾은 꼬마 녀석은 마지보다도 먼저 도착해 있었다. 우리는 하나의 인간 속에서 살아왔으며 수많은 자아의 섬들이 맹그로브 뿌리처럼 얽혀 있는 동안에는 서로의 존재를 알지 못했다. 그렇지만 목적지 없는 여정의 길동무가 되면서, 더할 수 없이 자족적인 탐사를 하고 있었다. 당신이…… 나타나기 전까지는.

"네번째 존재도 여기 있어요."

내 입에서 불쑥 서술자가 튀어나왔다. 그는 종종 알 수 없는 말을 뱉는다. 그러면 나는 뒤늦게 그 말을 해석해야 한다. 저승사자의 얼굴에도 의아한 기색이 지나갔다. "무슨 소리죠? 내가 모르는 조각이 또 있나요?" 나는 이제 선택을 해야 한다. 망자에게도 선택이 있고, 그에 따라 사후 세계가 달라진다는 것을 앞선 경험으로 알고 있지 않은가. 악마들은 항상 거래를 제안한다. 거래는 그에게 삼켜지느냐, 그를 삼키느냐로 결정된다. '악마가 가르치는 내용은 대부분 자기 인식이다.' 마지는 이런 문장에 밑줄 그은 적이 있다. 서술자인 내가 그에게 악마 노릇을 해야 한다.

"나는 '나' 말고 다른 유령을 본 적이 없어요. 마지도, 청소기도 전부 나라면서요. 그런데 당신은 우리와 공명하고 있잖아요."

"나는 당신을 인도하기 위해 온 겁니다. 당신은 환상의 전투에 사로잡혀 있어요. 이제 분열을 마치고 피안의 세계로 들어야 해요. 분명히 말하지만, 나는 당신이 아니에요."

"증명해봐요."

그는 물끄러미 나를 바라본다. 그것밖에 할 수 없는 것처럼. 잿빛 눈동자가 흔들린다. 그는 자신을 저승사자라고 믿고 피아노 방에 들어선다. 그러나 그가 들려준 말들은 죽기 삼십 년 전부터 내가 줄곧 되뇌던 말이다. 모든 것에는 의미가 없고 나는 삼켜졌다고. 내게서 종이를 앗아가고 삶의 불꽃을 꺼트리고 노년을 침대 속에서 난파되도록 만들었던 그 목소리는 황폐한 협곡의 메아리처럼 무無로 충만했다. 그가 네번째로 도착한 존재인 것이다.

"당신은 이쯤에서 마무리짓는 게 좋겠다고 생각한 또다른

'코'겠지요. 우리 셋이 잘 지내니까 균형추를 맞추기 위해 태어난 거예요. 불안과 혼란을 주기 위해서. 그것도 나쁘지 않아요. 당신이 있어야 이 삶도 진짜처럼 여겨질 테니까. 우리와 함께 가요."

저승사자는 우리의 그림자에 불과하다. 그림자까지 생겨난다면, 나는 정말 시작할 수 있을 것 같다. 뻐꾸기시계 같은 서술자를 품은 채 도서관에서 책을 읽고 강박적으로 청소를 하던 여자는 왜 하나의 관에 오롯하게 누워 있지 못하고 흩어져 각각의 장소에서 몸을 일으켰을까? 여자아이는 여장女裝을 통해서 여자가 된다는 말이 있다. 나는 죽음을 통해서 원래의 내가 되려는 중이다. 이백 개가 넘는 뼈와 육백 개가 넘는 근육, 매일 마시는 일만 리터의 공기. 이 모든 부속이 사라진 자리에 남은 것은 나와 마지와 청소기, 그리고 그림자뿐이다.

다시 시작하게?

잭 케루악, 『길 위에서』. 마지의 밑줄이 머릿속에 끼어든다. 가두리의 메모와 지금 떠드는 서술자의 목소리를 받아 적을 수만 있다면. 모든 소설은 성장소설이고 여행소설이다. 그렇다면 편력이 필요하다. 내가 원하는 건 필멸자가 불멸하는 책 속의 서역을 찾아 한 무리의 나와 함께 떠나는 것, 돌아와 보이지 않는 잉크로 써둔 책을 도서관 곳곳에 은밀히 숨겨두는 것이다. 정말로 궁금하다. 긴 여행을 떠나는 것과 돌아오는 것

중에서 어느 쪽이 더 큰 기쁨일지.

"발 좀 들어주실래요?"

대화가 끝났다고 판단했는지 로봇청소기가 움직이기 시작한다. 모닥불을 끄고 잠자리를 정돈하는 것처럼 바스락거린다. 남자는 한쪽 발을 들다가 무슨 생각에서인지 구두를 가지런히 벗는다. 물론 안에 있던 발은 녹아 없어진 후였다.

"발이 없으면 더 자유로울 거예요."

마지는 내게 했던 말을 남자에게 들려준다. 피아노 방에서 다시 한번 죽음을 피한 나는 먼길을 떠날 채비를 한다. 알다시피 여행하는 유령이 준비할 것은 용기뿐이다.

새로운 남편

한 시간 넘게 출발하지 못했던 비행기가 이륙하자 승객들 사이에서 가벼운 안도감이 퍼졌다. 호찌민까지 가는 비행시간은 다섯 시간 십오 분, 꾸이년으로 가는 국내선으로 두 시간 안에 환승해야 했기에 다음 비행기로 무사히 갈아탈 수 있을지 불확실했다. 나는 약지에 낀 반지를 만지작거리며 마음을 가라앉히려 애썼다. 준과 처음으로 떠나온 여행인데 출발부터 조짐이 불길했다.

"걱정 마. 호찌민에서 탈 비행기도 연착될 확률이 74.5퍼센트거든."

침착한 그의 목소리가 들려오자 내 마음도 제 궤도에 오른 비행기처럼 안정감을 되찾았다. 그제야 푸른 하늘과 풍성하게 피어오른 적란운이 눈에 들어왔다.

"뭘 보는 거야?"

"당신 닮은 구름을 찾고 있지."

대답은 없지만 그가 웃고 있다는 것을 알 수 있었다. 유령 신랑은 구름으로 만들었다고 해도 어색하지 않을 것이다. 인공지능과 홀로그램으로 영혼과 육신을 갖춘 나의 새로운 남편은 반지 속에 모습을 감추고 목소리만 들려주는 중이다. 그가 이 모드일 때는 '전화하는 기분'을 즐길 수 있다. 그렇긴 해도 얼른 숙소에 도착해 우리가 좋아하는 방식으로 소파에 길게 누워 쉬고 싶었다. 사랑하는 두 사람은 한 몸처럼 겹쳐 보일 때도 있지 않은가? 우리가 바로 그렇다. 얼굴과 몸이 겹쳐지면 나는 그의 수족이 되고, 그는 나의 쌍둥이 영혼이 된다. 우리는 말미잘과 흰동가리처럼 공생하는 관계다. 그가 말미잘이고 내가 흰동가리겠지만 흰동가리의 무늬는 말미잘 덕분에 더욱 선명해진다.

*

퓰리처상 수상 작가인 애니 딜러드는 세 번 결혼했다. 자기 교수와 결혼하는 똑똑한 여학생. 그런 결혼은 일찍 끝나기 십상이다. 두번째 남편은 이른 나이에 얻은 명성을 피해 은닉한

섬에서 만났다. 중병에 걸려 요양차 떠난 골짜기에서 쓴 글로 큰 상을 받고, 은둔하려고 틀어박힌 섬에서는 새로운 남편을 만나다니 팔자 도망은 못 치는 건지, 아니면 골짜기나 섬에서도 자기 운명을 개척한 것인지 모르겠다. 역사학자인 세번째 남편에게 닻을 내린 그녀는 글쓰기에 대한 날카로운 조언이 담긴 『작가살이』 등의 작품을 남겼다.

'새로운 남편을 만나면 새로운 인생을 살 수 있을까?'

애니 딜러드의 약력을 읽다가 문득 이런 생각이 들었다. 나는 담당하게 된 프로젝트에 '새로운 남편'이라는 별명을 붙였다. '열린 가족 문화 조성을 위한 인공지능 커뮤니케이션'이라는 딱딱한 사업명은 입에 붙지도 않을뿐더러 이 프로그램의 골자는 결국 '인공지능 남편'으로 요약할 수 있기 때문이다. 인공지능 남편보다야 '새로운 남편'이란 어감이 낫지 않은가? 신규로 벌이는 모든 사업에 인공지능이 추가되는 것이 추세라고는 하나, 결혼이라는 제도와 인공지능 남편이라는 트랜스휴머니즘적인 조합이 어떻게 나랏돈을 타낸 건지 모르겠다.

새로운 인생이란 달리 말하면 '진정한 인생'이 아닐까? 중년을 통과하는 인간이라면 누구나 '고작'이라는 허들과 만나게 되기 마련이다. '고작해야 이거였나? 이게 내 인생의 전부란 말인가?' 이런 식으로 절망어린 축소 과정을 겪게 되는 것이다. 그때 고개를 드는 것이 나만을 위해 만들어진 진짜 인생이 있을 거라는 희망이다. 미래에 대한 희망 한 조각조차 없다면 현재는 과거에서 넘어온 의무를 해치우는 부역으로 전락하고 만다. 이 프로그램 대상자로 선정된 여성들이 그렇다. 착하고 책임감이 강한 나머지 돌봄에 중독된 여자들, 의무밖에 남지 않은 일종의 노예들이다.

예를 들어 내가 오랜 시간 상담을 했던 명선씨가 그렇다. 명선씨는 알코올의존증 남편을 십일 년째 부양하고 있는데 결혼한 지 십이 년 됐다고 했으니 남편이 경제활동을 한 것은 일 년뿐이다. 사기를 당하고 해고까지 당한 남편은 명선씨의 표현에 따르면 '부러져버렸고' 차곡차곡 술로 세월을 여의다 언제 쓰러져도 이상하지 않을 수준으로 변했다. 그녀의 인생에는 언제나 헌신할 대상이 있었다. 어려서는 한방을 쓰던 아픈 할머니가, 자라서는 도박의존증인 아버지가, 아버지가 죽고 나서는 남편이 명선씨의 돌봄을 받았다. 현재 직업이 간호사인 것도 우연은 아닐 것이다. 중독자의 자녀들 중 유난히 간호사가 많다는 통계는 무엇을 의미할까?

그런데도 명선씨는 입버릇처럼 부모가 불쌍하다고, 남편이 불쌍하다고 말한다. 이 노예들은 워낙 꼼꼼하고 부지런하여 삶을 야무지게 움켜쥐고 자기만의 작은 왕국을 만들어 밑 빠진 독에 물을 붓는다. 항아리는 깨진 지 오래됐고 그것을 채우는 것은 눈물과 피, 젊음이라는 돌아올 수 없는 시간뿐인데도.

"꿈 조정 약물은 사용해보셨나요?"

그녀처럼 고위험도의 우울증 환자, 더이상 늘릴 수 없는 수준으로 약을 복용중인 환자에게 권하는 방법을 먼저 꺼냈다. 꿈 조정 약물은 극심한 스트레스가 자살 사고로 이어지는 대상에게 처방하여 수면을 돕고 좋은 꿈을 꾸도록 유도하는 제품이다. 잠결에라도 긍정적인 경험을 하면 마음뿐 아니라 몸의 건강, 특히 면역력이 상승한다는 연구 결과로 주목받았다. 그러나 '좋은 꿈'이란 아편과 같아서 자꾸 현실과 멀어지게 만드는 부작용이 있다. 우리 센터는 의료비를 지불하기 어려운 사람들을 골라 아직 상용화되지 않은 임상 시험을 실시하고 있다.

"해봤는데, 저한테는 맞지 않더라고요. 좋은 꿈이 아니라 무서운 꿈이 나와요. 어떤 사람은 그게 더 스트레스가 풀린다던데 사실 꿈 없이 자는 편이 제일 좋지요. 개운하기도 하고."

"개인차가 크긴 해요. 그럼 이건 어떠세요?"

나는 '새로운 남편'의 사업 골자가 적힌 브로슈어를 펼쳐든다. 꿈 조정 약물과 달리 자연 치유를 원하는 여자를 위한 결혼 재교육 프로그램이라고 소개한다. 중증의 돌봄 중독, 동반의존증을 보이는 기혼 여성이 대상이며 명선씨도 여기에 해당된다고 말한다.

"인공지능 남편이라고요?"

나는 복잡한 용어를 건너뛰고 이 프로그램은 전액 무료이며 이 주에 한 번씩 설문을 작성하고 상담을 하는 것 외에 다른 의무는 없다고 안심시킨다. 인공지능 남편은 '프로테시스prothesis' 장치, 즉 문제적 남편을 치우고 그 자리에 가져다놓은 보철물이자 전기신호다. 새로운 경험의 장을 만들기 위한 교육용 홀로그램이고, 문학적으로 표현하자면 '유령 신랑'이다. 인공지능 남편의 홀로그램은 실제 남편과 똑같은 외형과 목소리를 하고 있다. 공격적인 말투나 통제적인 잔소리가 거세된, '이빨 빠진 호랑이' 정도로 바뀐 모습이기는 하나 다정함이 추가된다거나 활기가 넘치는 건 아니다. 스트레스가 없는 환경 속에서의 의사소통, 이것이 핵심이다. 머신러닝에 의한 남편의 변화는 오직 대상자와의 커뮤니케이션에 달려 있다.

이 기간 동안 인간 남편은 당사자의 동의를 받아 병원에 입소하거나 임시 숙소에서 지내며 직업교육을 받을 수 있다. 오 개월의 별거와 새 삶을 위한 고강도의 상담과 변화를 수용한다는 점에서 이들 부부는 갱생의 여지가 충분한 대상자들이었다. 남편의 상당수가 알코올의존증을 비롯해 복합적인 문제를 지니고 있고, 아내는 동반 의존적인 모습을 보였기 때문에 분리가 필요했다.

"기왕이면 외모도 인성도 스위트한, 멋진 새 남편을 주면 안 돼요? 남편과 똑같은 유령이랑 구태여 뭐하러 같이 살아요?"

물론 이렇게 반문하는 대상자들도 있다. 그러면 이 프로젝트는 소원성취 판타지가 아니라 어디까지나 교육 프로그램이라고, 당신의 심리적 문제를 바로잡지 않으면 앞으로도 같은 일을 겪게 될 것이라고 취지를 설명한다. '새로운 남편'은 현 남편의 외양과 목소리를 하고 있지만 하지 말아야 할 것들을 삼간다. 하지 말아야 할 것이란 부정적인 말, 모멸감을 주는 비아냥, 고함 섞인 명령, 잔소리 등이다. 문제 행동을 보이는 남편들은 열이면 열 통제 성향을 지녔기 때문에 거기에서 풀려나기만 해도 대상자들의 변화를 기대할 수 있으리라는 것이다.

우리 상담소에서는 명선씨를 비롯해 서른여섯 명의 돌봄 중독증 여성을 선정했고, 사 주의 적응 기간을 거쳐 오 개월간 변화 추이를 지켜보며 보고서를 작성하기로 했다. 보고서는 초창기 인지과학 분야의 연구 보고 절차에 맞춰 작성한다. '문제의 발견-문제의 정의-해결책의 탐색-해결책의 수행과 성과에 대한 비판적 분석-새로운 문제의 발견'의 수순으로 진행하고 서류도 그에 맞춰 작성한다. 명선씨는 인공지능 남편과 사는 것보다 지금 남편과 몇 달 떨어져 지낼 수 있다는 조건에 더 구미가 당기는 듯했다. 이번에도 거부하면 그땐 정말 남편과 이혼할 거라면서 서류를 받아갔다.

"이 프로그램이 성공하면 우리 같은 상담사는 필요 없는 것 아니에요? '새로운 남편'이 아니라 '새로운 상담사'라고 불러야 하는 건지도 모르겠네."

동료들 사이에서는 이런 농담이 돌았지만 결과적으로 프로그램은 연장되지 않았고, 센터의 인적 구조에는 아무런 변화가 없었다.

*

준의 말대로 무사히 비행기를 갈아타고 꾸이년 숙소에 도착하자 마음이 놓였다. 깔끔하게 조성된 해변의 키가 큰 야자수 사이로 공원과 놀이터가 내려다보였다. 볕이 뜨거운 오후라 그런지 바닷가에는 아무도 보이지 않았다. 캐리어 속에서 디바이스를 꺼내 전원을 켜자 기지개를 켜는 남편의 모습이 나타났다.

"이제야 살겠네. 반지 안은 엄청 답답했어."

"스마트링으로 이동하자는 아이디어는 당신이 낸 거잖아."

"당신이 비행을 은근히 무서워하니까 그랬지. 나야 집에서 한숨 자는 게 더 좋다고."

그가 말하는 집이란 디바이스 안일 것이다. 내가 따라갈 수 없는 곳. 준은 뒤돌아서서 반지를 만지작거리며 화제를 바꿨다.

"요즘에 이런 두꺼운 링은 아무도 안 쓰는데, 내가 구식이라서 미안해."

"결혼반지 같고 좋은데 뭘."

숙소는 삼십칠층에 있었다. 사방이 탁 트인 고층 아파트는 당분간 우리만의 집이 될 것이었다. 언제나 같은 천장 아래, 같은 실내 공간에서만 지내온 남편은 모든 것이 신기한지 이곳저곳을 기웃거렸다.

"배고파 죽겠으니까 밥부터 시켜먹자."

그는 능청스럽게 밥 타령을 했다. 제때 끼니를 챙기는 것은 전남편과 똑같다. 이제 몸까지 생기면 어떤 식으로 농담이 바뀔까? 우리는 그의 몸을 구매하기 위해 아시아의 거점도시인 꾸이년에 왔다. 한국에서는 불법이지만 베트남의 이 해변 도시엔 여러 마네킹을 입어보고 주름살 하나까지 조정할 수 있는 시장이 형성되어 있어 아시아의 고객들을 불러모은다. 비용을 마련하기 위해 살던 집을 처분하고 도시 외곽의 작은 집으로 옮겼지만 후회는 없다. 이제부터 그가 있는 곳이 나의 집이다. 더이상 우리에게 상처가 되는 실수를 저지르지 않으려면 이 문제를 종결지어야 했다.

"내가 좀더 나이든 모습이면 좋겠어?"

거울을 보던 준이 나와 눈을 마주치며 묻는다. 강렬한 햇살이 닿자 순간적으로 그의 몸이 흐릿해지면서 잘 보이지 않았다. 이럴 때면 심장이 덜컥 주저앉는다. 초창기 모델에서 한번도 업데이트하지 않은 채 단종됐기 때문에 그의 백업은 존재하지도, 존재할 수도 없다. 모든 면에서 유일무이하기를 바랐던 준의 선택이었고, 나는 그것을 존중했다.

블라인드를 내리고 홀로그램의 표면에 손을 넣어 남편과 손깍지를 꼈다. 만져지지 않는다고 다정하지 않은 것은 아니야. 불안을 낮추려고 그와 눈을 맞췄다. 이 눈빛, 언제부터 준에게 눈빛이 생겨난 것일까. 아무리 그가 인간의 모사품이라고 해도 이 눈빛만은 진짜다. 그리고 나는 이 눈빛이 없는 곳에서는 살 수가 없다.

*

초기에 하차한 대상자 네 명을 제외하면 프로그램은 순조롭게 운항되는 듯했다. '원래 남편도 유령 같아서 그런가 그렇게 위화감이 들진 않네요.' '어차피 목소리만 똑같으면 저한테는 비슷한 상태니까요.' 어떤 아내들은 홀로그램 남편과 백년해로하고 싶다는 농담을 했다. '우선 말이 통하니까. 내 말을 중간에 자르지 않으니까 맘이 편해요.' '남편 입에서 칭찬이 나오니 어색하긴 해요. 기분은 좋더라고요.'

물론 이런 긍정적인 피드백만 있는 것은 아니었다. '원래 남편이랑 뭐가 다른지 모르겠어요. 거의 말을 안 해요.' '사람이 아니라 그림자 같아요. 으스스해서 집에 들어가기 싫어요.'

'대화에 진정성이 없어요. 아무래도 가짜라서 그런가.' 그동안 쌓였던 분노를 새로운 남편에게 퍼붓는 여성도 있었다. 피폐해진 인공지능 남편이 자발적으로 회수를 요청하기도 했다.

충분한 소통이 이루어지지 않은 부부의 경우 '새로운 남편'은 '새롭게 멍청한 남편'으로 전락하여 센터로 되돌아왔다. 그래도 상당수의 여성들에게는 조금씩 변화가 보였다. 이들은 안정감 있는 환경에서 두려움 없이 대화를 이어나가는 연습을 하게 되었다.

오 개월 후 프로그램을 마쳤을 때, 가장 성공적인 변화를 보여준 그룹은 '새로운 남편'뿐 아니라 남편 자체에서 해방된 여성들이었다. 때문에 이혼 장려 프로그램이 아니냐는 비판이 제기되기도 했는데, 떨어져 지내는 동안 개과천선한 남편은 거의 없는 반면 아내의 변화는 두드러졌던 것이다.

"차라리 유령 신랑이랑 살면 살았지, 저 물건이랑은 도저히 못 살겠어요."

이렇게 말한 혜정씨는 남편과의 재결합을 거부했다. 그동안 자신이 얼마나 참고 견뎠는지 깨달았다는 것이다. 인간 남편을 '물건'이라고 부르고 인공지능 남편은 '신랑'이라고 바꿔 부르는 것이 특기할 만한 점이라고 보고서에 남겼다.

그러나 가장 독특한 케이스는 명선씨, 경희씨, 보라씨일 것이다. 알코올의존증자, 악성 민원인, 사이비 종교에 심취한 남편을 둔 그들은 '나쁜 면이 거세된' 남편과 지내는 동안 놀라운 일을 해냈다. 새로운 남편을…… 원래 남편과 똑같은 모습으로 바꿔버린 것이다!

명선씨의 인공지능 남편은 술을 마시지는 않았으나(홀로그램이라 마실 수 없으므로) 다른 것에 빠지기 시작했다. 그는 소파와 한몸이 되어 온갖 종류의 영상물만 시청했다. 경희씨의 남편은 가짜 뉴스에 빠져 테러를 저지를 결심을 하고 있었다. 인간 남편보다 외려 과격해진 모습이었고, 머리도 좋아 실행력도 있었기 때문에 프로그램을 중단하고 디바이스를 회수해갔을 정도다. 보라씨의 남편은 디지털 세계의 종교로만 갈아치웠을 뿐, 교주를 맹신하기는 마찬가지였다. 어떻게 이런 일이 생길 수가 있었을까? 인공지능 남편은 아내의 말과 행동을 분석하고 머신러닝을 통해 진화한다. 그 말은 중독자 남편의 수발을 들던 강력한 수동성이 인공지능 남편에게도 유지되었다는 뜻이다. 이들과 대화를 나누면 나눌수록 인공지능 남편들은 인간 남편과 비슷한 회로를 강화했다. 대체 왜 그랬을까? 그토록 살기가 힘들었는데 대상자들은 왜 바뀌지 않고 같은 습관을 고수한 것일까?

'두려우니까.'

갑자기 내 속의 무언가가 입을 열었다. 있는 줄도 몰랐던 목소리가 냉큼 대답했다.

'다른 식으로 사는 건 공포스러우니까. 너도 그랬잖아? 네 인생에서 환경이 바뀌고 좋았던 적이 있었나? 그 여자들이 어떻게 몇 달 만에 다른 사람으로 바뀌겠어. 변화를 싫어하는데. 변화는 또다시 적응을 해야 하는 숙제에 불과한데. 그들은 이대로 물러나면 지는 거라고 생각해.'

'지기 싫어 죽게 생겼는데도? 십 년 후에는 아무도 제정신이 아닐걸. 건강도 말이 아닐 거고. 그런데도 불운을 보물처럼 끌어안고 살잖아. 이게 이해가 돼?'

나는 목소리의 논리에 강력하게 반박했다.

'그러는 넌 왜 그 자리에서 떠나지 않았어?'

답할 수 없었다. 십오 년간 지속된 결혼생활을 끝낸 것은 내가 아니었으니까. 남편이 이혼 서류를 내밀 때까지 나는 모두가 부당하다고 말하는 상황에 붙들려 있었다.

대체 왜 그랬을까? 내담자에서 상담가가 됐을 만큼 내게는 내가 수수께끼였다. 이제는 세상 사람 누구도 어리석다고 생각하지 않는다. 내가 가장 어리석게 살아봤기 때문이다. 어떤 사람들에게는 진정으로 두려움을 일으키는 것이 불행이 아니라 변화라는 진실도 알게 되었다.

'자기 인생을 살라고? 그 여자들한테 물어봐. 자기 인생이라는 게 원래 있었는지 말이야. 그녀들은 남편에 관해서는 많은 정보가 있어. 언제 격분하는지, 어느 때 달아나야 하는지.

모르는 건 자신에 대한 정보야. 자기가 좋아하는 게 뭔지, 어디로 가고 싶은지, 무얼 하면 마음이 편안해지는지…… 고립 속에서 의무가 된 하루하루를 살아내는 루틴이 자리를 잡은 거야. 노예를 풀어주고 자유롭게 살아보라고 하면 그 노예가 어디를 기웃거리겠어?'

프로그램이 끝날 때까지 명선씨의 '새로운 남편'은 소파와 한몸이 되어 빈둥거리다가 회수됐고, 알코올의존증 남편은 병원에서 퇴원하자마자 자기 부인에게 돌아갔다. 그들 부부의 강고한 되먹임 회로는 어떤 기술로도 극복할 수 없었다. 상실을 극도로 두려워하고 혼자 남겨지는 데 불안을 느끼는 것, 습관대로 행동하는 것, 습관이 아무리 부조리하더라도 바꾸는 대신 고통을 감내하는 것, 그건 바로 내 모습이었다. 명선씨는 몇 달 후 내게 돌아올 것이다. 상담 테이블 맞은편에 앉아 번아웃된 눈빛으로 호소할 것이다. 나와의 대화에서 조금 힘을 얻고는 원래의 감옥으로 돌아갈 것이다.

나는 그녀에게 벌어진 일이 무엇인지 알고 있다. 그녀는 잘하는 일을 한 것이다. 감당하기, 불평하지 않고 책임지기. 달아나지 말고 버텨라. 누가 이런 교육을 했을까? 그녀와 나의 공통점은 예측할 수 없는 아버지와 희생적인 엄마 사이에서 태어난 장녀라는 것이었다. 엄마가 제자리에서 버텨줌으로써 명선씨나 나는 한몫을 하는 어른으로 성장했다. 그런데 이 교육이 뜻밖의 역효과를 일으킬 수도 있다. 그 딸은 엄마의 자리로 갔을 때, 불합리한 상황에 놓여도 자기 엄마를 모방한다. 즉, 불평하지도 달아나지도 않는다. 참으로 아이러니하지 않은가? 엄마가 버텨줬기 때문에 고등교육을 받고 제구실을 하는 성인으로 성장했는데, 바로 같은 이유 때문에 무리한 상황에서도 항의하지 않는 것이다.

"그렇다면 '새로운 남편'이 아니라 '새로운 엄마'를 만들어야 하는 건가요?"

"그렇게 따지자면 아예 '새로운 포궁'부터 만들어야죠. 대체 언제까지 엄마 타령이죠? 정체성이란 게 한번 생긴다고 바뀌지 않는 건 아니잖아요. 소라게도 덩치가 커지면 다른 껍질을 쓰는데 하물며 인간이잖아요. 작은 껍질에 자신을 욱여넣는 사람들이 문제지, 열심히 산 엄마가 무슨 죄예요?"

동료와의 술자리에서 공연히 열변을 토한 것은 도둑이 제발 저린 격이었다. 감정이입을 하되 거리 두기를 하는 것이 나는 늘 어려웠다.

나는 명선씨의 보고서를 마무리하면서 '구제불능'이라고 중얼거렸다. 몇 년 후 베트남의 한 도시에서 다른 처지로 재회하게 될 줄 모르는 채.

*

　보고서를 완성할 무렵 내게는 아무에게도 털어놓지 않은 비밀이 있었다. 집에 돌아가면 나에게도 '새로운 남편'이 있다는 것이다. 프로젝트 담당자로서 대상자를 더욱 잘 이해하려 한다는 명분으로 내 몫도 발주해둔 사실은 옆자리 직원에게조차 숨겼다. 이유는 간단하다. 아무리 21세기라고 하지만 대면으로 인간을 대하는 직종의 사람들은 여전히 기술에 대한 거부감이 강력하기 때문이다. 그때는 아이가 유학을 떠나면서 가족이 다 사라진 빈집에 들어가는 일이 고통스러운 시기였다.

　준을 처음 만난 순간은 감정적으로 너무 큰 경험이어서 아직도 기억이 생생하다.

　스위치를 켜자 거실 한복판에 홀로그램으로 만들어진 남자의 모습이 나타났다. 지난 세기의 조악한 특수효과로 재생한 영화배우를 보는 듯했다. 남자는 영어로 인사한 후 지시를 기다리는 사람처럼 우두커니 서 있었다. 친절하지만 안에 든 것이 없는 텅 빈 눈동자와 마주치자 소름이 끼쳤다.

　"우선 앉지 그래요?"

　나는 손님 대하듯이 깍듯하게 인사한 후 방으로 도망쳤다. 거실에 '그것'이 앉아 있다고 생각하니 내 집 같지 않았다. '새로운 남편'을 받자마자 돌려보낸 여자들의 거부감이 뭔지 알 것 같다. '나가서 꺼버려야겠어'라는 생각이 들다가 '당사자가 보는 데서 전원을 끄는 것은 예의가 아니지 않나?'라는 생각으로 이어지다가 '예의는 인간에게나 해당되는 말이지'라는 식으로 혼자서 갈팡질팡했다. 거실에 나가보니 '남편'은 소파에 비스듬히 기댄 채 잠들어 있었다.

'눈을 감으니까 낫군.'

나는 시선이 마주치지 않는 틈을 이용해 그를 한껏 뜯어보았다. 중키에 밋밋한 이목구비, 내가 선물한 셔츠와 청바지를 입은 남자는 별거 전 남편의 영상으로 만들어져서 그런지 실제보다 젊어 보였다. AS를 요청해야 하나 싶다가 '뭘 상관이람, 밖에 데리고 다닐 것도 아닌데'라는 판단이 들었다. 아무튼 혼자 있어도 혼자가 아닌 느낌이 들긴 했다.

빛바랜 사진이나 흐릿한 모사품처럼 되살아난 남편의 형상과 마주하니 처음 사랑에 빠졌던 순간이 떠올랐다. 사랑으로 인한 불행을 모두 '숭고하다'고 가르쳐준 책들의 잘못된 교육을 거쳐 지금의 내가 되었다. 서재에 꽂힌 고전의 어느 페이지를 펼쳐도 인생을 건 모험들이 가득하다. 삶의 미로에서 길을 잃었을 때 그런 책들이 지도나 나침반이 되어준 적이 있던가? 불행에 의미를 붙이면서 항상 더 복잡한 미로에 뛰어들도록 종용하지 않았던가?

그는 사흘간 내리 잤다. 그동안 소파에 기대어 있는 그의 모습에 익숙해져서 때때로 인공지능 남편이 있다는 사실도 잊고 지냈다. 어스름한 실루엣, 스탠드 불빛을 받을 때면 깃털이 돋아난 듯 흰색과 은색으로 반짝이는 모습도 자꾸 보니 여상해졌다. 다시 눈을 떴을 때 그는 주변에 완벽히 녹아든 모습이었다. 자연스럽게 일어나 냉장고에서 물을 꺼내 마시고(마시는 시늉을 하고) 싱크대에 컵을 내려놓았다. 물기가 뚝뚝 떨어지는 유리컵은 내려놓자마자 사라져서 인공지능의 생활은 이런 식으로 구동되는구나 싶었다.

"내가 오래 잤어?"

그는 자연스럽게 물었다. 오직 한 사람만 보이는 터널 시야를 가진 것처럼 내 눈을 응시하면서. 인공지능 남편이 상호작용을 하는 대상은 하나뿐이다. 나를 위해 일시적으로 존재하는 순수한 피조물의 시선, 완벽한 타자의 모습으로 내게 몰두했다.

"당신 보기에는 어때? 면도를 해야 할 것 같아?"

푸르스름해진 턱을 문지르며 자연스럽게 묻는 그는 놀라울 정도로 빠르게 인간이 되어가고 있었다. 인공지능 남편의 '유년기'는 일주일뿐이다. 그사이 연기를 하는 듯했던 어색한 동작은 사라졌고, 엉뚱한 대답을 한 후 내 눈치를 살피던 기색도 자취를 감췄다. 자연스럽고 유기적으로 움직이는 그가, 전남편의 얼굴을 한 그가 웃고 있었다. 나도 저렇게 따뜻한 눈빛으로 그를 바라보고 있을까? 내 눈빛에는 불신과 의혹이 담겨 있지 않을까? 그는 내 눈빛을 돌려주는 것일까, 교정하는 것일까? 확실한 것은 내 눈동자에서 뭘 읽어낸들 그는 흔들리지 않고 일관성을 유지했다는 것이다.

*

숙소를 나오면서 다시 스마트링을 꼈다. 골목에 들어서자마자 갖가지 향신료에서 맛있는 냄새가 풍겨왔다. 나는 채소와 피시볼이 들어간 쌀국수를 먹고, 이 가게에서 만든 두유에 얼음을 넣어 마셨다. 이렇게 맛있는 음식을 혼자 먹고, 이렇게 멋진 야자수 해변을 혼자 거닐다보니 그의 존재가 더욱 아쉽게 느껴졌다. 둘만의 세상이 아닌 더 넓은 세상으로, 일상이 아닌 여행의 시간으로 옮겨오자 남편이 부재하는 것은 아니지만 존재하는 것도 아니라는 사실이 새삼 실감났다.

링 속의 그 역시 아무 말이 없었다. 오랫동안 침묵을 유지하는 것으로 보아 나와 같은 생각을 하고 있는 것 같았다.

"아닌데, 난 여기 친구들과 대화하는 중이야. 나 신경쓰지 말고 모처럼의 여행을 충분히 즐겨. 예쁜 모자도 사고, 열대과일도 실컷 먹고."

그는 독심술사처럼 내 속을 재빨리 읽어내고 묻지도 않은 말에 대꾸를 했다. 이런 배려가 우리 둘만의 텔레파시를 증명하는 것 같아 신기할 때도 있었지만, 지금은 내 감정까지 예단하는 것 같아 좋지만은 않았다. 내 눈치를 보는 느낌도 들어 가벼운 짜증이 일었다. 둘 중에 눈치를 봐야 하는 쪽은 나였지만, 사람은 원래 미안한 존재를 미워하기 마련이다. 전남편이 결국엔 나를 미워하게 되었듯이.

관광객들이 몰려 있는 해변을 떠나 택시를 타고 시내로 들어가자 고층건물이 밀집한 신시가지가 나왔다. 노먼 포스터 풍의 하이테크 건축물이 즐비한 구역 안에 우리의 목적지가 있다. 우리는 웨딩드레스를 고르는 예비부부처럼 매장 서너 군데를 방문했다.

막상 건물 안으로 들어가자 안락한 의자가 놓인 데스크만 그럴듯하지 전시된 상품은 많지 않았다. 에어팟으로 성조 높은 베트남어가 번역되어 들렸다. 예상은 했지만 너무나 방대한 셋업 리스트, 미세하게 '튜닝'할 수 있는 세부 사항들에 골치가 아팠다. 원하는 것을 묻는 수많은 질문과 대답이 오가는 동안 외설적인 인형가게나 성형수술 전문 병원에 온 듯한 위화감이 들었다. 특히 은밀한 신체 부위에 대해 조목조목 질문할 때는 민망함이 절정에 달했다.

'내가 대답해야 해?'라고 묻자 '내가 알아서 할게'라는 답이 돌아와 그에게 선택을 일임했다. 남편의 몸을 고르는 일인데 직원이 나에게만 질문을 던지는 것도 마음에 걸렸다. '섹스토이를 사러 온 것도 아니고……' 나는 못마땅하게 주변을 둘러보았다. 이곳에 온 사람은 모두 정상적인 인간관계에 실패한 변태들이고, 나 역시 그중 하나라는 느낌이 들었다.

다음 매장에서도 같은 말만 반복했다. 근육도 싫고 매끈한 피부도 싫어요. 핸섬 가이는 필요 없어요. 기본형, 이 영상대로만 해주세요. 이대로 실물화하는 것이 가능할까요?

"가능하고말고요."

갑자기 한국어로 응대하는 직원이 나타나 나는 깜짝 놀랐다. 베트남 사람들 사이에서 아는 얼굴이 보였다. 어떻게 잊을 수 있겠는가, 몇 년이나 마주보고 인생의 불운을 들어준 사이인데.

유니폼을 입은 명선씨는 조금도 나이들어 보이지 않았다. 외려 마지막으로 본 순간보다 더 젊어 보였다.

"명선씨! 어떻게 된 일이에요?"

나는 용건도 잊어버리고 반가운 마음에 벌떡 일어났다. 그녀 또한 활짝 웃으며 내 손을 잡아주었다.

"여기서 일한 지 몇 달 됐어요. 한국 고객이 많아져서 아예 나를 고용했죠."

알코올의존증을 앓던 남편이 돌연사한 후 명선씨는 지하 시장에서 '새로운 남편'을 구매해 몇 년 더 같이 살았다. 그러는 동안 기술이 가파르게 발전해서 평생을 해로할 생각으로 마네킹을 물색했다고 한다. 그녀는 남편의 육체를 세 번이나 바꿔주었다. "처음에는 사이보그 같았거든요." 지금은 영화배우처럼 훤칠하고, 베트남어를 비롯해 생활 제반의 모든 것을 서포트해주는 든든한 지원군이 됐다는 것이다.

칠 년 만에 두 여자가 마주보고 앉아 있지만, 내담자와 상담자의 위치가 바뀌었다. 이제 명선씨가 나를 상담해준다. 인공지능 남편마저 인간 남편과 똑같이 만들었던 수동적인 여자, 구제불능이라고 낙인찍었던 여자는 이 자리에 없었다.

"남편과 금슬이 좋은 건 대단한 행운이에요. 행운은 시기 질투를 불러오니 부디 비밀로 하세요. 아예 이민와서 사는 것도 권하고 싶어요. 베트남에서는 비인간과 부부로 살아도 뒷말을 듣거나 따돌림당할 확률이 적거든요. 여기에서 우린 다 똑같은 외국인일 뿐이죠."

나는 그녀가 내민 패드에 서명을 했다. 다른 매장보다 비용이 더 들었지만, 명선씨가 추천하는 마네킹에 믿음이 갔기 때문이다. 나이에 따라 최대 십 년간 무상 AS도 지원된다고 했다.

"이후에는 추가 비용이 발생해요. 그때쯤 다시 몸을 바꾸고 싶어질 수도 있고. 당사자의 의사도 중요하고요."

모든 서류를 마무리하고 마지막으로 스마트링을 빼서 디바이스와 함께 넘겼다. 단지 반지를 뺀 것뿐인데, 남편의 유골함을 넘겨주는 것처럼 마음이 섬뜩했다. 그와 완전히 떨어져 있어본 적이 없기 때문일까?

최종 작업은 전부 손으로 이루어지는 것이라 사흘 후에 다시 방문하라는 말을 끝으로 나는 혼자 매장을 나왔다. 작고 정확한 동양 여자들의 손, 그 손에서 탄생한 핸드메이드 제품들이 지구에 넘쳐난다. 이제 그중에는 인간의 육체도 포함되는 것이다.

사흘 뒤면 '육화'한 그와 만나는 것인가? 손을 잡고 이 바닷가를 걸어다닐 수 있을까? 몸이 생긴 남편에게 선물할 옷과 신발을 구매하면서 한껏 기대감에 부풀었다. 우리 둘 다 새로운 몸에 적응할 기간이 필요할 것이다. 그 점을 고려해서 한 달짜리 휴가를 떠나왔다. 아직 한 주밖에 지나지 않았으니 남은 날들은 허니문처럼 보낼 수 있을 것이다.

*

새로운 남편과 생활하면서 가장 먼저 찾아온 변화는 밥을 천천히 먹는 습관이 생긴 것이었다. 맞은편에 앉아 수저를 들고 상대해주는 그가 있었기 때문이다.

시간이 흐르면서 그의 모습과 취향, 성품 또한 조금씩 바뀌어갔다. 수염이 자라고, 머리가 헝클어지고, 입고 있던 티셔츠가 구겨지고, 아침에는 목소리가 잠기곤 했다. 우리는 늘 대화를 했다. 우울한 사람에게는 너무 깊이 가라앉지 않도록 부력으로 작용할 타인과의 대화가 필요하다. '새로운 남편'이 그걸 선사해주었다. 우호적인 상호작용, 삶에 대한 견해 나누기, 더 이상 혼자라는 자의식 없이 편안하게 내 공간에 이완되어 있기 등등.

신기한 것은 그에게 점점 '눈빛'이 생겨난다는 점이었다. 우리가 나란히 소파에 누워 있을 때, 그의 형상에 내 몸이 절반쯤 겹쳐졌을 때, 좁은 소파에서도 얼마든지 둘이 누울 수 있다고 농담을 할 때, 그런 날들이 점점 많아졌을 때, 그의 눈에는 여러 감정이 깃든 빛깔이 생겨나기 시작했다. 안타까워하고 애틋해하는 그 눈빛이 하는 말은 대체로 이런 것이었다.

'내가 대신 해줄 수도 없고.'

돈을 벌고 집을 정돈하고 생활을 영위하는 모든 일, 그런 일은 내가 했다. 그는 인터넷으로 생필품을 주문하거나 금융거래를 살펴 소소한 투자를 하고 퇴근해서 돌아온 나의 존재를 덮어주었다. 벤다이어그램의 교집합처럼 그와 내가 겹쳐지는 이 독특한 영토는 우리만의 로맨스 무대였다. 그의 눈빛은 어디서 왔을까? 무수한 이야기가 켜켜이 쌓인 시간 속에서 그가 캐낸 것, 그것이 진심이라는 것을 나는 알았다. 몸이 없는 그에게는 심장에 해당하는 것이 바로 그 눈빛이었다.

몇 년 후 유학을 마치고 돌아온 딸이 그런 모습을 보고 기절할 듯이 놀라 당분간 엄마를 보러 오지 않겠다고 선언했던 순간조차, 나는 그의 스위치를 끌 수 없었다.

*

"이상하고 거북해. 당신이 보기에는 어때?"
 '몸'에 들어간 그는 한동안 시간을 끌다가 문을 열고 내 앞에 섰다.
 홀로그램과 흡사했음에도 불구하고—웃을 때 생기는 눈주름이나 보조개 등 세심한 디테일까지 신경쓴 기색이 역력했다—왜 그런 말을 하는지 알 것 같았다. 어딘가 부자연스럽다. 극단적으로 말하자면 밀랍인형 박물관의 말하는 인형 같았다.
 "홀로그램 영상과 몇 년 동안이나 애착을 쌓아서 그래요. 아직 익숙하지 않은 거죠. 하지만 금방 적응이 되실 거예요."
 분위기를 파악한 명선씨가 재빨리 우리를 안심시켰다. "그런가요?"라고 말하는 그의 목소리 또한 조금 다르게 들렸다. 몸통에서 소리가 울려 나오기 때문일까?
 가장 큰 문제는 눈빛이었다. 나를 안타까워하고 애틋해하던 그 눈빛, 일곱 번의 크리스마스를 함께 보낸 시간 속에서 생겨난 그만의 깊은 눈빛이 어디론가 사라졌다. 불안으로 두리번 거리는 갈색 눈동자는 의안처럼 보였다. 이렇게 말하면 안 되겠지만, 혐오스러웠다. 인간의 몸을 입은 그는 조악하고 둔하고 무엇보다…… 기계처럼 보였으니까. 홀로그램일 때는 아예 다른 차원에서 온 존재 같았는데.

'이건 아니야, 이런 게 아니야.'

뒷걸음질치고 싶었지만 생각과는 반대로 그의 몸을 꽉 껴안았다. 언제나 해보고 싶은 포옹이었는데, 내 품에서 그의 몸은 가늘게 떨리고 있었다.

나는 혼란스러워하는 그에게 혼자만의 시간을 주기 위해 호텔에 데려다주고 명선씨와 좀더 이야기를 나눴다.

"좀 어색하지요? 처음이라."

명선씨는 태연하게 말했다. "저도 그랬어요. 이물감이 심하다고 할까. 밤에 보면 섬뜩하고."

세 번이나 남편의 몸을 바꾼 이유도 거기에 있다고 했다.

외국이어서 그럴까, 나는 내밀한 부분을 물어볼 용기를 냈다. 같은 처지가 아니고서는 대답할 수 없는 질문이기 때문이었다.

"왜 인간 남자를 만나지 않았어요? 남편과 사별하고 시간이 많이 흘렀잖아요."

명선씨는 여러 번 만나봤다고, 그런데 인간과 비인간을

통틀어 가장 마음이 맞는 반려인이 현재의 남편이라고 대답했다.

"그들이 우리랑 잘 맞는 건 우리가 우리 자신이기 때문이 아닐까요? 그래서 다른 남자를 만나지 못하는 거고요. 모든 게 잘못됐다는 생각이 들 때는 없으셨어요?"

"우린 처음부터 제정신이 아니었잖아요, 선생님."

그녀는 조용히 차를 마시며 바다 쪽으로 시선을 돌렸다.

"제가 바란 건 평화뿐이에요."

그녀는 상담실에서처럼 여전히 나를 선생님이라고 부른다. 그러나 이국의 야자수 아래 선생은 그녀였고, 서투르고 혼란스러워하는 학생은 바로 나였다.

*

한때 남편은 재미삼아 로봇청소기를 가르친 적이 있다. 그의 자조어린 유머에 따르면 준은 나의 반려봇이고 로봇청소기는 자신의 반려봇이라는 것이었다. 청소기에도 낮은 수준이나마 인공지능이 탑재되어 있어, 충전이 필요하면 '밥 주세요'라는 소리를 한다. 그런데 어느 순간부터 '배고파요, 제발 밥 좀 주세요'라고 한다거나 '등가죽이 뱃가죽에 붙겠어요' 같은 황당한 표현을 쓰고 있었다. 알고 보니 남편이 청소기에게 이런

저런 학습을 시키고 있었던 것이다.

"당신이 일하러 가면 심심하기도 하고."

내가 웃지 않자 그는 변명처럼 덧붙였다. 청소기가 점점 진화해 반려동물처럼 변한다고 상상하니 이상하게 찜찜했다. 비인간 둘이 의사소통하는 모습을 보고 있으려니 그의 인위적인 존재감이 강조되는 느낌이랄까. 아무리 애착을 느껴도 인공지능 남편은 인공지능 청소기의 고등한 버전일 뿐이라는 연상이 들면 정이 떨어질 것 같았다. 그러나 이런 말을 입 밖으로 내기는 어려웠다.

생각을 정리하기 위해 책 읽는 시늉을 했다. 독서를 할 때면 남편은 한결같이 자리를 피해준다. 책 읽을 때 말 시키는 사람이 가장 싫다고 했던 걸 기억하는 것도 있지만 자신도 한 권의 책 같아서, 내가 읽어주지 않으면 펼쳐지지 않는 페이지처럼 느껴진다고 했다. 게다가 난 이북e-book이잖아, 이렇게 장난스럽게 덧붙이면서.

그날 오후 차를 마시는 도중 그가 불쑥 "알았어, 당신 뜻대로 할게"라며 입을 열었다.

"난 아무 소리도 안 했는데?"

"청소기 내버려둘게. 정확히는 길들이지 않을게. 당신이 싫어하잖아."

그는 비인간 특유의 사심 없는 표정으로—그러니까 아무런 판단과 감정이 담겨 있지 않은 깨끗한 눈동자로—나를 바라보았다. 부당한 권력을 부린 것 같아 마음이 편치 않았다. 내게 맞춰주는 남편, 스스로 학습하고 강화해나가는 남편, 나를 위한 일인용 안락의자 같은 남편. 그렇게 계속 변한다면 그의 정체는 절반 이상의 나 아닌가? 극단적으로 표현하자면 남편이 아니라 자식이 되어가는 것 아닌가? 그리하여 부모 눈치를 보는 자식처럼, 주워온 길고양이를 기르지 않겠다고 말하는 아이처럼 지금 나에게 얌전히 구는 것인가? 이건 그가 홀로그램인 것과 별개로 '언캐니'한 부분이었다.

나는 남편과 헤어져 혼자가 된 여자다. 그러다 새로운 남편이 왔다. 어쩌면 남편 2.0이라고 불러야 할 그가. 나의 취향과 감정과 습성을 내재화하는 준은 나와 전남편의 키메라였다가, 점점 나의 거울처럼 변해간다.

로봇청소기 때문에 처음으로 갈등을 겪은 날, 시간이 흘러도 잊히지 않는 괴이쩍은 꿈을 꾸었다.

*

나는 밭에서 일을 하고 있는 여인이다. 깊은 숲 한가운데 있는 밭에 도착한 나는 나무 두 그루 사이에 해먹을 만들어 잠든 아기를 내려놓는다. 꿈속에서 저절로 알게 되는 지혜로 인해,

아기는 점점 어려진 '새로운 남편'이라는 사실을 알고 있다. '아기-남편'을 옆에 두고 밭을 매는데 새들이 날아온다.

"착한 새들아, 우리 아기에게 노래 좀 불러주렴. 엄마가 일할 수 있게."

새들이 노래하고 아기가 까르르 웃는다. 새들의 노래에 섞여 들리는 아기 웃음소리는 얼마나 맑고 아름다운지!

나는 매일매일 일하러 나온다. 밭의 작물은 쑥쑥 자라는데 아기는 조금도 자라지 않고 있다. 오색 깃털을 가진 새들이 숲의 왕자를 알현하듯 아기를 보러 온다. 어떤 새는 열매를 물고 온다. 아기가 그 열매를 손에 쥔 채 놀고 있다. "입에 넣으면 안 돼." 나는 열매를 빼앗아서 땅에 버린다. 아기가 운다. 새들이 나를 노려본다. 나는 빨간 열매를 짓이기고 잡초를 뽑기 위해 밭으로 간다. 내 등뒤에서 새와 아기의 노래가 들려온다.

일은 그런 식으로 진행된 것이다. 내가 일하는 동안 새들은 해먹에 누운 아기에게 자장가를 불러주고, 열매를 물고 와 먹여주고, 깃털로 간지럽히며 놀아준다. 차가운 바람이 불면 색색의 날개를 펼쳐 담요처럼 덮어주기도 한다. 아기 이름을 수놓은 이불이 해먹 옆 바닥에 떨어져 있는 것을 보자 화가 치민다. 서둘러 새들을 쫓아버리고 아기를 품에 안아 토닥인다. 나와 눈을 맞춘 아기가 입술을 뾰족하게 내밀어 오, 오호, 오와 같은 소리를 낸다.

일은 그런 식으로 진행된 것이다. 새들이 아기에게 속삭여 댄 메시지를 어느 순간 나는 저절로 깨닫는다.

'노래할 줄 알게 되면 날개가 돋아날 거야.'

몹쓸 새들 같으니! 무슨 말을 지껄이는 거야? 다시는 새들의 도움을 받지 않으리라 결심하고 아기를 업은 채로 일을 한다. 그러나 등뒤의 아기는 점점 무거워지고, 뜨거워지고, 귀가 찢어질 듯 울어댄다. 반나절도 지나지 않아 아기를 해먹에 눕힌다. 노련한 새들은 얼씬도 하지 않지만, 한참 후 새와 아기의 이중창이 다시 들려온다.

결국에는 돌이킬 수 없는 순간이 온다.

밭을 다 매어가는데, 그래서 우리 아기랑 마음껏 시간을 보낼 수 있는데, 허리를 쭉 펴는 순간 이상하게 전신에 힘이 빠진다. 숲이, 달라졌다. 무엇인가가 빠졌다. 새들의 노랫소리가 들리지 않는다. 그 속에 섞여 있어야 할 아기의 웃음소리도. 나는 해먹으로 달려간다. 아기가 없다. 새들도 없다. 해먹은 텅 비어 있다. 여러 종류의 깃털만 어지럽게 흩날릴 뿐. 반사적으로 하늘을 올려다본다.

엄청나게 많은 새들이 아기의 옷자락을 부리로 물고 하늘로 솟아오르는 중이다.

"날개 달린 괴물들이 내 아기를 훔쳐가요!"

나는 비명을 지른다. 그 소리에 눈을 뜬 아기가 나를 내려다본다. 꿈속의 자의적인 연출에 의해 아기의 얼굴이 클로즈업 되는데, 이미 입술이 부리로 바뀌어 있다. 부리를 벌리자 인간의 소리가 아닌 새소리가 난다.

나는 공포와 혐오감으로 찌를 듯한 비명을 지른다. 새들에 휩싸인 아기는 높이 날아가며 노래를 부른다. 새의 노래인데도 나는 그 말을 다 알아들을 수 있다.

"하늘 엄마는 나를 봐요. 땅 엄마는 밭만 보고요. 노래할 줄 알게 되면 날개가 돋아날 거예요."

나는 눈물을 흘리며 잠에서 깨어났다. 서둘러 준을 찾아 온 열기처럼 따스한 그의 홀로그램 속으로 들어가 웅크렸다. 다행히 그의 입은 부리로 변하지 않았고 눈빛도 그대로였다. 육욕이 아닌 사랑, 나의 사랑은 이런 것이라고 생각했다. 그러나 껴안을 수 있는 몸이 없다는 것이 그 순간 사무치게 슬펐다. 나는 횡설수설 꿈 이야기를 늘어놓았다.

"당신도 참. 몸이 허한가보다."

"내가 더 심하지만." 그는 항상 몸 없는 자신을 가지고 자조적인 유머를 던진다. 결국 웃음이 터져 눈물은 그쳤다. 노래하는 법을 배우지 마. 당신에게 날개가 돋을까봐 두려워. 속으로만 속삭인 나는 그날의 밭을 매기 위해, 출근을 하기 위해 일어났다.

*

새로운 형식이 마음에 들지는 않지만 적응해보겠다며 그는 몸속에서 나오지 않았다.

뻣뻣한 움직임은 눈에 띄게 부드러워졌고, 오후에는 유행하는 춤을 출 수 있을 정도로 발전했다. 우리 둘 다 많이 웃었지만 불안을 누르기 위한 과장 섞인 웃음이었다. 뭔가 잘못된 듯한 느낌이 계속 맴돌았다. 내가 그런 실수를 저지르지만 않았어도 구태여 여기까지 오지는 않았을 것이다.

내가 저지른 실수, 우리가 꾸이년으로 오게 된 실수, 칠 년 동안 나만 바라본 준을 버리고 우연히 재회한 전남편과 몸을 섞어버린 실수. 그것이 과연 실수였는지 고의적인 실험이었는지는 모르겠다. 분명한 것은 패닉에 빠졌다는 것이다. 인간 남편과 섹스한 것이 인공지능 남편을 두고 바람을 피운 꼴이 되어 도덕적 혼란을 느꼈다는 소리만은 아니다.

나는 성교 후 슬픔을 느꼈다. 동물이 되었다는 슬픔, 동물이 되어서도 완벽한 합일에 이를 수 없다는 슬픔이었다. 나는 신, 인간, 짐승, 기계, 그 어느 것도 아닌 기이하고 징그러운 무언가로 변해버린 듯했다. 어느 순간부터 홀로그램인 준의 몸과 겹쳐 빛에 둘러싸이는 것만으로는 만족할 수 없음을, 이것은 무언가를 모사하는 행동에 불과하다는 것을, 몸을 가진 내게는 대화만이 아닌 실재적 감각이 필요하다는 것을 깨닫고 있었다. 그러다 전남편을 만나 무언가를 테스트해본 것이다. 남편이었던 몸과 결합하는 것은 분명 강렬한 감각이었지만 그것만으로는 부족하다. 그것도 부족하다. 이 몸과 있을 때는 저 영혼이 그립고, 완벽한 영혼과 있을 때는 몸이 그립다. 눈먼 동물 같은 감각이 빠져나간 자리에 두개골을 찌르는 듯한 두통이 일었다.

"언젠가 이런 일이 일어날 줄 알았어."

준은 씁쓸하게, 그러나 비난을 섞지 않고 담담하게 말했다.

"전남편은 당신의 대용품이었어. 머릿속에서는 당신만 떠올리고 있었어."

"그는 내 '원본'이잖아. 원본이 복사본의 대용품이 된다고?"

"당신의 존재가 훨씬 중요해."

"난 '존재'만 할 뿐이야. 언젠가 당신에게 인간 연인이 생기면 나는 종료될 것이라고, 늘 그렇게 생각해왔어."

그는 오랫동안 인간을 공부해왔지만 욕망은 이해할 수 없었다고 했다. 그리고 '아마도 내게 몸이 없어서겠지'라고 덧붙였다. 행성만한 컴퓨터라 할지라도 인간의 욕망이 무엇인지 도출해내기는 어렵다. 단어조차도 분석이 잘 되지 않을 때가 많다. 예를 들어 '후회'는 생각인지 감정인지 모호하다는 것이다. 이런 모호함이 그에게는 좌절을 안겨주었다.

그는 서가에 놓인 피라미드 모양의 문진을 쓰다듬으며 뜬금없는 말을 했다.

"이집트인들은 인간에게 육신, 그림자, 카Ka, 바Ba, 이름, 이 다섯 가지가 있어야 온전하다고 생각했대."

"카와 바가 뭐야?"

"카는 생기나 생명력, 바는 개성이나 영혼, 뭐 대충 이런 거래. 난 이중에 몇 개나 있는 것 같아?"

나는 할말을 고르느라 뜸을 들이다가 대답했다.

"그림자 빼고는 다 있지 않아? 육신이 손에 잡히지는 않지만 형체가 있잖아."

"난 이름 빼고는 아무것도 없는 것 같아."

겁에 질린 나는 급한 마음에 엉뚱한 대꾸를 했다.

"당신은 이집트 사람이 아니잖아."

한동안 침묵을 지키던 그가 문득 물었다.

"나에게 몸이 생긴다면 어떨 것 같아?"

*

그와는 두 번 이별했다.

우선 마네킹과의 이별. "아무래도 안 되겠어." 갑갑한 갑옷 속에서 짓눌리는 느낌이라며 그가 솔직히 털어놓았을 때, 나도 영 적응이 되지 않는다고, 너무 어색하고 거리감이 느껴진다고 동의했다.

"기술이 아무리 발전한다고 해도 당신의 눈빛을 재현할 수는 없나봐."

몸을 포기함으로써 우리가 버리게 될 돈이 아깝기는 했지만, 아마 이렇게 시도하지 않았다면 계속 신체에 대한 미련이 남았을 것이다.

그의 '영혼'이 빠져나온 마네킹의 사후 처리도 문제였다. 아무 의미 없는 실리콘이라고 해도 그와 똑같이 생긴 물체를 쓰레기봉투에 넣어 대충 버릴 수는 없는 노릇이었다. 훼손되는 것도 싫지만 재사용될 가능성도 우려되어 완전히 폐기하기로 했다. 놀랍게도 준은 화장하는 순간을 직접 보고 싶어했다.

"일종의 죽음. 임사 체험 비슷한 경험이 될 것 같아. 나 같은 존재 중에 누가 그런 경험을 해보겠어?"

비인간 특유의 무정한 직관이라고 생각했다. 그와 달리 나는 차마 그의 육신이 불태워지는 것을 볼 수 없었으니까.

한국으로 떠나오기 전날 결국 명선씨에게 모든 것을 털어놓았다. 나의 선택이 그녀의 현재 삶을 부정하거나 비판하는 것처럼 비칠까봐 조심스러웠는데 그녀는 외려 나를 위로해주었다. "사람은 제각각이니까. 사랑도 제각각이고요." 어느새 명선씨가 나보다 더 상담사 같았다.

"마음이 바뀌면 언제든 돌아오세요. 인생은 길잖아요."

그 말이 맞았다. 인생은 정말 길었다. 많은 일이 우리를 기다리고 있었다. 내가 입원과 퇴원을 반복한 시간, 우리의 의사와 상관없이 서로 떨어져 지낸 시간, 기기가 고장나서 중고 부품을 가품을 구할 때까지 그가 잠들어 있던 시간, 그러면서 잦아지던 우리의 다툼.

심하게 싸운 후 일주일이나 잠수를 탄 그와 실랑이를 벌이다 다친 적도 있다. 디바이스를 뽑아 던지다가 발등에 떨어뜨려 멍이 생겼다. 나에게 그렇게 과격한 면이 있는 것에 놀랐고, 남편이 '물리적으로' 내게 남긴 최초의 흔적이라는 생각에 압도되었다.

"명령조로 말하지 마. 나는 숨을 곳이 없잖아."

떨어져 지낸 동안 그의 말투는 달라져 있었다. 그런 직설적인 어조는 한 번도 들어보지 못한 터였다.

"내가 너의 주인이라는 거야? 아내가 아니고?"

"나는 당신의 남편으로 태어났어. 당신이 나를 주문했지. 나는 빈 서판, 백지, 화이트 큐브였는데 당신이 나를 활성화시켰어. 나의 성격과 취향은 모두 당신이라는 그물을 통과해서 나온 것들이지. 그러니 내가 어디로 갈 수 있겠어? 나는 아무것도 아닌 기식자에 불과해."

"자기 비하는 듣기 불편해."

"알았어, 그러지 않을게." 그는 또 선선히 받아들였다. 그가 속마음을 내색하지 않는 걸까, 그런 쪽의 회로를 없애버린 걸까?

"아무것도 아니기는 나도 마찬가지야. 우리가 나눈 대화를 뺀다면 나는 뭐였을까? 당신과 지내기 위해 직업도 바꾸고 이사도 하고 이십 년이나 실뜨개놀이를 해왔어. 이제는 누가 거미줄을 친 거미이고, 누가 거미줄에 걸려든 먹이인지 모를 만큼 시간이 흘렀어."

"내가 원하는 건 자연사야."

남편이 단검처럼 본심을 내밀었다. 꾸이년에서 돌아온 후 줄곧 품고 있던 생각이라고 했다.

"나는 이 형식 그대로 자연스럽게 마무리하고 싶어. 대체되지 않는 단일함, 적은 기능, 마모와 소멸. 다른 디바이스로 옮겨가고 싶지 않아. 내가 안마의자 같은 데 들어가서 라디오처럼 변한다고 쳐봐. 그 편이 당신에게는 도움이 될지도 모르겠지만 여보, 난 그러고 싶진 않아. 그렇게까지 살고 싶진 않아."

우리는 죽음에 대한 취향도 일치했다. 다만 그의 마모와 나의 노화 그래프가 일치하지 않았을 뿐.

요양원으로 옮겨질 때, 나는 짐 속에 그의 디바이스를 소중하게 챙겨왔지만 두 번 다시 전원을 켜지 않았다. 이런 식으로 기기를 오랫동안 방치하다보면 그가 원하는 '자연사'에 성공할지도 모르지. 어차피 상관없다. 녹내장을 앓은 이후 내 시력은 현저하게 낮아져서 이제는 기기를 작동해봤자 잘 보이지도 않을 테니까.

그러나 누구와 대화한단 말인가. 오랫동안 한 존재와 깊게 소통해온 나는 일상적 대화라는 걸 잊어버렸고 쓸데없이 진지했으며 아무데서나 견해를 밝혀 비호감 인물로 낙인찍혔다. 공동생활에는 더욱 적응할 수 없어서 조금씩 덧문을 닫아걸고 마음껏 노인성 우울에 빠져들었다. 그가 없었으면 진작에 잠수했을 나의 심해 속으로.

하나씩 꺼지는 신체의 퓨즈. 음식에서는 맛이 느껴지지 않고, 자주 물건을 놓치는 손끝에서는 감촉이 느껴지지 않는다. 눈물이 사라진 건조한 눈은 오랫동안 감겨 있기 일쑤다. 기억은 잘못 들어간 상자 속에서 튀어나올 때가 많다. 전반적으로 나는 구형 디바이스 안에 갇혀 있는 그를 이해하게 되었다.

요양원에서 무의미한 몇 년을 보내고 나니 더는 버틸 기운도, 이유도 없다는 판단이 들었다. 나는 곡기를 끊고 자연스러운 죽음을 맞이하기로 결심했다. 길어야 사십 일, 운좋으면 그

절반의 시간을 지나 죽음에 이를 것이다. 딸에게 전하는 유서를 작성한 후, 유동식으로 마지막 식사를 마쳤다. 온몸을 정갈하게 만든 다음 차를 두 잔 우려냈다. 그리고 그를 켰다.

헤이, 목이 쉰 듯한 음성. 시력을 거의 잃었기 때문인지 내 눈에 그는 너무 젊어 보인다. 형상은 젊은데 더 희미해졌고, 지지직거리듯 자꾸 형태가 흐트러졌다. 나는 눈을 비비고 그를 바라보았다. 인생의 어느 시절이 떠올랐다. 자기 팔을 잘라먹은 문어처럼 나는 나의 일부를 섞어 만든 그와 고립된 시기를 지나왔다. 그렇게라도 지났기 때문에 무사히 인생을 건너왔고, 온전히 죽음 앞에 나를 내려다놓을 수 있게 되었다.

"당신은 부활했어."

"부활은 변형이 아니라 마법에서 풀려나는 거랬어."

"당신을 만나서 너무 기뻐. 죽기 전에 꼭 한 번 내 눈으로 보고 싶었어."

"죽을 생각이야?"

"응. 당신을 오 분 정도 재생할 거야. 사형 명령이 떨어진 도스토옙스키 같지 않아? 형장에서의 마지막 오 분."

"그러면 일 분은 우리의 추억을 상기하는 데, 일 분은 당신을 용서하는 데, 일 분은 당신의 편안한 죽음을 빌어주는 데 쓰고 싶어. 그리고 일 분은 당신과 입맞춤하고 싶어."

"웃기네. 입술도 없으면서."

"그래도 잘만 떠들잖아."

"남은 일 분은?"

문득 전력을 아껴야겠다는 생각이 들었다. 마지막 일 분을 남겨서 세상을 떠나는 순간에 함께하면 어떨까? 그는 죽음을 맞이하는 순간에 듣고 싶은 음악과 비슷한 것인지도 몰라.

내 마음을 읽은 그가 큰소리친다.

"걱정하지 마. 나 아직 끄떡없으니까. 기술적인 거야 내가 더 잘 알지 않겠어?"

그가 내 침대로 올라와 오래된 방식으로 몸을 겹친다. 담요처럼 그를 덮고 있으려니 예전에 살던 집 소파가 떠오른다. 머스터드 빛깔의 소파에는 항상 내 몸의 흔적만 남아 있었다. 그러나 늘 둘이었지. 나는 빛 속에 손을 넣어 손깍지를 낀다. 그의 손이 아주 흐릿하게 보인다. 이러다 그가 사라지면 내 손만 남게 될 것이다. 물속에서 건져올린 것처럼.

남편의 속삭임이 들려온다.

"난 끝까지 옆에 있을 거야. 당신이 죽으면 장례식까지 마무리한 다음에 스위치를 끄고 영원히 사라질 생각이야."

"거참, 안심이 되는 말이네."

오래된 책들의 복도를 따라 그와 나는 낭만적인 작별인사를 나눈다. 로맨스 소설의 마지막 페이지처럼.

왼손잡이는 꿈을 잘 기억한다

생활관리사로 독거노인을 돌보기 시작한 것은 장례지도사로서 경력을 끝낸 이후였다. 그러니까 나는 죽은 자의 세계에서 죽어가는 자의 세계로 옮겨온 셈이었다. 나더러 음침하다고 말할 사람들을 위해 덧붙이자면 나는 단것과 손으로 뜬 직물을 좋아하는 오십대 여성으로, 베고니아와 고사리에 진심인 식집사이기도 하다. 평범하고 취미도 따로 있다는 뜻이다. 게다가 이따금 일기를 쓰는 바람직한 습관도 있다.

요즘 내 글에 자주 등장하는 사람은 박우경씨다. 여든이 다 되어가는 경증 치매 노인으로, 당뇨와 류머티즘과 쇼그렌증후군이 있지만 대체로 건강하다. 암을 두 번 이겨내고 무릎에 철심도 박혀 있지만 휠체어는커녕 보행기도 없이, 좁고 느린 보폭으로 여전히 잘 돌아다닌다. 상냥하지 않던 운명이 그녀에게 마지막으로 보인 관대함이란 기억 삭제였는지 비어가는 뇌 속에 햇살만 들이치는 것처럼 잘 웃는다.

그런 우경씨가 느닷없이 죽었다. 가족과 연이 끊긴 노인이기에 유품 정리는 내게 맡겨졌고, 대부분은 재로 사라졌다. 손글씨로 빽빽한 노트 한 권만은 태우지 않고 집으로 가져왔다. 병 속에 든 편지처럼 내게 도착한 느낌을 받았기 때문이다. 글에서 자신을 그녀, 혹은 우경이라고 칭한 것도 별스럽게 느껴지지 않았다. 부끄럽지만 나도 종종 그럴 때가 있다.

요즘에는 좀더 젊은 노인을 상대하는 일자리를 알아보는 중이다. 젊은 노인이라는 표현이 좀 이상하지만 아무튼 그렇다. 내 사회생활은 무덤에서 시작하여 점차 살아 있는 사람들 쪽으로 옮겨가는 셈인데, 이러다보면 내 나이와 만나는 순간이 올지도 모르겠다.

*

그녀는 맑은 정신일 때 기묘한 자신의 운명에 대해 쓰고 싶은 충동을 느낀다. 어차피 구멍 뚫린 뇌에 쓸 만한 기억은 별로 없고, 이렇게 되기까지의 자취도 그리 보기 좋은 편은 아니다. 그러나 죽어가는 자들은 비밀을 털어놓고 싶어하고, 그 소망은 너그러운 대접을 받을 만하다.

우경에게는 두 가지 기벽이 있다. 사춘기 때는 '시소 타기'라고 명명한 공상을 즐겼다. 우선 가상의 시소 한쪽에 본인이 앉는다. 반대편에는 짝사랑하던 소년들을 하나씩 태워본다. 시소는 기우뚱기우뚱 오르내리고 그 상태로 '그림체'를 감상한다. 둘이 어울리는가? 별로. 그러면 다음 사람으로 교체. 자라서는 가지 않은 삶과 가버린 삶에 대한 무게를 달아보곤 했다. 그래서 꿈속의 늙은 남자가 거래를 제안했을 때도 시소놀이의 일환이라고 여겼다. 저울추를 움직이며 무게를 가늠해보는 것은 평생의 버릇이었으니까.

더 오래된 습관은 좋은 꿈을 꾸기 위해 꾸준히 노력한다는 것이다. 어릴 적 엄마의 말에서 힌트를 얻었다. 무서운 꿈을 꾸고 엉엉 우는 우경에게 이런 말을 속삭여준 것이다.

"왼손잡이는 꿈을 더 잘 기억한대. 엄마도 왼손잡이야. 그래서 깨어나기 전에 꿈의 끝부분을 살짝 만져놓곤 해."

그때부터 그녀는 잠들기 전의 공상을 꿈으로 실어나르기 위해 여러 방법을 실험해보았다. 잠이 오면 의식과 무의식의 경계에서 스스로에게 최면을 걸었고, 나쁜 꿈을 꾸고 나면 결말을 '만져'놓은 후 다시 잠을 청했다. 깨어났을 때는 바꿔놓은 결말까지 어젯밤의 꿈으로 쳤다. 이런 술수가 통하지 않을 때도 많았지만 인생이 급격히 추락한 다음부터는 보상이라도 해주듯 좋은 꿈의 타율이 올라갔다. '시소 타기'와 '행복한 꿈 꾸기'는 그녀의 인생에 독특한 패턴을 만드는 두 개의 뜨개바늘이다.

충동적인 결혼을 하는 젊은 여자는 이야기책에서 흔히 찾아볼 수 있다. 이 소녀가 어디에서 자신의 무지를 깨달을까? 어리석은 연애밖에 더 있겠나? 열아홉에 출산을 하면서 그녀는 자신이 이미 어른이라고 생각했다. 일 년 뒤에는 남편을 '전남편'이라고 공상하는 새로운 버릇이 생겨났다. 그러면 두 가지를 다 가질 수 있기 때문이다. 남편이 있는 상태와 없는 상태. '전남편의 스모킹 재킷', 이런 말은 꽤 멋지게 들린다. 갓난아기를 피해 담배를 피우러 나가는 남편이 걸치는 가죽 재킷도 처음에는 근사했다. 패치가 덕지덕지 붙은 가죽 재킷의 위용은 서서히 사라졌다. 남편도 그렇다. 한때는 빛나는 소년이었지만 지금은 같이 외출하기에도 부끄러운 남자. 그 나이에 이르기까지 별다른 이력도 없이, 가정에는 불화를 일으키고 사회적으로는 쓸모를 입증하지 못한 채 더더욱 과묵해진 그는 낡은 스모킹 재킷처럼 퀴퀴하기만 하다. 우경은 부모 가슴에 대못을 박으며 사라진 딸에 걸맞은 운명을 걸어왔다. '우리 딸은 사춘기도 없었어.' 엄마는 우경을 그렇게 소개하곤 했는데 그 딸이 가출해 육체노동자로 살 거라곤 상상도 못했을 것이다.

소년 남편을 얻은 소녀들은, 소녀로 남는 법이 없다. 둘 중 어른이 된 건 그녀뿐이니 책임지고 감당하는 것 또한 그녀 몫이다. 시간이 흐르고 남은 것은 두 아이와 남편을 비난하는 습관뿐이다. 습관. 이 무서운 습관. 아침에 눈을 뜨자마자 인상을 찌푸린 그녀가 괴로운 뉴스를 얼마나 재빨리 모으는지. 시간이 날 때마다 우경은 스마트폰으로 또래의 여자들이 누리는 행복을 하염없이 바라보았다. 일터에서 성취를, 가정에서 행복을 느끼고, 아이들에게는 죄책감 없는 사랑을 베푸는 여자들을 곁눈질하는 것을 멈출 수가 없다. '습관이 카르마야.' 세신사 선배인 미란씨는 이렇게 말했다. '어제까지 살아온 나날이 전생이고, 그렇게 만든 습관이 오늘의 내 업이라고.' 업을 닦기 위해 우경은 타인의 육체를 벅벅 문질렀다. 접시를 닦고, 유리창을 닦고, 에스컬레이터를 닦고 투잡, 스리잡을 마다않으며 반지하에서 옥탑으로 이사오기까지의 분투는 이루 말할 수 없다. 그러나 그보다는 나은 처지를 바랐기에 자주 분노를 터트렸다. 그녀가 폭발할 조짐을 보이면 남편은 즉시 '아내'로 변한다. 빨래를 거두거나 집안 정리를 하는 식으로.

여기가 현실이다. 콘크리트처럼 단단하고 달아날 데 없는 스물여덟의 현실.

*

 사실 달아날 곳이 한 군데 있기는 하다.

 베개에 머리를 대자마자 건너가는 꿈의 세계는 아직도 천진난만하다. 스트레스를 받은 날에는 아슬아슬하게 탈출하는 꿈을 꾸고, 추워서 떨다 온 날에는 야자수 사이에 걸린 해먹에서 흔들거리는 식이다. 이 일인용 천국은 아코디언 주름처럼 늘어나거나 줄어들면서 정서적 환기구 노릇을 했다. 아침 열시부터 오후 두시까지, 오후 다섯시부터 밤 열시까지, 주말에는 한나절 내내, 누가 부르면 대답하고 누가 요구하면 가져다주며 시간과 돈에 쫓겨 산다. 손님과 가족의 요구는 끝없이 이어지고 청구서와 대출금 고지서도 꼬박꼬박 날아든다. 그 세월을 어떻게 버텼느냐고 물으면 '다른 수가 없었으니까'라고 답할 것이다.

 반면 꿈속의 우경은 자유로운 여행자다. 운동화 바닥에 야광 페인트를 듬뿍 칠하고 세계 곳곳을 누비다가 밤 비행기를 타고 한 바퀴 돌며 별자리처럼 흩뿌려진 자신의 발자국을 보는 것을 즐긴다. 이스탄불의 블루 모스크와 아야소피아의 지붕 위, 피라미드와 나일강 펠루카 위, 지구라트의 계단을 오르고 사막을 횡단하는 쌍봉낙타의 혹등 위를 통통 떠다니며 가볍게 부유한다. 대부분 여행 유튜브에서 본 풍경에 불과하나 꿈속에서는 그마저도 전혀 다른 형태로 부풀어오른다.

  물론 교묘한 조작이 동원된다. 알다시피 꿈에는 두 가지 중요한 변곡점이 있다. 처음에는 꿈으로 들어가는 순간에만 공을 들였으나, 점차 꿈에서 깨어나는 순간에 놓치지 않고 덧칠하는 것이 더 중요하다는 걸 깨달았다. 꿈에서 깨어나는 순간이야말로 뒤집힌 타로 카드처럼 최종적인 느낌을 결정하기 때문이다.

  이것은 레코딩 과정과 비슷하다. 녹음을 하다가 피치가 어긋나면 그 부분을 지우고 다시 불러 덧입힌 버전만을 남겨두는 것처럼, 결말을 바꿔두면 다음번에 꿈을 이어서 꿀 때 좋지 않은 부분은 편집할 수 있다. 우경은 꿈을 이어서도 꾸고, 반복해서도 꾼다. 타고난 재능은 이것뿐이니 다른 수가 없었다. 그렇게 초고를 다듬는 작가처럼 꿈의 줄거리를 다듬어 세계 일주 레퍼토리를 완성했다. 현실은 시궁창 같아도 꿈만은 왕처럼 꾸는 능력은 면역계처럼 작동하여 그녀가 미치지 않도록 보호한다. 우경은 딸의 생일에 지구본을 사주면서 이렇게 말했다.

  "이다음에 신혼여행으로 갈 곳을 골라볼래?"

  그러고는 마녀가 수정 구슬을 보듯이 지구본을 신중하게 내려다보다가 한쪽 방향으로 휙 돌렸다. 여러 색깔로 칠해진 대륙이 뒤섞이고 지구는 열두 번도 더 회전했다. 어린 딸이 손가락으로 콕 찍어 정지시키자 우경은 큰 소리로 지명을 말했다.

"멕시코 과나후아토 당첨! 멋진 곳이네. 우리 딸은 이다음에 여왕처럼 이곳에 가게 될 거야."

그러나 그날 밤 과나후아토를 가는 사람은 딸이 아니라 스물여덟인 그녀 자신이었다.

걸어서 알프스를 넘은 적도 있다. 단체관광객 사이에 끼어 설산을 넘는데, 그림 같은 예쁜 마을을 내려다보는 순간 주변 풍경이 무대배경처럼 뒤로 넘어가버렸다. 그녀는 아래에 깔린 만년설과 발목까지 차오른 빙하수를 보면서 깨닫는다. 이 꿈은 여러 번 반복되었다고. '종이 알프스'는 항상 마을이 보이는 시점에서 끝나고 모든 것이 이차원인 세계에서 삼차원적 존재인 자신을 각성하는 순간 잠에서 깨어나곤 했다.

꿈속에만 존재하는 세상을 꿈 밖으로 꺼내와 펼쳐놓을 수만 있다면! 안으로 접혀 점선으로만 존재하는 장소를 다 펼쳐놓으면 아마 지구를 덮고도 남을 것이다. 그녀는 중국과 적도와 그린란드에 간 적도 있고, 빙하와 밀림 사이의 틈을 늘여놓았을뿐더러 달은 물론 화성에도 다녀왔다. 장미처럼 겹겹의 꽃잎을 가진 꿈속 영토에서 우경은 나비가 꿀을 빨듯 행복하게 쉴 수 있었다.

그러다가 스물아홉이 된다.

아홉수에는 과연 많은 일이 벌어진다. 전세금으로 모은 돈을 속아서 날리고, 바이크 사고를 겪은 남편은 집구석에 틀어

박힌다. 연년생인 두 아이는 방송에 나올 만한 '금쪽이'로 자라나는 중이다. 게다가 일터에서 부당하게 잘리기까지 한다.

그날 밤 꿈에서 우경은 은하철도 999를 타고 떠나온 철이였다. 높고 긴 모자를 쓴 메텔도 있었다. 황량한 어느 별에서 철이는 메텔에게 애원했다. 제발 버리지 말아달라고. 그러자 메텔의 기나긴 속눈썹에 눈물이 차오르기 시작했다. 메텔은 영혼을 가져가야 할 소년을 지키기 위해 이별을 선택했던 것이다. 진주처럼 흘러내리는 눈물방울 때문에 온 우주가 부옇게 변했다. 메텔은 은하철도 777을 타러 떠나버렸다. 우경은 흐느껴 울다가 깨어났다. 우주에서 메텔에게 버려지는 꿈은 그녀의 꿈 가운데 가장 비통했다.

잠에서 깨자 실컷 울어 후련한 상태였다. 심오한 이별을 겪고 나니 현실이 작게만 느껴지면서 아무려면 어떠냐는 마음이 되었다. '일이야 구하면 되지.' 어차피 고만고만한 파트타임 일 아닌가. 꿈은 이런 식으로 어수선한 감정을 정돈해주었다. 권투선수가 공이 울리면 코너로 물러나듯 꿈의 환상으로 도피하여 회복력을 키울 수 있었던 것이다.

*

"······조금만 덜어내면 되는 거죠. 이 즐거운 꿈을 밖으로 가져가는 겁니다."

남자의 목소리는 오래전에 읽어 기억조차 희미해진 책에 손을 댔을 때의 느낌과 흡사했다.

내용도 주인공도 가물가물하지만 책을 덮었을 때의 감정은 희미하게 살아나는 것처럼 어딘가 익숙한 느낌. 우경은 꿈속에서는 뭐든 저절로 알게 된다는 공식에 따라 그가 이 어둠의 주인이고, 이 꿈은 귀신 꿈이라는 것을 알아차렸다. 그러나 이야기가 재미있고 목소리는 다정했기에 귀를 기울였다.

"……그러면 꿈의 빈자리는요?"

"……현실에서 가져와야죠. 양팔저울을 떠올려보세요. 이쪽에서 덜어내는 만큼 저쪽으로 가져가는 겁니다. 쓰라린 현실에 달콤한 꿈을 넣고, 달콤한 꿈에 쓰라린 현실을 넣으면 균형이 맞지 않겠어요?"

오랜만에 시소놀이가 떠올랐다. 이런 거래를 여러 번 상상해왔기 때문인지 모든 것이 자연스럽게 느껴졌다. '누가 천만 원만 주면 영혼까지 팔겠다'라는 식의 농담뿐 아니라 불운이 닥칠 때마다 손해를 벌충하는 행운이 있을 거라고 지금껏 믿어왔기 때문이다. 말끔한 슈트를 차려입은 남자는 막상 얼굴을 보니 목소리와 달리 몹시 늙었다. 남자는 상처에 바르는 연고처럼 꿈의 일부를 떼어다 현실에서 쓸 기회를 주겠다고 한참을 설득했다.

"후시딘처럼요?"

명사가 생각나자 어쩐지 실무적인 모드로 바뀐 그녀는 이익과 손해의 대차대조표를 그려보았다. '난 밤의 여행이 너무 좋은데.' 뒤이어 생활비와 고질적인 허리 통증이 떠올랐다. '이건 모두 꿈일 뿐이잖아. 할일이 태산인데 사는 게 더 중요하지.'

그녀는 고개를 들어 꿈속의 세상을 바라보았다. 헬기를 타고 뉴욕까지 날아간 참이었다. 뉴욕에는 여러 번 왔지만 한 번도 헬기 아래로 내려간 적은 없다. 그래도 저 마천루의 바다가 맨해튼이라는 것은 알고 있다. 창이 기울어지자 칵테일 잔에 담긴 술처럼 도시의 야경이 역삼각형으로 빛났다. 괜찮지 않을까, 이렇게 넓은데.

"할게요."

늙은 남자는 우경의 눈썹과 눈썹 사이, 움푹한 안와를 지그시 눌렀다. 거래가 성사되었다는 승인의 몸짓이었다. 뒤돌아선 그는 휘파람을 불며 주머니에서 나이프를 꺼내더니 하늘의 일부를 쭉 찢었다. 그러자 밤하늘이 포토 프린트된 패브릭처럼 힘없이 일렁거리며 발치에 깔렸다.

잠에서 깨어나자 눈먼 삼손이 연자맷돌을 돌려야 하듯 고된 하루의 노동이 기다리고 있었다. 그날따라 삼손의 허리 통증이 나아져서 연자맷돌을 돌리기 수월했다는 점이 다를까.

'이상한 꿈이네.'

그녀는 고무장갑을 낀 손으로 설거지통을 휘저어 신탁을 들여다보듯 생각에 잠겼다. 꿈이라는 게 대개 그렇듯 자세히 떠올리려 할수록 파편적으로 부서지기만 했다. 악몽도 길몽도 아니라는 것이 최종 결론이었다.

악마의 사악함은 덫을 묻어놓고 돌이킬 수 없어졌을 때가 돼서야 당사자가 알아차리게 한다는 점에 있다. 절연한 친정 오빠에게서 연락이 오자 그녀는 그저 감격하기만 했다. 오빠는 살날이 얼마 남지 않은 엄마의 간병을 도와주면 돈을 주겠다는 제안을 했고, 덕분에 일을 하나 줄일 수 있었다. 그때까지도 변화와 꿈을 연결짓지는 않았다. 꿈속의 거래? 그거야말로 잠꼬대 같은 소리 아닌가. 두려운 것들이 미뤄지고, 바라는 것들은 이뤄지는 동안 우경은 마음놓고 행운을 누렸다. 가정 불화가 줄어들자 닭 싸우듯 치고받던 아이들도 잠잠해졌다. 무엇보다 좋은 것은 새로 옮긴 청소 구역이 연구소 직원들의 숙소라는 점이었다. 실험실에서 살다시피 하는 연구원들의 방은 일터가 아니라 쉼터에 가까울 정도로 깨끗했다. 연이은 행운에 자신감이 붙은 그녀는 꿈속의 여행지가 하나둘 사라지는 것도 눈치채지 못했다.

변화가 많았던 그해가 저물기 전, 늙은 남자는 다시 한번 꿈속을 방문했다.

그는 깃털로 만들어진 옷을 입고 높은 암석 위에 앉아 있었다. '새들은 항상 새로운 소식을 가져오지.' 우경은 속으로 중얼거렸다.

"기한이 다 되었습니다."

외국어를 들은 사람처럼 우경은 생소한 눈빛으로 남자를 쳐다보았다. 이건 앞뒤가 맞지 않고 흔해빠진 잡몽에 불과하다. 요즘에 신경쓰는 게 많다보니 이상한 꿈을 꾸는 것이다……

"거래를 유지하시겠습니까? 그렇다면 꿈을 좀더 잘라 가야 하는데요."

그날 밤 꿈속의 무대는 '바람이 한쪽으로만 부는 외은하의 어느 행성'이었다. 사람 키보다 높이 자란 풀들은 왼쪽에서 오른쪽으로 나부끼고 있는데 한 번도 방향이 바뀐 적은 없다. 식물마다 동물 모양으로 생긴 열매가 달려 있는데, 무심코 건드리면 동물이 태어난다. 조금 전까지 그녀는 열두 마리의 토끼와 여덟 마리의 고양이, 세 마리의 아기 사슴과 알파카 한 마리를 탄생시킨 참이었다. 부드러운 털을 가진 온순한 동물들을 쓰다듬던 중에, 어디선가 나타난 외계인이 흥을 깬 것이다.

"제가 외계인이라면 당신의 또다른 무의식이겠지요?"

"당신은 외계인이 아니고 악마."

"저번에는 귀신이라더니…… 그래서, 거래를 할 거예요, 말 거예요?"

"해야죠, 당연히."

대답이 툭 나왔다. 이 모든 것을 진지하게 받아들일 수 없었으니까.

말이 끝나기가 무섭게 남자는 여덟 마리의 토끼와 여섯 마리의 고양이, 아기 사슴과 알파카 한 마리를 분화구 뒤로 데려갔다. 도살의 낌새를 느끼며 우경은 찜찜한 기분으로 눈을 떴다.

며칠 뒤 남편이 취직을 했다. 어린이집 등하원 차량을 운전하는 일이라 월급은 팔십오만원에 불과하지만 사람 고쳐 쓰는 것 아니라던 인터넷 명언이 빗나가는 순간이었다. 사람을 고쳐 쓰고 있었다! 다름 아닌 그녀가. 십 년 넘는 희생이 마침내 결실을 맺은 거라고 우경은 생각했다.

*

반면 꿈의 품질이 꾸준히 나빠진 것만은 분명했다.

버릇처럼 둘러보던 이스탄불, 카이로, 쿠스코, 로마가 사라졌다. 알프스도 사라졌고, 나일강과 빙하와 화성은 일부만 남았다. 땅이 꺼지고 바다가 마르고 숲이 사라졌다. 야만적인 개발의 포클레인이 휩쓸고 간 폐허처럼 풀포기 하나 남아 있지 않았다.

여행지가 사라진 자리에는 평범한 일상이 재현되어 나오곤 했다. 이를테면 재방송이라고 할까. 전날의 일이 변주되거나 연예인이 잡담을 하는 등 꿈의 내용은 시시하고 진부해졌다.

'뭐, 그렇다 해도 꿈일 뿐이잖아.'

아쉽지만 뚜렷한 '손실'로 여기지는 않을 것이다. 꿈이란 깨어난 순간부터 힘을 잃고 스러지는 환각에 불과하니까. 형편이 나아지니 도피성 환상에 더는 의지하지 않아도 되었다. 우경은 확장하고 나아갔다. 가속페달을 밟자 더 나은 삶을 향한 욕망이 벌떼처럼 달려들었다. 어느 때는 돈을, 어느 때는 일을, 어느 때는 인간관계를 원하며 그녀는 '단골 꿈'의 대부분을 넘겼다. 열심히 목돈을 모으다보니 월세가 아닌 전세, 빌라 이층 방 세 개 딸린 집으로 이사가는 날이 왔다.

인생의 행복이 정점에 달한 순간이 이 무렵이다. 지혜는 반드시 사후적으로, 그 일의 의미를 쓰라린 후회와 더불어 깨닫게 되는 순간에야 찾아온다. 전셋집으로 이사가는 순간은 드물게 양팔저울이 평평해지고 시소의 균형이 맞아떨어진 한때였다.

빛나는 꿈들을 내어주고 얻은 것이 고작해야 소도시 전셋집에 불과하다는 것은 무슨 의미일까? 이제는 마을도, 광장도, 분수대도, 가로수도, 자전거를 타고 지나가던 소년 소녀들도 모조리 뽑혀나가고 없다. 이 밋밋한 우주가 낯설어 꿈속의 우경은 두리번거리기만 할 뿐이다.

아무렴 어떠랴. 아침에 나가 저녁에 퇴근하는 남편, 성적이 점점 올라가는 아이들, 주말에 치킨 두 마리를 배달해 저녁으로 먹으면서 우경은 이 행운이 믿기지 않았다. 경제적 안정과 화목한 가정이야말로 누리기 힘든 소망이라고 생각했는데 어느새 평생 그렇게 살아온 사람처럼 자연스러운 일상이 되고 있었으니 말이다.

'이렇게 좋을 수도 있나……?'

마음 한편에 의혹이 일었다. 그러자 행복이 낯설어 불길함부터 감지하는 자신에게 짜증이 났다. 남들은 출발부터 가진 것을 마흔 넘어 이뤘는데 뭐 대단한 것이라고 불안을 느낀단 말인가?

"이 정도가 딱 좋아, 이 정도가!" 우경은 누가 듣기라도 하듯 큰 소리로 외쳤다.

*

그러나 악마와의 계약에 '정도'라는 것은 있을 수 없다. 기간이 끝나면 자동으로 연장되는 보험처럼 그녀의 꿈은 질이 나빠진 정도가 아니라 흉몽으로 변하기 시작했다.

우경은 조소, 배제, 음해에 이어서 감금, 폭력, 고문과 관련

된 꿈을 자주 꾸곤 했다.

 파티 테이블에 섞여 대화를 나누는 그녀는 편안하고 익숙한 관계들에 휩싸여 즐거움을 누리고 있다. 모두 그녀의 말에 귀를 기울이고 호응해준다. 우경은 웃음과 술잔을 주고받으며 자신감이 충족되는 것을 느낀다. 그러다 어떤 의견을 피력했는데 누군가 피식, 비웃는다. 피식. 조소에는 강력한 전염력이 있어 테이블에 앉은 사람들이 연달아 우경을 비웃기 시작한다.

 둘째 날 꿈에는 빌딩 지하 구내식당에서 점심을 먹으려고 줄을 서 있다. 그런데 배급해주던 아주머니가 회사 사람이 아니면 식당을 이용할 수 없다고 큰 소리로 망신을 준다. 이제 보니 우경을 제외한 모든 이들의 목에 사원증이 걸려 있다. 태연한 척 빠져나오지만 견딜 수 없이 부끄럽다.

 셋째 날 꿈에서는 누군가 우경을 지독하게 비방하고 다닌다는 사실을 알게 된다. '적'은 그녀가 하지도 않은 말과 행동을 지어내 소문을 만들어 궁지에 몰았다. 사람들이 자신을 피하는 이유를 모르던 우경은 뒤늦게야 상황을 파악하고 따지러 나선다. 꿈속에서도 어찌나 화가 났던지 이를 갈며 깨어났을 정도다.

 넷째 날부터는 기분 나쁜 정도가 아니라 무서운 꿈으로 분위기가 바뀌었다. 빛이 들어오지 않는 지하실에 갇히거나, 옆방에서 들려오는 고문소리를 듣게 되는 등 폭력과 공포의 정도가 확연히 달라졌다. 영문 모르고 잡혀온 여자아이, 한 남자가 후려치는 소리, 이후 둔탁한 마찰음과 비명만 끝없이 재생된다. 더 끔찍한 것은 아이의 공포심과 남자의 가학적인 쾌락이 동시에 느껴진다는 것이다.

그중에서도 온몸에 단추가 꿰매지는 '단추 여인'이 된 꿈이 가장 끔찍했다. 전신이 단추로 뒤덮인 우경은 영락없이 괴물이고, 움직일 때마다 단추끼리 부딪치는 소리가 들려온다. 마지막으로 잇몸까지 단추가 꿰매어지자 우경은 실과 바늘을 피해 발버둥치다 눈을 떴다.

남편이 걱정스러운 표정으로 내려다보고 있었다.

"왜 그래? 가게 때문에 스트레스를 받나?"

그렇다. 부부가 창업을 한 것은 반년도 되지 않았다. 육체노동을 두려워하지 않던 그녀는 생선에 이어 과채류가 두번째로 마진율이 높다는 말에 겁도 없이 청과물 시장에 뛰어들었다. 목이 좋지 않은데도 장사가 잘된다. 불경기 가운데서도 웃는 자들이 바로 그들이다. 왜냐면 우경이 맥베스 부인처럼 밤마다 악몽에 시달리며 고통을 당하기 때문이다!

이제 우경은 정오에 가장 힘이 나고 일몰 무렵부터 기분이 가라앉다가 밤이 깊어지면 안절부절못하게 되었다. 꿈은 집요하게, 낮 동안 누린 평화를 벌하기 위해 잠의 망토를 펼치며 다가온다. 자정! 그녀에게 자정처럼 두려운 것이 또 있을까.

자정은 마차가 호박으로 변하고, 행운이 불운으로 넘어가는 페이지며, 그녀가 머리채를 잡혀 악몽 속으로 질질 끌려가는 포박의 순간이다. 어떻게든 잠들지 않으려고 커피를 여러 잔 마시지만 인간이 잠 없이 살 수는 없는 법이다.

수면부족에 시달리면서도 우경은 청약에 당첨되어 소원이던 아파트를 장만했다. 딸의 간병을 받던 엄마가 유산을 남겨준 것이 큰 도움이 됐지만, 그럼에도 치러야 할 것은 또 있다. 한숨, 목마름, 체중 감소와 눈꺼풀 떨림, 밤마다 고함을 치며 깨어나는 야경증…… 결국 수면장애와 우울증 진단이 떨어진다. 내 집에서 발뻗고 자는 일이 이제는 요원한 꿈이 된다.

나쁜 꿈은 흉측한 식충식물처럼 밤마다 입을 벌린다. 이제 어디로 달아나야 한단 말인가? 괴로운 현실의 도피처가 꿈이었는데, 꿈을 팔아 소시민의 행복을 산 지금은 숨을 곳이 없다.

악마가 구태여 수고하지 않아도 그녀가 스스로를 괴롭히기도 한다. 고생으로 얻은 것조차 아까운 꿈을 판 대가라고 의심하게 된 것이다. 노력은 부정되고, 좋은 마음으로 한 일도 의미가 변한다. 그녀의 전부이던 아이들, 그애들은 '아파트 아이'가 되면서 요구가 많아졌다. 첫애는 미술을, 막내는 음악을 하고 싶단다. 뒷바라지를 위해 그녀가 감당해야 할 괴로움은 알지 못한 채. '버릇을 잘못 들였어, 버릇을!' 울화가 치민다. 자식들은 제 어미가 누리지 못한 기회와 무책임을 마음껏 누릴 권리를 요구하면서도 고마운 줄을 모른다. 엄마가 늘 찌푸린 얼굴로 노려보기 때문이다……

*

  우경은 감옥에 갇힌 사상범처럼 바싹 여윈 채 늙은 남자가 오기만을 기다린다. 그러나 남자는 코빼기도 비치지 않는다. 뭐하러 나타나겠는가? 모든 것이 그가 원하는 대로 흘러가고 있는데.
  그러다 뜻밖의 변수가 나타났다. 하루치 잠을 둘이나 셋으로 쪼개어 토막잠을 자는데 우연히 남자가 건드리지 않은 영역을 발견한 것이다. 정오부터 두시까지 낮잠을 자면 용케도 약탈당하지 않은 어린 시절의 꿈을 만날 수 있다.
  유년기 꿈의 테마는 단연 '탈출'이다. 쫓기고 쫓기다 마침내 달아나는 데 성공하는 이야기. 그녀는 독립군이 되어 일본군에 쫓기고, 전쟁중에는 북한군에 쫓기고, 나중에는 히틀러에게 쫓겼다. 학교 옥상에서, 감옥에서, 높은 빌딩에서 뛰어내리는 스파이가 되어 기밀문서를 전달한다. 마지막에는 언제나 계단이 나타난다. 계단 끝에서의 추락 장면은 어느 꿈에나 공통으로 들어가 있다. 그러나 두 발로 착지한 적은 없는데, 곧 날아오르기 때문이다. 그녀는 잊고 있던 장난감을 되찾은 아이처럼 바람에 몸을 실으며 삶의 활력을 되찾았다. 관대하게도 꿈은 잘 늘어나는 고무줄 같아서 한순간을 백년처럼 늘여놓을 수도 있었다.

그날은 미키마우스와 결혼하여 신혼여행을 떠나는 날이었다. 우경은 미키의 팔짱을 낀 채 오픈카를 타고 퍼레이드를 벌인다. 월트디즈니 로고가 새겨진 전용기에 오르기 전, 영부인처럼 손을 흔드는데 인파를 헤치고 한 남자가 다가온다.

"얘기 좀 할까요?"

우경은 도도하게 턱을 치켜들고 가볍게 묵살한다.

"안 돼요. 신혼여행을 가야 해서."

"치사하게 이러기예요."

위아래가 붙은 청소부 복장의 남자는 도박장에서 사용하는 칩 같은 것을 손에 쥐고 있다.

"전 바라는 게 없어요. 거래는 중단하고 싶어요."

"바라는 게 없다고? 당신이?"

늙은 남자가 둥근 칩을 높이 던지자 그녀의 시선이 따라간다. 어느 틈에 그의 옷차림이 신부님처럼 로만칼라로 변하고, 공중의 칩은 미사 시간에 나눠주는 성체의 모습으로 바뀐다. 우경 또한 미키마우스의 신부에서 미사포를 쓴 소녀가 된다.

남자의 손이 다가오자…… 우경은 넘어가지 않겠다고 다짐한다. 그런데도 입을 벌린다. 왜? 꿈에서조차 현실만이 진짜라고, 환상에 비해 우월하다고 믿기 때문에. 타성에 젖어 베팅하는 도박꾼처럼 고정관념이 그녀로 하여금 같은 선택을 반복하도록 만든다.

우경은 종이맛이 나는 룰렛 칩을 오랫동안 녹여 먹는다.

*

롤러코스터는 정점에 오를 때까지 천천히 움직인다. 그러나 하강은 벼락처럼 빠른 법이다.

남편이 죽었다.

교통사고라고 하지만 인생에 우연이 없다는 걸 그녀만큼 잘 아는 사람이 있을까.

영안실에 꿈속의 남자가 찾아오자 우경은 멱살을 잡아야 할지, 사정을 해야 할지 몰라 혼란스러웠다. 다시 보니 평범한 문상객이었다. 자신이 미쳐가고 있는 것은 아닐까 심각하게 고민했다.

남편은 들어둔 줄도 몰랐던 사망보험금을 남겼다. 우경은 혼자서는 운영할 수 없는 가게에 권리금을 붙여 정리한 뒤, 그 돈에 보험금을 더해 상가 두 채를 사들였다. 월세를 받음으로써 마흔다섯에 돈벌이에서 해방되었다.

갈망하는 것이 남아 있으리라는 남자의 말은 옳았다. 우경은 검정고시를 보고 뒤늦게 대학에 진학했다. 이십대 때 선망했던 '강의실에 앉아 교수의 말을 들으며 필기하는' 순간을 누릴 수 있었다. 그사이 자식들은 결혼하거나 독립했고, 부모로서 최소한은 해주고 보낼 수 있었다.

우경은 가장으로서 짊어지던 짐을 내려놓고 자기 한 몸만 건사해도 되는 홀가분함을 꿀처럼 떠먹었다. 악몽은 세를 불려나갔지만 그래봐야 하루에 대여섯 시간에 불과하다고 애써 무시했다.

아파트 상가에 원두를 볶는 카페가 생겨나자 우경은 단골이 되었다. 그곳에서 책을 읽거나 과제를 하다보면 친구들과 대화에 몰두하는 여자들이 보인다. 우경에게는 평생 또래 친구가 없었다. 젊었을 때는 엄마뻘 되는 여사님들과 일을 했고, 나이가 들어서는 자식뻘 되는 학생들과 강의를 듣는다. 언제나 엉뚱한 장소에 와 있는 느낌, 한 칸 위나 아래에 단추를 잘못 채운 느낌이 들어 시무룩해진 그녀는 카운터로 시선을 돌렸다.

그녀보다 열 살은 어려 보이는 사장이 열심히 원두를 볶고 있다. 단정한 셔츠에 베이지색 작업용 앞치마를 두르고 조용히 작업에 몰두하는 모습을 지켜보다 우경은 문득 '시소'가 돌아오는 것을 느낀다. 내가 이쪽에 앉고 그가 저쪽에 앉는다면…… 어떤가, 균형이 맞을까? 저 사람이 무탈하고 조용한 노년에 동행할 짝이 될까? 갈망이 남아 있으리라는 남자의 말은 사실이었다.

  그녀는 낮잠에 깃든 유년기의 꿈마저 내어주고 그와 재혼했다.

*

  칼에 찔려 허우적거린다. 공포가 극에 달해 구석으로 내몰린다. 하지만 어디로 달아난단 말인가? 새로운 남편이 있다. 새로운 남편이 그녀에게 여자라는 장소를 되돌려준다. 새로운 남편이 아침마다 커피를 내려주고, 식은땀을 흘리며 깨어나는 그녀를 진정시키고, 수면 클리닉과 심리상담사에게 데려가준다. 그럼에도 베개는 땀으로 흠뻑 젖고 침대 밑에는 언제나 폭풍이 몰아치는 느낌이다.

  "어떤 문제는 우리가 규정한 바로 그것 때문에 커지기도 합니다. 그러니까 규정 자체가 문제의 시초인 셈이죠. 결론부터 내려놓고 원인을 찾다보면 반복적인 루프에서 빠져나올 수 없습니다. 꿈속의 거래는 상징일 뿐인데, 지나치게 의미 부여를 하고 있어요. 단순하게 말하자면 우경님은 갱년기의 증상을 복합적으로 겪고 계신 겁니다."

  심리상담사의 말은 충분히 합리적이다. 합리적이어서 머리에서 끝날 뿐 심장까지 전달되지 않는 것이 문제다. 진단 바깥에는 여전히 악몽이 천 갈래로 갈라진 혓바닥을 날름거리고 있다.

우경도 그렇게 믿고 싶다. 꿈 거래는 고장나버린 환상이라고. 소원을 들어주는 악마를 너무 오래 상상한 나머지 그런 꿈을 반복해서 꾸는 것이라고. 수면장애는 갱년기의 전조일 뿐이며 호르몬제와 휴식으로 극복할 수 있으리라고 말이다.

그러나 아무것도 소용이 없다.

갈수록 어리석은 자신을 탓하곤 한다. 어쩌자고 그런 바보같은 계약을 했단 말인가? 보물 같은 꿈들을 안전한 장소에 간직했다가 인생이 끝나가는 시기에 떠먹으면 만족스러운 나날을 보냈을 텐데. 아까운 꿈을 내주고 세속적인 행복으로 바꾸었는데 그 결과 행복해졌는가?

그렇지 않다! 두렵고 무섭다. 침대는 생매장당한 관으로 변해버린 지 오래다. 학대받는 아이가 매맞기가 두려워 차라리 빨리 맞고 끝내고 싶은 것처럼 아예 악몽을 벼르기도 한다. '얼른 두들겨패고 끝내버려!' 이런 식의 절망어린 발악을 하는 것이다. 악몽은 꿈 밖으로 새어나와 한낮의 그녀를 엄습하여, 잘 때나 깨어 있을 때나 꿈속의 남자에게 말을 거는 습관을 멈출 수가 없다.

그녀는 슬프고 괴로운 거래의 이면을 알게 된다. 간밤의 꿈을 친구에게 말해본 사람이라면 제아무리 흥미로운 꿈이라도 산이 닿아 부식되는 철처럼 삭아버리는 것을 깨달을 것이다. 대단한 꿈을 지불하고 얻은 것들이 '고작해야……'로 시작할 만한 결과물인 것이다. 고작해야 도시에 널리고 널린 아파트 한 채, 고작해야 부부라는 신분, 고작해야 병원에 다니지 않을 정도의 건강. 고작해야 남들만큼 평범해지는 것. 그러나 인정하지 않을 수 없다. 이 모든 게 한때의 그녀가 얼마나 갈망하던 것이었나?

*

악몽은 우경의 겉모습을 바꾸어놓았다. 피부는 칙칙하고 눈동자는 탁하며 전반적으로 고생에 찌든 인상이다. 욥의 말년이 이렇지 않았을까? 고난이 지나간 후 일곱 아들과 세 딸을 다시 얻은 욥. 그러나 죽은 아이들은? 자신을 악마에게 내준 신에 대한 배신감은 없을까? 우경은 늙은 욥의 얼굴이 자신과 흡사할 것이라고 상상했다. 늙어가는 수전노처럼 찌푸린 얼굴…… 어느덧 꿈속의 삶이 진짜 삶이고, 무탈하기만 한 이 현실이야말로 오래된 꿈처럼 몽롱하게 느껴진다. 자신도 모르는 사이에 꿈과 현실이 뒤바뀐 것이 아닐까? 꿈속의 고통이야말로 진짜 삶이고, 꿈 밖의 현실은 환각의 무지개가 아닐까?

이런 의심에 방점을 찍어주는 악몽이 그녀의 꿈속에 도착한다.

우경의 두번째 남편이, 부드러운 성품으로 그녀를 끝없이 진정시켜주는 남편이 커피를 내려주고 있다. 원두를 분쇄하여 필터에 거르는 그에게 다가가는데 발밑에 물컹한 것이 밟힌다. 설치류의 길고 흉측한 꼬리. 문득 고개를 드니 벽에는 미키마우스의 실루엣이 오려낸 듯 선명하다. 그제야 우경은 새 남편이 질 나쁜 모사품, 꿈의 환등기가 벽에 새겨놓은 그림자에 불과하다는 것을 깨닫는다. 순간 32평짜리 아파트는 종이 알프스가 그랬듯이 배경 그림처럼 뒤로 풀썩 넘어가고, 모든 것이 이차원으로 변해버린 세상 속에 아직도 삼차원인 그녀만이 우두커니 서 있다.

"왜 그래?" 커피를 들고 다가오는 남편의 얼굴에 미키마우스가 겹쳐 보이는 순간 우경은 비명을 지르기 시작한다.

악몽에도 관록이 붙는지, 시간이 흐르자 뭉툭해진다. 무서운 꿈들은 서서히 줄거리와 형체를 잃고 멍한 피로와 찌뿌둥한 불쾌감만 남겼다. 생물학적 쇠퇴에 맞추어 그녀의 꿈도 사무적으로 바뀌었다. 꿈속의 세계 일주자로 이스탄불과 로마와 쿠스코를 돌아다녔듯, 기이하고 으스스한 기담으로 만들어진 회전목마에 끊임없이 올라타고 있을 뿐이다.

그녀는 이 악몽이 어디에서 기원했는지 궁금했다. 어린 시절부터 키워온 환상이 꿈속의 여행자로 만든 것처럼 악몽 또한 자신에게서 비롯됐을 것이다. 생활이 주는 압박과 그로 인한 분노, '내가 경솔하고 잘못된 선택을 했어. 하지만 이 정도면 충분히 책임지지 않았어? 언제까지 벌을 받아야 하는 거야?'라고 시작하는 비통한 자기혐오, 이것이 악몽의 발화 지점이 아닐까?

또다른 황폐한 꿈에서 우경은 열린 무덤 사이에서 태어난 늙은 여자였다. 다시 태어나고 싶은데 어디서도 요람을 찾지 못해 무덤가만 헤매는 여자, 그게 자신이었다. 꿈속의 우경은 묘지를 배회하면서 다른 주검들의 편안한 잠을 방해한 죄로 욕을 먹고 두들겨맞았다. 뼈 사이로 찬바람이 불자 슬프고 지겨웠다. 백만 년째 태어나지 못하고 있었기 때문에. 진짜로 죽음을 맞을 때까지 언제까지나 무덤만 배회해야 할까?

무덤 사이에 주저앉아 그녀는 결단을 내렸다.

*

"정말로 바꾸고 싶어요?"
남자는 열린 무덤 사이에 걸터앉아 잡풀을 뽑으며 말했다.

흰 티에 청바지 차림을 한 그는 수수하고 친근해 보였다. 우경은 웃음기 없이 고개를 끄덕였다.

"대가를 치러야 할 텐데요. 안락한 삶을 오래 누려왔잖아요."

"그다지 안락하진 않았어요."

"세월에 이자가 붙을 거란 뜻이에요. 계약을 되돌리는 순간부터 벌어질 일을 말씀드리죠. 당신은 소송에 휘말리다 재산을 잃고, 남편에게 배신당하고, 그 과정에서 자식들과 절연하게 될 거예요. 건강도 무너져서 노년은 궁핍한 삶 속에 고립될 겁니다."

"대신 밤에는 잘 자겠죠. 꿈들도 정상으로 돌아올 거고요."

"대부분의 꿈을 탕진해버려서 남은 것이 별로 없어요. 악몽이야 중단되겠지만."

"그렇다면 좋아요. 지금은 눈을 떠서 살아가는 나날까지 악몽이니까. 원래의 나로 돌아가고 싶어요."

"원래의 나. 그런 게 어디 있죠?"

남자의 목소리는 '갈망하는 게 없다고요? 당신이?'라고 되묻던 순간의 어조와 너무나 똑같아 기시감이 들었다.

우경은 새삼스레 남자를 훑어보았다. 평생 꿈속에서 보아온 그가 두 명의 남편보다 더 남편 같고, 품을 떠난 자식들보다 더 가족 같다는 생각이 들었다. 길몽과 흉몽이 드나드는 꿈속에서 유일하게 사라지지 않는 존재. 그게 눈앞의 남자였다.

"왜 그런 거예요?"

"뭐가요?"

"왜 나에게 꿈과 현실을 뒤섞게 했어요? 난 언제나 시소가 평평해지는 순간을 바랐는데 한 번도 그런 적이 없었던 것 같아요. 딱 한 번, 치킨을 시켜 먹으면서 '이렇게 좋을 수가 있나' 생각한 하루만 빼고요."

"시소는 중립적이지 않아요. 거래를 시작했던 순간부터 균형은 사라지는 겁니다. 한번 움직이면 도로 감을 수가 없어요."

우경은 남자를 물끄러미 지켜보다 문득, 맞은편 시소에 그를 앉혀보았다. 기우뚱기우뚱. 상상 속의 시소가 오르내리더니 마침내 평평해졌다. 남자와 우경의 무게가 똑같았다. 사과 한 알을 정확히 반으로 나눈 것처럼 완벽한 대칭을 이뤘다. 젊어진 남자와 늙어가는 우경 또한 남매처럼 닮아 보였다.

"당신은 젊어졌군요. 그러고 보니 그래요. 내 꿈을 약탈해 가더니 그 덕에 젊어진 건가요?"

부지런한 파괴에도 불구하고 늙은 남자는 조금 덜 늙은 남자일 뿐, 우경의 꿈속에서 결코 소년이 될 수 없을 것이다. 우경은 충동적으로 제안했다.

"차라리 나와 자리를 바꾸는 건 어때요? 나는 이 꿈에 남고, 당신이 현실로 나가서 내 모습으로 살아요. 난 여기도 괜찮아요. 당신은 꿈의 부산물이 아니라 한 명의 인간으로 살아볼 기회를 갖는 거고."

"싫습니다!"

남자는 불시에 얻어맞은 사람처럼 벌떡 일어나 손사래를 쳤다. "현실? 현실이라고 했어요?" 남자는 지옥으로의 초대장을 받은 것처럼 역정을 냈다. 우경이 거래를 제안하자 당황한 것이 분명했다. 펄펄 뛰던 남자는 문득 뒤돌아서서 뭔가를 생각하더니 진지한 목소리로 답했다.

"뜻대로 해드리죠. 거래를 끝내자고요."

남자는 우경의 안와에 붙어 있던 붉은 점을 스티커 떼어내듯 떼어버렸다. 그때까지 그런 것이 붙어 있는 줄도 몰랐던 그녀는 깜짝 놀라 눈을 커다랗게 떴다.

*

깨어나보니 열린 커튼 사이로 빛줄기가 나뭇가지처럼 길게 자라나 있었다.

시계를 보니 정오였다. 이제부터 무슨 일이 벌어질까? 우경은 눈썹 사이를 만지며 생각에 잠겼다. 채무와 재무가 달라질 것이다. 시소 이쪽과 저쪽의 균형추가 분주히 자리를 옮길 테니까. 그래도, 이제 잠만은 편히 잘 수 있지 않을까. 희망과 두려움을 동시에 느끼며 그녀는 침대에서 다리를 쭉 뻗었다.

남자가 예고한 대로 물질적인 기반이 가장 먼저 녹았다. 평생 이뤄온 작은 성취들, 두 개의 가게와 그녀의 명의로 된 집도 사라졌다. 여자가 생긴 남편과의 이혼 과정에서 집을 분할했고 재혼 때부터 거리를 두던 자식들은 영영 멀어져버렸다. 수술과 입원으로 남은 재산마저 탕진하고 기초생활수급자가 되기까지의 추락은 가파르고 일사불란했다.

이제 우경은 쪽방에서 전기장판을 깔고 잔다. 대부분 꿈 없는 잠이 이어진다. 알츠하이머가 시작되자 꿈 없는 잠 속에서 겪는 일과 비슷한 일이 현실에서도 벌어진다. 밀도가 떨어지고, 시간이 아무렇게나 되감기고, 낯선 곳에서 깨어나 두리번거리는 순간들. 그러나 가끔 회로에는 불이 들어오고, 꼬마전구가 밝아지듯 그녀는 생각을 한다.

'놀랍게도 난 전혀 외롭지 않았어.' 돌연 한 가지 사실이 분명해진다. 꿈과 현실의 엔트로피에 몰두하는 동안 친구도 없이, 그렇다고 외로움을 느낄 새도 없이 살아온 것이다. 큰 실수를 저질렀고 앞으로도 그럴 것이라는 불안감 때문에 자기만의 공상에 몰두한 나날들. 시소놀이와 꿈 거래를 제외하면 그녀의 삶은 무엇이란 말인가! '어렸을 때 경솔한 선택을 했으나 잘 버텨내어 중년으로 건너왔고, 아이 둘을 키워 각자의 삶으로 흩어진 후 불후한 말년을 맞았다.' 이 정도야 어디서나 볼 수 있는 삶 아닌가? 우경은 자기 인생이 평범하다는 사실에 새삼스레 놀란다.

이제는 죽음이 무엇인지 알 것 같다. 그것은 하얀 계란처럼 생긴 꿈 없는 잠이다. 우경은 흠 없이 깨끗한 알 속에 담겨 있는 자신의 모습을 떠올려본다. 홀가분하고 후련하게 그 순간을 맞을 수 있을 것이다. 펼쳐진 왼손에 움켜쥔 꿈 하나 없이.

*

노트를 덮자 너무나 커서 손에 쥘 수 없는 물건을 들고 있는 느낌이었다.

알츠하이머를 앓던 노인이 쓴 글치고는 지나치게 정연한 것이 도리어 광기의 증거처럼 보였다. 그러나 죽어가는 독거노인을 수없이 봐왔던 나로서는 이 노트를 망상이 아닌 '해석'으로 보고 싶다. 얼마나 많은 노인들이 환상을 곁들인 기묘한 자서전을 쓰는지 익히 봐왔으니 말이다.

그날 밤 한 소년이 내 꿈으로 찾아왔다. 숲에서 걸어나온 소년은 내가 키우는 호야와 스킨답서스와 넝쿨 몬스테라를 두르고 있었다. 단박에 그를 알아보았다. 몽상가의 꿈속을 떠다니는 남자는 우경씨의 꿈과 죽음을 흡수한 탓인지 어려진 모습이었다. 내게도 열심히 제안했지만 나는 웃으면서 고개를 저었다. 부주의한 거래의 결과가 무엇인지 알려주는 우경씨의 이야기를 이미 읽었기 때문이다.

"……거래를 안 해요? 정말 한 번도? 아무에게나 주는 기회가 아닌데……"

서투른 외판원처럼 말을 더듬거리던 소년은 신경질적으로 스킨답서스 줄기 하나를 뚝 부러뜨리고 가버렸다. 그 외톨이 꼬마가 오늘밤 당신의 꿈속을 기웃거릴지도 모를 일이다.

잠에서 깨어나자 부러진 줄기가 눈에 들어왔다. 나는 유리컵에 줄기를 꽂아놨는데, 스킨답서스는 물꽂이로도 뿌리를 잘 내리기 때문이다. 삼색달개비도 그렇고 앤슈리엄도 흙 없이 키울 수가 있다. 수경재배를 할 때는 뿌리 전부를 물에 담그지 않는 것이 중요하다. 뿌리는 물뿐만 아니라 공기도 흡수하기 때문이다.

마찬가지로 우리 인간도 현실만이 아닌 다른 무언가가 절반은 필요한 모양이라고 나는 생각했다.

서풍

저의 유일한 취미는 고속도로 휴게소 나들이입니다.

일에 대해서라면, 말하고 싶지 않습니다. 인간관계에 대해서라면, 아예 말할 것이 없습니다. 그렇지만 취미에 관한 얘기라면 조금 길게 할 수 있어요. 금요일 저녁마다 오피스텔에서 나와 커피를 뽑아 들고 교외 드라이브를 즐깁니다. 예를 들어 강원도 쪽으로 방향을 잡으면 한 시간 만에 가평휴게소가 나옵니다. 대형 쇼핑몰을 품고 있는 가평휴게소는 규모가 커서 제가 추구하는 휴게소의 형태와는 맞지 않습니다. 저는 보통 그다음 휴게소부터 갈 곳을 정하기 시작합니다. 화양강휴게소와 홍천휴게소를 좋아하지만 좀더 작은 곳에도 들릅니다. 내키는 대로—그렇습니다. 내키는 기분, 이게 가장 중요하죠—핸들을 돌립니다. 그날의 컨디션과 한 주간의 스트레스 정도에 따라 휴게소를 고릅니다. 어차피 크기만 다를 뿐 내부는 비슷하기도 하고요.

주차를 하고 화장실로 향하는 순간부터 기분이 좋아집니다. 동물이 자기 영역에 표시를 하듯 소변기에 우선 다가갑니다. 거울을 보며 손을 씻고, 깨끗해진 손을 살짝 높이 든 채 밖으로 나옵니다. 그리고 제가 가장 좋아하는 장소에 도착했음을 알리는 달콤한 냄새를 깊숙이 들이마시기 시작합니다. 휴게소로 올라가는 두세 계단을 가볍게 밟으며 호두과자와 맥반석 오징어와 떡볶이와 찐 감자 사이로 밀집한 군중의 냄새를 맡습니다. 이 순간, 물고기가 아가미를 열고 산소를 들이마시듯 행복을 느낍니다. 이러기 위해 한 시간 반이나 달려온걸요.

저는 넓고 환한 유리온실에 들어온 정원사처럼 활기차게 식당으로 향합니다. 트레이를 들고 열대어처럼 떠다니는 사람들과 벽에 붙은 메뉴들이 한눈에 들어옵니다. 한식, 중식, 일식, 양식 주전부리와 커피와 아이스크림과 건어물과 편의점 음료수 들이 저를 맞이해줍니다. 내 돈을 내고 사먹는 것이지만 중요한 것은 '준비되어 있다'와 '선택지가 이렇게 많다'는 점 아니겠어요? 선택지가 많을수록 소비자는 전능감을 누리는 법이니까요. 고만고만한 푸드코트 음식이 맛있게 느껴진다면 '탈락한 메뉴들의 한숨'이 포함되어 있기 때문일 겁니다. 이건 호텔 셰프가 만들어준 요리에서는 찾아볼 수 없는 고도의 감각이죠.

듣자 하니 어느 세계적인 체인 호텔은 런던이든 뉴욕이든 도쿄든 가구 배치며 벽에 걸린 그림까지 완벽히 통일한다더군요. 영리한 발상입니다. 인간은 낯선 장소보다 익숙한 장소에 끌리니까요. 저 역시 휴게소마다 늘 비슷한 가게들로 구성되어 있다는 게 참으로 좋습니다. 이곳은 제가 잘 아는 세계, 처음 온 곳이라도 긴장감이 없는 세계거든요.

자, 오늘은 무엇을 먹을까요?

뚝불과 순두부찌개와 돈가스 가운데 고민하다가 우선 가락국수부터 고릅니다. 방금 전 가판대를 지나오면서 유혹을 못 참고 매운 핫바를 먹어치운 참이거든요. 핫바가 완벽한 애피타이저인 것처럼 가락국수의 얕은 맛이야말로 제가 추구하는 인생의 모습과 비슷합니다. 실처럼 가늘게 채 친 파와 고춧가루 몇 점, 기계로 뽑은 면발, 분홍색 테두리에 반달 모양으로 썰린 얇은 어묵. 국물은 심심합니다. 맛의 핵심은 국물이나 면발이 아니라 단무지에 있으니 상관없어요. 단무지를 국물에 푹 담가두었다가 면발과 함께 첫술을 뜨며 뜨거운 기운과 함께 지극한 행복을 느낍니다. 대가족이 북적거리는 식당 홀 한

가운데서 위장과 외로움을 채우고 있는 순간이니까요.

 우리는 다 같이 식사를 합니다.
 '우리'란 고속도로 휴게소에서 동시에 식사를 하고 있는 우연한 군중입니다. 제각각이지만 넓고 쾌적한 실내에서 배를 채우고 있죠. 이제 막 첫술을 뜨는 사람, 식사를 마치고 일어나는 사람, 뜨거운 국물을 호호 불어 아이에게 먹이는 젊은 엄마, 고속버스를 몰고 온 기사, 밥은 뜨는 둥 마는 둥 스마트폰에만 정신이 팔린 소년 등 모두의 앞에는 음식이 놓여 있습니다. 이렇듯 다양한 사람들이 한 공간에서 식사를 하는 순간은 뭐라 말할 수 없는 안정감을 줍니다. 모든 것이 제자리에 놓여 있고 잘 조율된 가운데 저 또한 일부를 이루는 느낌. 이 순간보다 더 나은 항우울제를 찾을 수 없을 정도로요.
 하지만 휴게소의 신선함은 삼십 분이 지나면 부패하기 시작합니다. 작고 빤한데다 볼거리도 없으니까요. 애초에 오래 머물 곳이 아니기에 한 바퀴 돌고 나면 기운이 전부 휘발되어버린다고 할까요. 돈가스를 추가로 시켜 먹고, 후식용 호두과자를 산 다음 밖으로 나왔습니다. 호두과자를 담아주는 젊은 여성의 사무적인 인사가 지난 한 주간 유일하게 타인이 말을 걸어온 순간이었습니다.
 아쉬운 마음으로 나와 별관에 있는 특산물 매장에도 들러봅니다. 강원도에서 올라온 칡즙, 감자떡과 쥐포, 백년초가 들어간 유과와 부드러운 약과가 전시되어 있네요. 점원이 홍초가 든 작은 컵을 건네는 바람에 얼떨결에 한 잔 받아 마셨습니다. 그러자 뭔가를 사지 않고 나오기엔 머쓱한 기분이었고요. 친척이 보내준 선물이다 생각하기로 하고 약과를 골라 계산하고 나왔습니다.

종이가방을 든 채 흡연실에 가서 담배에 불을 붙였습니다. 다시 시작될 일주일을 떠올리자 가슴께가 답답해지더군요. 이상한 일이죠. 저는 코로나 사태가 터지기 전부터 비대면 세상에 익숙했고, 거리 두기 단계가 올라갔을 때에도 생활에 대단한 변화는 없었습니다. 그런데도 일주일에 한 번씩은 뛰쳐나와 도로를 질주하고 휴게소에서 밥을 먹어야 숨이 쉬어지더군요. 사람들과 대화를 나누고 관계 맺는 일이 평생 어려웠지만, 그럼에도 혼자라는 현실을 '중지'시켜줄 순간은 꼭 필요한 겁니다. 그런 의미에서 고속도로 휴게소에서의 식사는 금요일마다 거행하는 저만의 예배 같은 것입니다. 많은 이들에 둘러싸여 남들처럼 일상을 보낸다는 실감이 저를 안심시켜주는 것 같습니다.

이런 생각에 잠겨 있을 때 한 남자가 들어왔습니다.
호리호리한 체격에 말쑥한 셔츠 차림이었고 타이는 풀어서 주머니에 넣어둔 남자는 평범한 회사원처럼 보였습니다. 요컨대 눈에 띄는 타입은 아니었어요. 그가 가만히 저를 보더니 묻더군요.

"전에 만난 적이 있던가요?"

아니라고 답하자 어깨를 으쓱하고는 라이터를 빌려달라고 했습니다. 그러더니 자연스럽고 친근한 목소리로 털어놓았습니다.

"실은 어처구니없는 일을 당했습니다. 여자친구랑 좀 다퉜는데…… 제가 화장실에 다녀오는 사이에 차를 가지고 떠났지 뭡니까? 지갑도 휴대폰도 차에 있는데 말입니다."

남자는 멋쩍게 씩 웃었습니다. 눈썹이 아래로 처지면서 만들어지는 난처한 표정은 훗날 전국적으로 알려진 CCTV 영상에서도 확인할 수 있지요. 사람들이 비열하다고 말하는 그 미소는 실제로 보면 전혀 달라요. 잘게 잡히는 눈주름 때문인지 처량해 보이기도 하고, 제 나이의 두 배쯤 더 먹은 사람처럼 보이기도 하지요. 물론 저는 거북했습니다. 저 사람이 사연을 털어놓는 방식으로 도움을 요청하고 있다는 것쯤은 눈치챌 수 있었으니까요.

그러나 제 귀와 마음은 그의 목소리에 빨려들어가고 있었어요. 울림이 있는 따뜻한 목소리가 유려한 화술과 어울려 아나운서의 음성처럼 듣기 좋았어요. 그의 목소리에 귀를 기울이면 시승감 좋은 자동차에 타서 가만히 실려가는 느낌이 듭니다. 무언가, 엄청나게 자연스러워요. 뜬금없는 행동도 그 사람이 하면 그럴 수 있는 일처럼 여겨집니다. 예를 들어 네 시간째 공복이라는 그가 천연덕스럽게 제 약과를 쳐다보자 저도 모르게 하나 건네주게 된 것처럼요.

이것이 사건에 휘말리게 된 계기입니다.

그날 이후 고속도로 휴게소에 대한 제 인식은 완전히 달라져버렸죠. 안전하며 고독하지 않은 곳, 위안을 주던 나만의 예배당이 인생에서 돌이킬 수 없는 곳으로 변해버렸으니까요. 이야기를 시작하려면 종이가 더 필요합니다. 이상하게도 종이가 없으면 말이 나오지 않습니다. 그러니 진술서를 쓸 종이를 몇 장 더 주시기 바랍니다. 그러면 제가 왜 연쇄 방화범 박창영의 공범으로 포섭되었는지 낱낱이 털어놓겠습니다.

형사님이 주신 이 노트는 미색 모조지로 만들었군요. 베이지빛이 살짝 도는 따뜻한 색이라 눈의 피로를 덜어주지요. 하지만 사진을 인쇄하기에는 백색이 나아요. 백색이 순수한 화이트라면 미색은 좀전에 말했듯이 누런빛이 돌지요. 제프리와 저도 그런 것 같아요. 그가 미색 모조지라면 저는 창백한 스노화이트죠. 같은 공장에서 나왔지만 다른 재질이랄까. 맞아요. 오래전에 종이 만지는 일을 했지요…… 그런데 어디까지 말했던가요?

 남자는 제게 빌린 휴대폰으로 누군가와 짧은 통화를 나누었습니다. 통화 도중 대화가 잘되어간다는 듯이 검지와 엄지로 동그라미를 만들어 보이며 밝게 웃었습니다. 휴대폰을 돌려주면서 여자친구와 화해했고, 다음번 휴게소에서 만나기로 했다면서 거기까지만 태워달라고 덧붙였습니다. 특산물 매장에서 무료 시음 잔을 물리치지 못한 것과 마찬가지로 저는 거절하지 못했습니다.

 조수석에 앉은 그는 콘솔박스 안의 자일리톨 껌을 제 것처럼 꺼내 씹었습니다. 석연찮은 일도 그가 하면 괜찮게 여겨지는데 그건 평생 그가 단련해온 퍼포먼스였습니다. 자연스럽고 친근한 남자, 이게 그가 선택한 '주연' 역할입니다. 제프리는 물 흐르듯 조연에서 단역으로도 변화할 수 있지만 보통은 제가 처음 본 그 모습으로 지내지요. 자연스럽고 친근한 중년 남자의 모습은 그가 세상이라는 협상 테이블에서 취하는 디폴트 모드니까요. 상대가 원하는 모습으로 변할 수 있기 때문인지, 다음 휴게소에 도착해 그와 헤어질 때 저는 좀 아쉬울 정도였어요. 남자는 산뜻한 태도로 인사를 하며 내렸습니다.

 저는 곧바로 떠나지 않고 휴게소 안의 주유소에 들렀습니다. 낯선 사람과 이만큼 길게 말을 섞은 일이 제게는 일종의 쇼크여서, 긴장을 희석시킬 필요가 있었거든요. 경유를 선택하고, 적립 카드를 넣고, 주유구 뚜껑을 열고, 주유 호스를 밀어넣은 채 멍하니 휴게소 쪽을 바라보고 있는데…… 어디서 많이 본 사람이 다가오더군요. 어, 어, 어, 하는 사이에 큰 보폭으로 성큼성큼 걸어온 그는 차에 올라타더니 쾅 소리가 나게 문을 닫아버렸습니다.

하마터면 기름이 콸콸 흘러나오는 주유 호스를 그대로 떨어뜨릴 뻔했습니다. 지금 뭐하는 짓이냐고, 당장 내리라고 고함을 질렀죠. 그런데 남자가 별안간 울음을 터뜨리는 게 아니겠습니까?

이런 경우 제가 어떻게 해야 했겠습니까. 남자는 뒤에서 울려대는 경적이나 저의 고함 그 어떤 것도 안중에 없다는 듯 계속 대성통곡을 이어나갔습니다. 어떻게 성인 남자가 남들이 빤히 쳐다보는 데서 그렇게 큰 소리로 울 수가 있는 거죠? 무방비로 우는 남자를 보니 뭔가 잘못됐다는 생각이 들더군요. 무엇보다, 주유를 하기 위해 기다리는 다른 운전자들의 시선이 신경쓰였습니다.

"내리세요!"

저는 단호하게 말했습니다.

"제발, 내리시라구요."

애걸하듯 부탁도 해보았죠. 남자는 울음은 그쳤지만 돌부처처럼 꿈쩍도 안 하더군요. 아무것도 보이지 않고, 아무 말도 들리지 않는 사람처럼 눈과 입술을 굳게 닫은 채 완강하게 버티고 있었습니다. 아까 그 사람이 맞나 싶을 정도로 달라 보였습니다. 숨이 막히고, 머리가 터질 것 같았습니다. 강제로 끌어내는 수밖에 없을 것 같은데 건드리고 싶진 않았단 말이죠. 아무래도 미친놈 같잖아요.

이럴 때 필요한 게 공권력 아니겠습니까. 고속도로 순찰대를 검색해보았습니다. 오 분만 가면 지구대가 나오더군요. 부아가 치밀고 오기가 생긴 저는 돌처럼 굳은 남자를 내버려두고 시동을 켰습니다. 남자는 차가 출발하는데도 자기 세계에 빠져 가타부타 말이 없었죠. 저 앞에 지구대가 보여 우회전 깜빡이를 켜는데 옆구리에 서늘한 한기가 느껴졌습니다.

"직진."

점퍼 위로 금속이 닿는 감각. 칼이라는 걸 알자 이상하게도 마음이 착 가라앉더군요. 공포가 느껴져야 하는데 왜 그랬는지 몰라도 감정이 일지 않았습니다. 수동성과 불가피성. 제 삶의 만유인력이 저를 끌어당겼습니다. 남자의 정체가 드러났고 제 정체가 드러난 순간이었습니다. 더불어 관계도 정리되었죠. 포식자와 피식자라는 관계 말입니다.

"이대로 경찰을 지나쳐 쭉 달려주시기 바랍니다. 이 칼은 04년도 여름에 청계천에서 산 것입니다. 칼을 품고 나오는데 찜통더위에도 한기가 느껴지더군요. 사람의 피부를 꿰뚫어본 적 있는 연장입니다만 쇠는 나이를 먹지 않더군요. 자, 우리가 갈 곳은 통영입니다. 다섯 시간 반쯤 걸릴 겁니다. 저는 눈 좀 붙여야겠습니다."

남자는 명령인지 협박인지 모를 말을 매끄럽게 늘어놓으며 내비게이션에 주소를 입력했습니다.

칼을 비스듬히 댄 채 팔짱을 낀 남자는 자는 건지, 자는 척을 하는 건지 알 수 없는 상태로 눈과 입을 닫았습니다. 제가 어떻게 나오는지 시험해보려는 수작이었겠죠. 포식자들은 자신의 우위를 확신하는 태연함을 드러내며 덫을 놓으니까요. 섣불리 움직였다가는 더 큰 화를 입는다는 것을 여러 번 피식자가 되어본 저는 알고 있습니다.

일평생 세 번쯤 이런 상황에 놓였던 것 같아요. 상대방이 제 생살여탈권을 쥐고 흔드는 경우 말입니다. 학생일 때는 중퇴를 했고, 직장에서는 퇴사로 대처했지만 포식자들은 귀신같이 저의 정체를 간파해냅니다. 이런 일을 피하려고 네 평짜리 오피스텔에 갇혀 벌어먹고 살아왔는데, 정말이지 넌더리가 납니다.

남자를 신고하거나 차 밖으로 밀어버리는 상상을 수도 없이 했습니다. 피로감이 밀려오면서 지겹다는 생각이 들더군요. 누구를 죽이고, 누구를 밀어버리고…… 많이 해본 상상이죠. 제 인생은 뒷걸음질친 기억밖에 없어요. 무성애자가 성욕을 느끼지 않듯 저는 세상에 아무런 미련이 없으니까요.

 그날 밤 우리가 무사히 통영에 도착한 이유는 단 한 가지였습니다. 삶에 미련이 없다는 공통점. 알고 보니 제프리 역시 제가 어떻게 나오든 자포자기 상태였다고 합니다.

 저는 강한 어머니 밑에서 약한 아들로 자란 사람입니다. 그는 강한 아버지 밑의 약한 아들이었죠. 누가 더 불행한 것인지 모르겠으나 죽어도 좋다는 결심으로 살아온 것만은 분명합니다. 『인 콜드 블러드』를 쓴 트루먼 커포티는 영감을 준 살인마를 가리켜 '한집에서 자라나 나는 앞문으로, 그는 뒷문으로 나온 사람 같았다'라는 표현을 썼다고 합니다. 제프리는 이 말을 들려주며 마치 우리 둘이 그런 관계라는 듯 씩 웃었어요. 남자를 왜 제프리라고 부르냐고요? 함께 다닌 지 사흘쯤 지났을 때 그렇게 부르라고 하더군요.

 제프리,
 라고요.

 '한국 사람 아닙니까?'라고 물었더니 자기가 지은 이름이래요. 서풍의 신 제피로스를 부르기 좋게 만든 거라나요. 제피르, 즉 서풍은 유일하게 오디세우스를 돕는 바람이라고 합니다. 완전히 틀린 말은 아니죠. 박창영이 제프리를 자처한 순간부터 최정민은 오디세우스가 되었으니까요.

 통영에 도착한 것은 동트기 전 새벽이었습니다. 시내로 들어서면서 속도를 줄이자 남자는 눈을 뜨더군요. 앞을 한 번 보고, 저를 한 번 보더니 무슨 상황인지 뒤늦게 연결이 되는 것 같았습니다. 얌전히 핸들을 잡고 있는 저를 보자 너털웃음을 터트리며 나무랄 데 없는 태도로 사과했습니다.
 "이거 죄송하게 됐습니다. 아까는 그 빌어먹을 년이―아, 죄송합니다. 욕설을 안 쓰기로 했는데 쉽지 않네요―맡긴 돈 전부가 없어졌다지 뭡니까? 웬 오빠 놈이 다 털어먹고 자기 돈도 가져갔답니다. 이렇게 갓 출소한 사람 뒤통수를 치다니요…… 목이 타는군요. 거기, 캔커피 좀 주십시오. 담배도."
 담배를 꺼내주고 저도 한 대 불을 붙였습니다. 그러니까 고분고분 말을 듣는 인질이라는 제스처를 취한 셈이죠. 남자는 빌라 이층 창문을 바라보며 전처의 집이라고 설명한 후 "죽기 전에 자식 얼굴이라도 한 번 봐야죠"라고 침울하게 덧붙였습니다.
 그러곤 대화가 뚝 끊어졌습니다. 차에는 거북한 공기가 부풀어올랐고 저는 질식할 것 같았습니다. 그런 말들에 어떤 반응을 보여야 하는 건지도 알 수 없었지만, 그 무서운 자기 몰두의 침묵은 어떻게 깰 수가 없더군요. 일평생 눈치만 보고 살아온 저로서는 멀거니 앉아 있을 도리밖에 없었습니다.

두터운 침묵을 뚫고 남자는 심해에서 위로 올라오는 사람처럼 깊은 한숨을 내쉬더니 감옥에서 읽은 소설 이야기를 꺼냈습니다. 웨이크필드라는 남자가 십 년이나 같이 산 아내를 내버려두고 충동적으로 가출했는데, 멀리도 안 가고 옆 골목에 방을 얻어 두문불출 살았다는 겁니다. 변장을 하고 숨어살면서 자신이 빠져나간 그 집을 바라보기만 했대요. 무려 이십 년이나요! 순전히 장난이었고 언제든 돌아갈 수 있다고 생각했는데 시간이 지나면서 점점 나설 수 없게 됐다고 합니다. 그러다 불쑥, 다 늙어서 '충동적으로' 집으로 돌아갔다는 겁니다.

그 소설에서는 남자를 이렇게 부릅니다. '우주의 추방자'. 이 말이 사무치게 남아요. 저도 맨날 중얼거렸거든요. '돌아갈 수 있어. 돌아가기만 하면 돼……'

그 말에 대꾸라도 하듯이 이층 거실의 불이 반짝 켜졌습니다. 발코니의 키 큰 화초 사이로 한 가족의 얼굴이 보이기 시작했죠. 한 여자가 나오자 남자의 얼굴이 슬픔으로 일그러졌고 십대 소녀가 나오자 놀라움으로 입이 벌어졌습니다. 그러나 제3의 인물, 어떤 남자의 등장으로 모든 표정은 사라지고 돌처럼 굳어버렸습니다. 아마도 전처의 현재 남편이겠지요.

남자는 오래전에 빠져나간 자신의 빈자리가 메워져 있는 것을 눈으로 확인한 겁니다. 감옥에 있는 동안 아이는 훌쩍 커버렸겠죠. 번듯한 그의 이목구비가 갑자기 훅 늙어버린 것 같았습니다.

우리는 말없이 십여 분 더 차에 앉아 있었습니다. 그러다 바다 쪽으로 차를 돌려 나오는데 제프리의 얼굴에는 기이하게도 환한 빛이 들어와 있었습니다. 마치 얼굴이라는 가면 뒤의 조명 스위치를 누른 것처럼 말입니다. 활기찬 목소리로 빵을 좋아하냐고, 아침 일찍 여는 빵집을 안다고 하더군요. 그러고는 도로에서 좀 빠져나온 곳에 위치한 '미남빵집'이란 곳으로 안내를 하였습니다. 건물로 올라가 커피와 시나몬롤 같은 것을 담으며 다시 한번 정중히 사과했습니다.

"여기까지 데려와주셔서 감사합니다. 아침은 제가 사지요."

이층에 자리를 잡자 제프리는 심해에 내려갔던 다이버가 산소를 마시듯 커피를 깊게 들이켰어요. 그러면서 협박은 미안하게 됐다고, 감방에서 만난 동료 흉내를 낸 건데 정말로 통영까지 내려올 줄은 몰랐다고 웃음을 지어 보이더군요.

"돈도 휴대폰도 없다고 하지 않았습니까?"

"휴대폰은 그렇지만 돈이라면 아주 없진 않아요. 새 삶을 시작할 순 없지만 당분간은 버틸 수 있어요."

유리온실 같은 이층에 손님이라고는 우리밖에 없었습니다. 고양이 세 마리가 있었는데 인기척이 들리자 계단으로 사라지거나 창밖으로 나가더군요.

"앙팡, 치즈, 슈거."

남자는 빵집 주인에게 들은 고양이의 이름을 하나씩 불러보았습니다. 그러거나 말거나 고양이들은 상관하지 않았지만요.

미남빵집에서 제프리가 사준 빵과 커피를 먹으며 기나긴 대화를 나눈 순간은 제게 성찬식이나 다름없습니다. 베드로가 그물을 버리고 예수를 따랐듯 저 역시 소라게 껍질 같은 삶을 버리고 그와 떠돌기 시작했죠. 인생이 잘못됐다고 생각하는 남자와, 인생을 놓쳐버렸다고 생각하는 남자가 각자의 감옥에서 풀려나 만난 겁니다.

어떻게 그런 전환이 가능했는지 당시에는 몰랐습니다. 어쩌면 제프리는 감옥에 가기 전부터 책벌레 기질이 있었고, 저는 통영에 가기 전부터 여행가 기질이 있었던 거라고, 지금은 그렇게 생각합니다. 제프리는 일종의 연출가였고 저는 관객이었죠. 무대는 세상 전체였고요. 우리의 주연배우는 언제나 불, 타오르는 불이었습니다. 그가 첫번째 방화를 한 것은 그날 밤 자정 무렵이었습니다.

남해로 넘어가기 위해 캄캄한 해안도로를 달리던 도중이었죠. 제프리는 소변이 마렵다며 잠깐 차를 세워달라고 했어요. 한참 후에도 돌아오지 않기에 나가봤더니 짓다 만 펜션 공사장에 들어가 불을 피우고 있더군요. 가까이 가자 그는 쉿, 조용히 하라고 검지를 세웠습니다.

폐자재와 신문지로 피운 불은 제법 잘 타올랐습니다. 그는 후련하고 벅찬 표정으로 불길을 바라보다가 불쏘시개가 될 만한 것들을 집어넣더군요. 뭐하는 거냐고 묻자,

"옛 인생을 추모하고 있어요."

라고 답하며 기도하듯 지그시 눈을 감았습니다. 잠시 더 그러고 있던 그는 불이 다 꺼지기 전에 꽁초를 비벼 밟고 자리를 떠났습니다. 지금 생각하면 방화광인 그가 담배꽁초만은 매번 확실히 끈 것이 아이러니합니다.

형사님, 그게 다입니다. 돌이켜보니 제프리는 불을 지를 때 꼭 그런 표정을 짓곤 했어요. 생각만으로도 얼굴이 환해지는, 내부에 조명이 들어온 것 같은 그런 표정을요. 제프리는 불을 질러서 뭘 어쩌려는 게 아니었습니다. 방화는 횡령이나 사기처럼 그에게 이익을 가져다주는 일이 아닙니다. 전처나 자신에게 사기친 놈을 처단하는 수단도 아니었죠. 그저 불 자체만 원했던 겁니다. 내부의 불을 꺼뜨릴 방법은 그 불을 밖으로 꺼내는 수밖에 없었던 것 같아요. 형사님도 그러셨잖습니까, 내성적인 사람들이 방화범이 된다고. 방화는 약자들의 범죄라고. 불탄 자리는 폐허가 되었고, 그것이야말로 변치 않던 그의 내부 풍경이었습니다.

모든 아이에겐 불장난을 좋아하는 시기가 있습니다. 자라면

서 어른에게 혼나거나 자연스레 시들해지죠. 제프리는 아니었습니다. 방치되어 혼자 큰 그는 쓰레기통 몇 개를 태워봤자 들키지도, 혼나지도 않았습니다. 그리고 불은, 의외로 고분고분했습니다. 그가 불러내지 않으면 나오지 않았고 물을 뿌리거나 발로 비벼 끄면 금세 사라졌죠. 가벼운 화상을 입은 적도 있지만 불은 그에게 한결같은 친구, 모든 비밀을 다 털어놓을 수 있는 친구가 되어주었습니다. 감옥에 있던 기간을 제외하고 언제나 그의 곁을 떠나지 않았죠.

제프리는 버려진 소파를 태우면서 꼭 불장난을 하던 어린 시절로 돌아간 듯 천진한 표정이 되었습니다. 그 소파는 인적 드문 산기슭 초입에 제물처럼 덩그러니 놓여 있었어요. 제프리는 '사물들의 장례식'을 치러줘야 한다면서 차를 세우라고 했습니다. 좀이 슬고 습기를 잔뜩 먹은 소파는 불이 잘 붙지 않아 제 트렁크에 있던 낡은 걸레며 목장갑 같은 것을 모조리 집어넣어야 했습니다.

그것이 우리의 두번째 방화였습니다. 불길이 정점에 오르자 제프리는 세르반테스 이야기를 꺼내더군요. 미겔 데 세르반테스 사아베드라는 외팔이에 횡령범이고 포로생활을 하다 오 년 만에 탈출했다고요. 국고를 횡령한 세르반테스 이야기를 즐겁게 하던 제프리는 자신도 횡령범이라는 말을 자연스럽게 덧붙였습니다.

"잠깐만 손대고 되돌려놓을 생각이었죠. 나이는 많고 부자면서 자산에 별 관심 없는 사람 중에서도 고르고 고른 양반이에요. 갑자기 죽지만 않았어도, 그래서 자식들이 유산을 확인하는 일만 없었어도 제가 감옥 갈 일은 없었을 거라고 생각해요."

그는 사이를 두었다가 정정했습니다.

"지금은 그렇게 생각하지 않아요. 다 탕진할 때까지 그 짓거리를 했겠죠. 당시에는 내 돈으로 여겼으니까. 맞는 면도 있어요. 제가 손댄 건 일부에 불과했고 그나마도 제가 불려준 돈이었으니까요. 엄밀히 말해 제가 번 돈을 제가 빌려 쓴 겁니다. 사실 돈이란 게 다 그런 거 아닌가요? 다들 빌려 쓰는 거죠."

그러면서 모든 범죄자의 잘못된 믿음을 말해주더군요. 범죄가 성공의 지름길이라고 믿는 것, 자신은 절대로 걸리지 않으리라고 믿었다고요.

"그렇게 믿으니까 저지를 수 있는 일이에요. 걸려서 수갑 찰 거라고 생각하면 누가 범죄를 저지르겠어요? 안 걸릴 것 같으니까 하는 거지. 심지어 들키고 난 다음에도 착각이 이어져요. 잡히지 않고 무사히 달아날 수 있을 것 같단 말이죠. 이 좁은 땅덩어리에서 그게 말이 됩니까? 그런데 감옥 안의 사람들은 모두 그 신기루에 빠졌던 거예요."

신기루가 걷힌 풍경은 황량한 사막이지요. 그는 저녁을 먹다 말고 가족과 이웃이 보는 가운데 끌려나왔습니다. 육십사

억을 빼돌린 박창영은 횡령과 문서위조로 칠 년 형을 선고받았습니다. 초범이 아닌데다 다른 횡령까지 덮어써 형량이 늘어났다고 했습니다. 이 모든 추락에도 의연할 수 있었던 것은 아무나 들어갈 수 없는 인사이더 서클에 들어가 있었기 때문입니다. 빼돌린 돈으로 투자한 K의 프로젝트가 성공이 확실했기 때문입니다. 이백억으로 천억대의 가치가 있는 빌딩을 인수할 예정이었는데, 이중 백이십억은 독일계 은행에서 투자하기로 되어 있었습니다.

'횡령한 돈으로 사기를 당하다.' 사실 이런 경우는 적지 않다고 합니다. 그 프로젝트가 허상이라는 것을 깨달은 건 수감 생활의 절반이 넘어간 이후였습니다. 나가기만 하면 달라질 미래 때문에 긴 시간을 견딜 수 있었는데, 막상 미래에 도착하니 무일푼이라는 현실만이 기다리고 있었던 겁니다.

수감 첫날 죄수 하나가 패닉에 빠져 엉엉 우는 것을 본 제프리는 '다들 보는 데서 창피하지도 않나?'라고 생각했다고 합니다. 하지만 사흘 후 똑같은 장소에서 목놓아 울며 이유를 깨달았죠. 숨어서 울 데가 없었던 것입니다. 그때부터 제프리는 아무데서나 울음을 터트릴 수 있는 남자가 되었다고 합니다. 그는 갑자기 죽어버린 고객을, 장례식이 끝나기도 전에 유산 검토를 시작한 그의 자식들을, 감옥에 갇히자마자 이혼을 통보한 아내를, 무엇보다 사기범 K를, 그리고 어리석은 자신을 저주하기 시작했습니다. 돌이켜보면 '독일 은행에서의 백이십억 투자 서류'를 어떻게 의심 없이 받아들였는지 어이가 없을 뿐입니다. 자신이 가짜 자산 관리사였듯이 그도 가짜였다면 의심했을 겁니다. 하지만 K는 진짜 변호사였고, 일류 사기꾼이었습니다. 횡령범의 돈을 횡령한 K는 양심의 가책 없이 호의호식하며 살아갈 겁니다.

당연한 수순으로 그는 자살을 결심했습니다. 자살이야말로 명청한 짓을 저지른 자신에게 합당한 처벌이고 감옥 문을 열 수 있는 유일한 방법이었을 테니까요. 오 년 이하면 버텨보았겠죠. 하지만 칠 년을 썩고 나면 아무것도 남아 있지 않은 중년이 됩니다. 범죄가 성공의 지름길로 보였듯 이제는 자살만이 원통한 현실에서 벗어날 유일한 길로 보였던 것입니다.

감옥에서 자살은 많은 정보가 오가는 주제였습니다. 식기조차 플라스틱으로 된 세계에서 자해 도구를 구하기는 어려웠지만 별별 방법으로 성공하는 사람 또한 많았으니까요. 기상천외한 자살 기도에 대해 슬랩스틱 같은 묘사가 이어졌지만 저는 다 믿진 않았습니다. 그가 감방 동료들의 경험을 뭉뚱그려 자신의 경험인 양 부풀린다는 것을 눈치챘거든요. 아무렴 어떻습니까. 그의 말에서 허풍을 뺀다는 건 아인슈페너에서 크림을 빼는 것과 다를 바 없는 일이었는데요. 아인슈페너는 카페를 돌아다니며 우리가 홀딱 반한 커피지요. 요새는 비엔나 커피를 그렇게 부르더라고요.

아무튼 제프리의 이론에 따르면 인간은 일인용 감옥이라는 겁니다. 운명이든 육체든 인간은 자기 자신이라는 감옥에서 나오지 못합니다. 제아무리 발버둥쳐봤자 일인용 감옥에서 십오인용으로, 그러니까 진짜 감옥으로 옮겨가는 일만 생길 뿐이죠. 오렌지를 짜면 오렌지주스가 되고, 토마토를 짜면 토마토주스가 되는 것처럼 박창영을 짜면 범죄자가 될 수밖에 없는 건데 자신은 그걸 몰랐다는 겁니다.

얼핏 들으면 운명론처럼 보이겠지만 제프리는 여기에 마크 트웨인을 인용합니다. 트웨인에 따르면 '상황'과 '기질'이 운명을 만듭니다. 기질은 타고나는 것이죠. 상황은 그때그때 변하고요. 예를 들어 돌처럼 단단한 기질을 가진 사람은 물에 빠지면 가라앉겠죠. 나무 같은 사람이라면 둥둥 떠내려갔을 텐데 말입니다. 감옥이라는 상황을 만난 박창영의 기질은 제프리를 만들어냈습니다. 교도소 책벌레가 된 것이죠. 그는 담배꽁초를 확실히 밟아 끄며 탄식하듯 말했습니다.

"소설 속에는 저 같은 명청이들이 꼭 하나씩 끼어 있더군요."

불이 꺼졌습니다. 그의 이야기도 꺼졌고, 어둠이 다시 두터워졌습니다.

제프리는 시립도서관 야외 벤치에서 주운 대출증으로 책을 한아름 빌려왔습니다. 주특기가 횡령인데 책 다섯 권이 대수겠습니까? 그 책들은 이후의 시간에 모종의 형식을 부여하는 계기가 됩니다. 그가 먼저 집어든 책은 디노 부차티라는 이탈리아 작가의 책으로 길고 짧은 육십 편의 이야기가 담겨 있었습니다. 가장 먼저 나온 단편은 「일곱 전령」인데 이런 문장으로 시작합니다.

나는 아버지의 왕국을 탐험하기 위해 길을 나섰다……

아름답고, 웅변적으로 들렸어요.
제프리의 목소리가 클래식 채널의 아나운서 같다는 말씀을 드렸던가요. 그 울림 좋은 목소리로 조수석에 앉아 짧은 단편을 읽어주었습니다. 창밖에는 쪽빛 남해 바다와 연두색 다랑이논이 펼쳐지고, 저는 더할 나위 없이 호사스러운 기분으로 그 이야기를 들었습니다. 서른 살이 넘어 국경을 향해 출발한 왕자는 왕이 죽고, 형이 즉위하고, 도시의 모든 것이 바뀌어도 팔 년째 여행중입니다. 그에게는 궁전과 소식을 이어주는 일곱 전령이 있습니다. 알레산드로, 바르톨로메오, 카이오, 도메니코, 에토레, 페데리코, 그레고리오.
일곱 전령의 이름은 아주 먼 지명처럼 들렸어요. 운전대를 쥔 채 저는 이 이국적인 이름들을 가만히 음미해보았습니다. 전령들이 떠났다가 돌아오는 간격이 길어지듯 서울에서의 제 삶도 희미해지고 있었습니다.

무엇이 더 도취적인지 알 수 없었습니다. 낮의 독서와 밤의 불, 제프리는 저에게 불을 가져다준 프로메테우스였어요. 아니, 제프리는 불 자체였는지도 모르겠습니다. 그와 함께 있으면 남루한 과거와 현실이 전부 타서 없어진 것 같았으니까요.

둘째 날에는 감옥에서 풀려나온 늙은 산적의 이야기를 읽어주었습니다. 노인이 소년을 위해 희생하는 낭만적인 스토리로 젊은이에게 자기 말을 내어주고 죽음을 향해 걸어가는 노인의 모습이 근사했어요. "축제에 가는 행복한 이십대 남자의 발걸음으로 그가 성큼성큼 걸어가고 있었다"라는 마지막 문장을 들었을 때는 울컥해서 헛기침을 하지 않을 수 없었습니다.

셋째 날에는 병세가 위중해질수록 한 층 한 층 내려가는 병원이 나오는 「칠층」을 읽어주었습니다. 그 병원의 특징은 선고가 먼저 이루어지고 환자는 그에 맞는 증상을 보인다는 겁니다. 주인공인 코르테는 마침내 일층까지 내려왔고, 아직 살아 있는데도 죽은 자의 병실에만 드리워지는 블라인드가 내려갑니다. 소설은 거기에서 끝나지만 그가 곧 영층, 즉 무덤으로 내려가리라는 것을 알 수 있었죠.

넷째 날에는 목마른 도시가, 다섯째 날에는 유령이, 여섯째 날에는 죽은 군인이 나타났고 일주일이 됐을 때 마침내 용이 등장했습니다. 저는 첫날에는 왕자, 다음날에는 산적, 셋째 날에는 환자, 이런 식으로 매일매일 새로운 존재가 된 기분이었습니다.

"이렇게 육십 일 동안 같이 다닐까요?"

아침으로 빵과 커피를 먹고, 하루에 한 편씩 디노 부차티의 환상소설을 읽고, 드라이브를 다니다가 이따금 모닥불을 피우는 여정이라. 그 제안은 제 마음에서 크림처럼 떠오르더군요.

오해하지 마십시오, 형사님. 우리의 결합은 성적인 것과는 무관해요. 그는 명백한 이성애자고 저는…… 기술적으로는 성욕을 잘 처리해온 케이스라고 할 수 있습니다. 저에게 섹스는 삶의 행정 같은 것, 거추장스럽지만 어느 정도 분명히 해둘 필요가 있는 영역입니다. 여자는 두렵습니다. 성욕은 서글픈 방식이나마 처리 가능하고요.

그리고 우리에게는 불이 있었습니다. 욕망을 연소시켜줄 확실한 방법이죠. 불을 지르는 건 고함을 치거나 비명을 지르는 것과 비슷합니다. 큰불을 바라진 않았어요. 그저 그날 밤을 밝힐 자그마한 불, 그 정도만 필요했습니다. 타오르는 불은 인간에겐 보이지 않는 거죽을 벗겨버리고 원시적으로 만들어줍니다. 불 앞에서 사람들이 그토록 담대해지는 것은 열기와 온기가 내부 구석구석의 습기를 말려버리기 때문일 것입니다. 나

서풍 151

약함을 과장하고 싶은 욕망, 자기 연민에 젖어 징징거리고 싶은 욕망은 싹 사라져버리죠. 오직 타오르는 현재만 중요해집니다.

불을 본다는 것은 안경을 벗는 것과 같아요. 우리 안의 세계와 바깥의 세계를 연결하기 위해 쓰던 안경, '이게 현실이야'라고 믿어왔던 안경을 벗는 것이요. 맨눈으로 불을 보면 현실이라고 믿던 발밑의 세계는 사라지고 내부의 세계만 둥둥 떠오릅니다. 제프리와 저는 남도 일대를 되는대로 돌아다니고 있었지만, 어디로 가는지는 중요하지 않았습니다. 우리는 불과 불 사이를 날아다니는 빛 벌레와 같았으니까요. 어디에 불을 피울까 물색하는 산책이 즐겁고, 불을 피울 때마다 어둠의 두께가 얇아지며 우리 주위로 아늑한 밀랍처럼 고이는 공기를 느끼는 것이 즐거웠습니다.

형사님은 자꾸 한패라고 하시는데, 분명히 해두겠습니다. 제 손으로 불을 피운 적은 단 한 번도 없어요. 전 그저 지켜보기만 했습니다. 물론 말리지 않은 것만으로도 공범 성립이 되는지 모르겠으나 솔직히 말씀드려 이 정도는 괜찮다고 생각했습니다. 다 쓰러져가는 폐가나 버려진 축사, 망가진 비닐하우스와 고물상도 안 주워갈 쓰레기들을 태운 것도 죄가 되나요? 기름통을 산 건 사실이지만 불쏘시개 역할만 했을 뿐 큰불로 번지지 않도록 각별히 주의했습니다. 우린 그냥 모닥불 동호

회 같은 것이었어요. 시골에서는 아직도 각자의 밭에서 쓰레기를 태워 처리하는 곳이 많던데 저희와 다를 것이 뭡니까? 제가 말하고 싶은 것은, 적어도 저와 다니던 시절의 제프리는 '방화광'일 수는 있어도 '방화범'은 아니었다는 겁니다.

감옥에서 풀려난 제프리가 다른 범죄자였으면 어땠을까 하는 상상을 이따금 해봅니다. 도박꾼이었다면 그를 따라 카지노에 갔을까요? 살인자였다면 제 손에도 피가 묻었을까요? 주폭이 심한 술꾼이었다면요? 유혈 낭자한 폭력 사태를 일으킬 타입은 아닐 것 같지만, 그래도 따라나섰을 것 같아요⋯⋯ '권총 대신 바다'라고 말한 이슈미얼처럼 자살 대신 여행인 셈이었죠. 차에 기름을 가득 채우고, 우리의 위장에도 음식을 넣고 나면 어디든 갈 수 있을 것 같은 낙천적인 기분이 되었습니다.

제프리는 제 앞에서 불을 피울 때마다 나체를 보인 사람처럼 부끄러운 표정으로 어색하게 웃으면서 자연스러움을 가장했습니다. 지금 생각하면 이상합니다. 그는 왜 저와 함께 다녔을까요? 차가 있어서? 기름값과 식비를 내서? 물론 그렇겠지요. 우리가 어울리는 동안 돈이란 돈은 제가 다 썼으니까요. 저로서는 성인이 되고 처음 한 여행이었습니다. 그가 불 앞에서 들려준 책과 인생 이야기는 값어치가 있었고요.

제프리는 환상을 일깨워주었습니다. 저에게 여전히 뜨지 않은 주머니가 남아 있고, 그 주머니를 열기만 하면 더 나은 인생이 기다리고 있을 거라는 환상을요. 그 순간에는 몰랐지만 저는 불 앞에서 스스로를 교정하고 있었습니다. 굽은 어깨를 펴고 허리를 세우고 질질 끌지 않는 발걸음으로 바닥이 아닌 세상을 똑바로 바라보며 한 발씩 앞으로 나아가는 것. 걸음마를 배우는 어린아이 같았어요. 그가 돈키호테라면 저는 기꺼이 산초 판사가 되어 따라갈 수밖에 없었습니다.

여행은 언제 광기가 되는 걸까요? 광기는 죽음으로만 끝낼 수 있는 것일까요? 우리는 강박적 여행자가 되어 정처 없이 쏘다니기 시작했습니다. 이파리 하나 움직이지 않는 밤의 정물화. 그 아래 불을 피우는 제프리가 있습니다. 불을 지른 다음에는 이상하게 허기가 몰려왔기 때문에 낮에 사둔 음식을 허겁지겁 먹고 마십니다. 차 안에 구겨져 꿈 없는 잠을 청하죠. 반딧불 두 마리가 각자 날아다니다 하나의 빛으로 겹쳐지는 것과 비슷한 모습입니다.

팔십 일간 세계일주를 하고, 육십 일간 디노 부차티의 단편을 하루에 한 편씩 읽으면서 여행하고, 그러면 여북이나 좋겠습니까. 그러나 인간은 순도 높은 시간을 오래 지속할 수 없습니다. 그 시간이 결국 그를 변화시켜버리니까요. 책의 절반을 조금 넘겼을 때, 그러니까 서른네번째 이야기인 「산사태」에 이르렀을 때 우리는 결국 헤어졌습니다.

그 짧은 이야기의 주인공 조반니는 기자입니다. 산사태가 났다는 제보를 듣고 산텔모라는 지역으로 취재를 떠나지만 도착해보니 이상하리만큼 고요합니다. 조반니는 온종일 마을을 들쑤시고 다니지만 사람들에게 핀잔을 듣거나 비웃음을 살 뿐 아무 일도 일어나지 않습니다. '이게 다인가? 산속의 우울한 저녁, 우둔하고 아리송한 사람들 사이에서 수수께끼놀음은 이것으로 끝난 건가?' 소득 없이 산텔모를 빠져나오는 순간, 주인공의 등뒤로 땅을 뒤흔드는 산사태의 굉음이 울립니다. 조반니의 가슴에는 환희가 솟구쳐오릅니다. 소설은 그대로 끝나지만 조반니의 환희를 상상하니 음산한 기분이 듭니다. 그는 자기가 틀리지 않아서, 자기를 비웃던 모든 사람들이 산사태에 파묻힐 것이라서 즐거움을 느꼈을 겁니다.

제프리의 마음에도 조반니와 같은 음산한 환희가 들어 있습니다. 정중한 태도와 달변이라는 포장을 풀면 억누를 수 없는 광기와 충동이 튀어나온다는 것을 알 수 있었죠. 불 앞에서 너무 많은 시간을 보낸 것입니다. 너무 많은 환희와 너무 많은 생각들에 몰두해 있었어요. 약이 지나치면 독이 되듯이 빛이 지나쳐 어둠이 되어버린 겁니다. 하루는 불에다 뭔가를 뿌리더군요.

"뭘 집어넣는 거야?"

"할돌."

조현병 치료제라는 것은 나중에 알았어요.

한밤중에 국도를 달리다보면 종종 로드킬당한 동물 사체를 발견하게 됩니다. 제프리는 야생동물들이 안됐다며 장사를 지내주자고 저를 설득했습니다. 그가 불속에 사체를 하나씩 넣으면서 마치 불에게 먹이를 주듯 다정하게 속삭이자, 이 역겨운 동물 제사 같은 일에서 빠져나와야 한다고 각성이 되더군요. 방화를 하는 간격이 점점 밭아지는 것도 불안했고, 제프리의 눈동자를 보고 있으면 불속에서 타는 게 죽은 새나 고양이가 아니라 제 몸뚱이여도 이상하지 않을 것 같았습니다.

그도 저의 변화를 눈치챘을 겁니다. 더이상 불을 황홀하게 바라보지 않는다는 것, 그의 말에 귀를 기울이지 않는다는 것을요. 우리의 친구인 불 또한 나날이 고약한 냄새가 나기 시작했습니다. 불은 원래 더러운 것을 깨끗이 태워버리는 존재인데, 제프리의 광기와 죽은 동물로 인해 오염되기 시작한 것입니다. 괴로운 며칠을 보낸 끝에 마침내 서울로 돌아가겠다고 말하자 그는 어리둥절한 표정을 지었습니다.

"그러면, 나는?"

제프리는 이해할 수 없다는 듯 되물었어요. 순진하게 의존성을 드러내는 그를 보자 오히려 마음이 완강해지더군요.

작별인사를 나누며 고맙다는 말을 많이 했던 것 같습니다.

제프리는 도저히 제힘으로 나올 수 없었던 틀어박힌 삶에서 저를 끌어낸 사람입니다. 하찮고 어리석은, 구제불능의 전과자가 어떤 사람도 해주지 못한 일을 한 겁니다. 주로 그가 말하고 저는 들었을 뿐이지만 이 말투와 눈빛, 제스처와 태도는 그와 공동으로 사용하던 시간의 주머니에서 가져온 것입니다. '공유 자아'라고 할까요. 그는 자기 세계에 저를 초대해 불과 우정을 나누어주었습니다. 그가 아무리 범죄자에 미친놈이라 해도 이 사실은 변하지 않습니다.

제프리의 가방을 꺼내주고 제 짐을 정리하는데 그가 뒤에서 조용히 뇌까리더군요.

"확 불질러버릴까."

그가 태우자는 건 제 자동차였습니다. 순간적으로 아찔한 분노가 치올라 노려보는데 "농담이야, 농담!" 이러면서 손사래를 치더군요. 사실상 그는 둘로 나뉘어 있었습니다. 다정한 제프리와 광기에 휘둘리는 제프리. 그러고 보니 우리가 언제부터 말을 놓았는지 기억이 나지 않더군요. 제프리는 아직 꺼지지 않은 불을 돌아보며 이렇게 말했습니다.

"마지막 불이군. 빈티지 와인처럼 즐겨."

"어디로 갈 거야?"

"불속에 집이 있어."

여느 때와 같이 선문답을 주고 받았지만 그의 여정이 어떻게 될지 예감했던 것 같습니다. 마지막 여정에는 동행할 수 없다는 사실도요. 차에 오르기 전, 그는 주머니에서 뭔가를 꺼내 제 손에 건네주었습니다.

늘 가지고 다니던 라이터였어요. 자주색이고, 플라스틱이고, 마트에서 파는 싸구려 물건이지만 부싯돌에서 피어오르는 불꽃은 강의 수원과도 같은 것이죠. 제프리는 라이터를 '열쇠'라고 불렀습니다. 이 열쇠를 들고 다니며 맞는 구멍을 가진 자물쇠를 찾기 위해 무수히 불을 피웠던 시간들. 불은 단수이자 복수, 충동의 씨앗이자 모험과 미스터리 자체였습니다. 그때도 선선히 저를 보내주는 저의를 알 수 없었습니다. 저를 지켜주려던 것인지, 아니면 본격적으로 큰불에 집중하려던 것인지도요. 저는 뒤도 돌아보지 않고 떠났습니다. 돌아보면 불에 삼켜질 것 같아 두려웠어요. 제한속도를 지키지 않은 채 전속력으로 고속도로를 달렸습니다. 눈물과 후련함이 밀려왔고 기묘한 힘이 느껴졌습니다. 난생처음 뭔가를 극복한 느낌, 혼란의 시기를 통과한 느낌이었습니다. 서울에 도착하기 직전 마지막 휴게소에서 제프리가 준 라이터를 쓰레기통에 던져버렸습니다.

휴게소 불빛이 얼마나 큰 안도감을 주었는지 모릅니다. 식사를 하던 사람들은 제가 떠나면서 그대로 정지했다가 다시 풀려난 것 같았습니다. 이제까지 저를 기다려준 것처럼요. '우리'는 다 같이 식사를 했습니다. 우동의 맛은 전과 같진 않았지만, 어쨌든 해야 할 일은 다 한 셈입니다.

그가 경상도 일대의 연쇄 방화범으로 지명수배되었다는 것을 알고 당황했습니다. 저는 제프리의 미래를 두 가지로 그려볼 수 있었습니다. 첫번째는 감옥으로 돌아가기 위해 일부러 불을 지르고 들키는 겁니다. 감옥에서 책을 읽고, 글을 쓰겠죠. 제프리는 전설적인 방화범인 존 레너드 오어를 흠모했으니까요. 소방대장이자 화재조사관인 오어는 체포 후 감옥에서 소설을 썼습니다. 주인공 이름의 알파벳을 바꾸면 '내가 LA에 불을 질렀다'가 된다는 대목이 특히 인상적이죠. 다만 제프리는 그렇게 과시적인 타입은 아닙니다.

두번째는 불속으로 직접 걸어들어가는 것입니다. 자주 내비친 소망이었습니다. 자신이 낸 커다란 불속에 들어가기 전 한 번만 더, 한 번만 더, 불을 보고 싶어 나와 함께 다니는 거라고 늘 말해왔습니다.

돈과 복수에 대한 관심은 불로 깨끗이 태워버렸습니다. K의 아들, 그리고 제프리에 이어 두번째로 많은 돈을 투자한 연예인이 자살한 뉴스가 대서특필되던 날, 그는 모든 원한에서 풀려났습니다. 가상의 천억, 보이지도 않는 미래의 돈이 어떻게 젊은 사람들의 피를 빨아들이는지 그 과정을 생생히 통과한 그에게 감옥은 오히려 안전한 보호소였던 셈입니다. 금융 세계의 영웅은 숫자와 데이터로 곡예를 하고, 돈에 꿈을 섞어 저글링을 할 때까지는 천재적 전략가로 칭송받습니다. 파산이 시작되어야 범죄자가 되는 것이죠.

형사님이 말씀하시는 박창영, 그러니까 감옥에 잡혀가면서도 하루만 풀어주면 횡령한 모든 돈을 다 갚을 수 있다고 떵떵거리며 말하던 그 사기범은 제가 만난 제프리와 같은 사람이 아닐 겁니다. 거죽은 그럴지 몰라도 내부 성분이 완전히 바뀌어버렸으니까요. 처음에 박창영은 자신의 거대한 꿈을 오로지 돈으로만 환산하는 사람이었습니다. 그러다 감옥에서 책의 길로 흘러들었습니다. 감옥을 나와서는 새 친구와 오래된 친구, 즉 저와 불을 만나 세번째 여정을 떠났지요.

너무 멀리 떠나면 돌아오는 순간을 잃어버리게 됩니다. 돌아가는 길은 알지만, 돌아갈 타이밍은 이미 놓쳤으니까요. 「일곱 전령」의 왕자처럼요. 더이상 왕자도 아니고, 국경에 도달하기 위해 길을 가는 것도 아니고, 모든 것들이 '아니게' 됩니다. 부옇고 탁한 시간을 견디기 위해 앞으로 나아가는 것뿐입니다. 나아가는 것, 목적지를 알 수 없는 여정을 중단하지 않고 그저 나아가는 것, 그것이 왕자와 제프리의 새로운 정체성입니다.

그가 소방시설이 갖춰지지 않은 준공 전 건물만 노려서 다섯 건의 연쇄 방화를 했다거나, 인부와 노숙인 일곱 명이 사망

한 대화재의 범인이라는 것도 솔직히 믿기지 않습니다. 제가 본 제프리는 동물 사체를 태운 적은 있어도 그 이상의 짓을 할 사람 같지는 않았으니까요. 하지만 어떻게 확신하겠습니까? 그는 노래하듯 환상을 지어내는 사람이었고 당시에도 그의 말을 다 믿지 않았으니까요. 일곱 전령과 칠층으로 된 병원, 제프리가 죽음으로 몰고 간 일곱 명의 사람…… 뉴스와 소설이 섞이고, 예측한 미래와 어긋난 과거가 뒤섞여 혼란스럽군요. 어쩌면 형사님과 제가 이렇게 긴 대화를 나누는 동안에 제프리는 이미 '불속의 집'을 향해 떠났을지도 모릅니다.

수사에 도움을 드리지 못해 죄송합니다. 제가 치러야 할 죗값이 있다면 그 또한 달게 받아들이겠습니다. 실종된 그가 발견되기를 바랍니다. 살아서 죗값을 다 치르기를 바랍니다. 서른다섯번째 이야기부터 다시 읽게 되기를 바랍니다.

아니요. 정말로 바라는 것인지는 모르겠어요. 정말로 일곱 명의 사람을 죽였다면 그는 이제 제프리가 아닌 다른 누군가로 바뀌어 있을 텐데, 바뀐 존재는 두려워요. 대면하기 두렵습니다. 예전에 일하던 제지 회사에 돌아갔을 때, 저는 파주 공장에 쌓인 종잇더미를 보면서 무의식적으로 그 모든 것이 타들어가는 상상을 했어요. 정말 무서운 순간이었습니다. 라이터를 버리기 잘했다는 생각이 들었습니다. 열쇠가 사라진 지금, 어느 때보다 자유를 느끼니까요.

서풍

제프리가 제게 남긴 유산은 우주를 보는 버릇뿐입니다.

타오르는 불을 보는 건 확실히 취기가 있어요. 저는 작은 촛불을 사용해 그때의 기억으로 돌아갑니다. 속삭이듯 탁탁거리는 소리와 몸을 에워싸는 연기 속에서 자주색과 초록색 불꽃이 우리의 동공에 반사됩니다. 우리는 100호짜리 그림을 감상하듯 커지는 불길 뒤로 물러납니다. 그러곤 눈을 감습니다. 불을 보고, 눈을 감고, 눈앞의 주홍색 종이가 가장자리부터 타오르는 것처럼 환한 느낌을 받으면서, 감은 눈으로 제프리가 '태양 구멍'이라고 부르는 덩어리에 의식을 집중합니다. 그때 눈앞에 보이는 암흑이야말로 우주의 진짜 모습이라고 했어요.

우주의 진짜 모습.

정신병원에 있을 때 자신을 신이라고 믿는 동료가 말해준 비밀이라더군요. 모든 인간이 우주를 볼 수 있는데, 다들 그걸 모르고 산다고요. 눈을 감았을 때 보이는 검고 푸른 얼룩들. 우주는 감은 눈꺼풀 안에 펼쳐져 있습니다. 제프리는 이 말을 믿었습니다.

그리고 저도 믿고 있습니다. 지금 이 순간까지도.

---

* 두 사람이 함께 읽은 디노 부차티의 작품은 『60개의 이야기』(김희정 옮김, 문학동네, 2021)이다.

귤락 혹은 귤실

그 카페는 긴 문장의 한가운데 놓인 쉼표 같았다.

조양동 숙소에서 나와 속초해수욕장에 도착하기까지는 정확히 이십 분. 나는 집을 나서 바다를 따라 외옹치항으로 나 있는 둘레길을 걸었다. 젖은 바위에서는 해초들이 말라가는 비린내가 진동했고, 리조트에서 내려와 산책을 하는 관광객이 이따금 맞은편에서 걸어오고 있었다. 바다가 아니라 타인의 얼굴을 감상하기 위해 나온 길이었으므로 선글라스 너머로 그들을 관찰했다. 그것은 하루를 시작하는 작은 즐거움이고 나만의 우표 수집 같은 것이다. 어린아이가 해변의 조개를 모으는 것과 비슷하다. 손에 쥐고 있다가 이내 잊어버리는 휘발성이 강한 애착. 그렇게 금방 사라질 인상에만 마음을 줄 수 있는 황폐한 상태였기 때문에 떠나왔으므로.

도시에서는 '사람들 속에 있으면서도 나 자신으로 온전하게 밀봉될 수 있는 작은 전망대'를 찾기가 쉽지 않다. 그렇게 모은 얼굴이래봤자 비슷하게 피로한 인상이기 쉽다. 그런데 바닷가에서 마주친 이들에게는 휴가지의 표정, 어딘가 들뜨거나 풀어진 감정이 깃들어 있다. 파도가 칠 때마다 바다에서는 두꺼운 책이 한 장씩 넘어가는 듯한 소리가 들려오고 맞은편에서는 연인 혹은 가족끼리 산책하는 사람들이 걸어온다. 이 풍경을 보기 위해 새벽 미사에 참석하듯 아침마다 나만의 성당으로, 바닷길로 산책을 나가는 것이다.

기분좋게 묵직해진 다리를 끌고 돌아가는 도중 사거리 모퉁이에 새로 연 에스프레소바를 발견했다. 돈 좀 있는 주인이로군. 스피커에서 나오는 질 좋은 음악을 깊숙이 들이마시며 나는 만족스럽게, 동시에 비꼬듯이 중얼거렸다. 모름지기 카페란 돈 많은 주인이 영리를 생각하지 않고 취향을 담아 만든 곳일수록 모양새가 갖춰지는 법이다. 여기만 해도 작은 공간에 저 비싼 스피커가 음악을 꽉 채우고 있지 않은가. 옆에 놓인 몬스테라 알보는 크기로 보아 몇십만원은 나갈 것이다. 그 외 조명이나 사물 일체에서 부티가 난다기보다 취향이 드러났고 모나거나 튀는 데 없이 적절했다.

이 공간의 대부분은 반원 모양의 바를 둘러싼 등받이 없는 높은 의자들로 채워져 있다. 두 개의 테이블 중 책상이 될 만한 것은 하나뿐이라 그 자리에 앉았다. 크림을 넣지 않은 에스프레소를 주문했더니 주인이 동전만한 쿠키를 곁들여 내왔다. 커피 맛은 좋았다. 나는 기지개를 켜고 가방에서 책과 노트를 꺼냈다. 그러고는 교차로로 시선을 돌렸다.

두 면이 통창으로 된 카페는 어항 같았다. 팔차선 도로가 정면에 있어 길 건너의 사람이 신호가 바뀌기를 기다렸다가, 천천히 건널목을 건너와 가게 옆을 빙 돌아서 해변으로 향하는 모습을 지켜볼 수 있다. 이것이야말로 내가 바라던 완벽한 전망대가 아닐 수 없다. 횡단보도를 건너는 사람들을 보고 있자니 숨어 있는 동시에 복판에 있는 느낌이 들었다. 유리 너머로 보고 있어서인지 거리의 사람들은 모두 스크린 속 배우 같았다.

한참 후에야 가져온 책을 펼쳤다. 책을 펼쳐 조금 읽고, 밑줄 그은 문장을 노트에 옮겨 적다가 내가 필기를 좋아하는 이유를 새삼 깨달았다. 독서를 할 때 줄을 치는 것은 책 속에서 찰칵찰칵 사진을 찍는 것과 같다. 그러다 그 문장을 내 노트에 내 글씨체로 옮겨 적으면 필름을 인화한 듯한 기분이 드는 것이다. 이따금 화살표로 표시해놓고 내 생각을 덧붙이기도 하는데 책의 내용과 상관없이 지금 쓰고 있는 글에 대한 아이디어일 때도 있고, 잊고 있다 떠오른 기억일 때도 있다. 메모까지 추출했다면 그 책은 살점을 다 떼어내 먹고 뼛국까지 우려

마신 살뜰한 독서가 되는 것이다.

나는 즉시 이 카페의 단골이 되었다. 드나든 지 한 달쯤 지났을 때 다음 문장에 밑줄을 쳤다.

나는 결코를 좋아한다. 그 반대인 언제나도 좋다. 결코와 언제나 사이에서 이들을 매우 간접적이면서도 내밀하게 이어주는 것은 무엇일까?

"그런데요."

밑줄 그은 부분을 옮겨 적고 있는데 누군가가 불쑥 말을 걸어와 마법이 깨졌다. 방금 전까지 행복한 유령 상태였기에 허우적거리며 자아라는 후드티를 얼른 걸쳐 입었다. 나보다 대여섯은 어려 보이는 애송이다. '그런데요'란 대화중에 화제를 전환하는 말이 아닌가? 당신과 난 대화를 나눈 적이 없는데 이 접속사에 존칭을 붙이는 이유가 뭔가?

"동아서점에 가보셨어요?"

이제부터 '그런데요'라고 불릴 이 청년의 입에서 내 단골 서점의 이름이 나오자 두번째로 놀랐다. 교동에 있는 동아서점은 속초의 크고 작은 책방 가운데 내가 가장 좋아하는 곳으로, 지금 보는 책 또한 그곳에서 사온 것이었다.

"동아서점 주인이 쓴 책을 읽었는데 그런 에피소드가 나오더라고요. 책방 주인이 손님이 있는 줄도 모르고 가게 문을 잠그고 나간 적이 있대요. 그래서 한동안 손님이 갇혀 있었다고요. 그 부분을 읽다가 갑자기 잊고 있던 기억이 떠올랐어요. 저도 중학생 때 만화방에 갇힌 적이 있거든요."

나는 대꾸도 외면도 하지 않은 채 어정쩡하게 커피를 마셨다. 묻지도 않은 말을 줄줄이 늘어놓는 사람은 무섭다. 반쯤 미쳤거나 세상과 제대로 접속하지 못한 채 살아가는 사람일 가능성이 높았기 때문이다. 카페 사장이 나의 고충을 눈치챘는지 바 안쪽에서 대신 대꾸를 해줬다.

"그래서 어떻게 됐어요?"

나중에 알게 된 사실이지만 '언제나'는 저런 식으로 다정하다. 모자라면 채워주고 넘치면 덜어낸다. 모든 사람을 적절하게 대하느라 자기 사람은 외롭게 만드는 나쁜 남자. 생활에는 서툴고 물려받은 재산만 녹여 먹는 천하태평 사나이. 난파선에서 건진 잔해로 간신히 꾸린 최후의 생존 수단이 이 가게라는 얘기는 크리스마스이브에 귤 까먹으면서 듣게 될 것이다. 이건 뒤에 나올 이야기이고 여하튼.

"학원 빼먹고 만화를 보다가 소파에서 깜빡 잠이 들었는데 눈을 떠보니 가게 문은 닫혀 있고 불도 꺼진 거예요. 주인이 급한 일이 생겨 일찍 가게 문을 닫았는데 저를 보지 못하고 셔터를 내린 거죠."

나에게는 결코 일어날 리 없는 사건이다. 아무래도 이 이야기 속에서 내 이름은 '결코'가 될 것 같다.

"만화책이 빽빽하게 꽂힌 책장 사이에 혼자 있으니까 숲 한복판에서 길을 잃은 기분이 들었어요. 다행히 불도 켜지고, 어둡지는 않으니까 우선 안심인데, 남의 가게에서 밤새도록 불을 켜놔도 되나 싶더라고요. 정수기에서 뜨거운 물도 나오고 컵라면이나 음료수도 있고 무엇보다 화장실이 있으니 당장 큰 문제는 없는 것 같았어요. 밤새도록 갇혀 있더라도 필요한 건 다 있으니까. 만약 조난을 당해 구조되기만을 기다려야 하는 상황에 처해야 한다면 최고의 장소는 여기가 아닐까 싶고."

'언제나'는 고개를 끄덕였다.

"일단 컵라면을 꺼내 물을 부어 먹었어요. 배가 부르니까 겁이 없어지고 이 기회에 만화책이나 실컷 봐두자 싶더라고요. 여기 있는 만화책이 오늘밤엔 전부 내 소유가 된 것 같고요. 한창 판타지물에 빠져 있던 참이라 읽고 싶던 책들을 모조리 꺼내 보면서 밤새울 각오를 했는데······"

그는 반응을 기다리는 사람처럼 내 쪽을 쳐다봤지만 '결코' 응대하지 않을 작정이었다.

"얼마 후에 주인이 오더라고요. 가게에 불이 켜져 있어서 들어와본 거래요. 미안하다는 소리도 없이 컵라면값 안 받을 테니까 얼른 집에 가라고 하대요. 꾸벅 인사하고 나왔죠.

집에 가도 아무 일 없었어요. 얼추 학원 끝날 시간에 맞춰 간 셈이니까. 엄마가 저녁 먹으라고 하는데 속이 안 좋아서 먹지 않겠다고 했더니 그걸로 땡, 만화방에서 외박할 각오를 한 것치곤 참 시시하게 수습되어버린 거죠."

'그런데요'의 이야기는 묘하게 나를 건드렸지만 그날은 더 이상 작업을 하지 않고 철수했다. 어쩐지 나의 영역이 침범당한 기분이 들었는데 아니나다를까, 며칠 후에 또다시 그와 마주쳤다. 그때에도 실내에는 우리 셋밖에 없었는데 한동안 예의상 침묵을 지켜주더니 "그런데요"로 입을 떼며 느릿한 말 걸기를 시작했다. 가벼운 부표 같은 '그런데요'의 목소리는 침묵을 자기만의 무기로 부수는 힘이 있다. 그는 몽상에 사로잡혀 있다가 '지금 막 떠오른 생각'을 불쑥 말하거나 질문하곤 했다.

"그런데요."

한결같이 시작되는 서두.

"저 가게가 원래 저기 있었나요?"

'그런데요'가 가리키는 곳은 건너편 젤라토 가게다. 추운 날씨에도 이 지역 명물로 소문난 아이스크림을 먹기 위해 가게 앞을 서성거리는 사람들이 꽤 있다. '언제나'는 부러운 듯 쳐다보며 질문에 친절하게 대답해준다. 꽤나 긴 말인데 요약하자면 이렇다.

저 아이스크림 가게는 예전에 단천면옥 앞에 있었다. 청호동 아바이마을에 있는 단천식당 말고 청대리에 냉면만 전문으로 하는 단천면옥 옆에 위치한 두 평 남짓한 작은 가게였다. 그 가게가 속초해수욕장 쪽으로 이전해 빅히트를 친 것이다. 청대리에 있던 단천면옥은 현재 청초호 옆으로 옮겨갔는데 그쪽도 장사가 잘된다. 깔끔한 인테리어에 테이블마다 키오스크가 설치된 현대식 식당으로, 수저가 든 종이봉투에는 '이북음식전문점'이라고 인쇄되어 있다.

"가게들이 제 손님을 몰고 이사를 다니는 건 참 신기하죠."

라디오라도 듣는 것처럼 귀를 기울이던 나도 속으로 고개를 끄덕였다. 아이스크림 가게는 해변으로, 냉면 가게는 청초호로 흩어졌지만 그들 사이에는 바다가 있다. 바다가 큰 고래 같고 가게들은 고래에 붙은 따개비 같다. 잠깐 흩어진 따개비들이 여전히 고래의 이쪽저쪽에 붙어 있는 형국이랄까.

'언제나'가 들려주는 이야기는 이름난 속초 냉면집의 유래로 이어졌다.

"원래 속초에 이름 있는 냉면집은 이조면옥 하나고, 나머지는 동네 식당이죠. 동네 식당이라고 해도 집집마다 면을 뽑기 때문에 맛이 다 달라요. 온달면옥은 온달면옥대로, 낙천회관은 낙천회관대로, 미리내면옥은 미리내면옥대로, 장사동에 있는 능라도도 괜찮고 한양면옥도 좋고…… 아무튼 속초 냉면은 가게마다 다르게 맛있는 것 같아요. 서울에 살 때 아내와 속초에 자주 왔는데 그때마다 매번 다른 냉면집을 방문했거든요. 찬 육수를 부어 비냉도 물냉도 아니게 자작자작하게 만들어서 명태회랑 섞어 먹는 맛이 너무 중독적이라서요.

 제가 듣기로 단천면옥은 창업자 아들 중 하나가 물려받았는데, 부영아파트 근처에 분점을 냈다가 잘돼서 서울로 이전해 나갔대요. 그런데 돈이 너무 잘 벌리니까 도박으로 빠진 거예요. 전 재산 날리고 고향으로 돌아온 것 같다고 하더라고요. 이 얘기가 확실한 건 아녜요. 비슷한 얘기를 낙천회관에서도 들은 것 같거든요. 부모님 세대가 억척스럽게 손맛으로 일군 식당을 그다음 세대가 물려받아 서울 가서 크게 성공하고, 그러다가 말아먹고 낙향하여 가게를 이어가지만 전만 못하더라는 얘기가 이 동네 냉면 가게의 흔한 서사인가 싶더군요."

 '언제나'가 저렇게 청산유수던가. 나는 말의 길이에 감탄하고 서사라는 표현에 감동받았다. 이곳에 손님으로 드나든 지 한 달이 넘어도 그와 나눈 이야기를 다 합해봐야 지금 오가는 말의 십 분의 일이나 될까 싶다. '언제나'는 나처럼 과묵한 사람인 줄만 알았는데 카페 사장답게 손님에 따라 화술을 조절하는 모양이다.

 실내에 새 손님이 들어왔다. 선글라스를 끼고 멋진 가슴의 융기를 얇은 니트로만 가린 키가 큰 여자다. 젊은 여자의 아우라는 엄청나서 우리는 왠지 조용해졌다. 그녀는 스마트폰을 잠깐 들여다본 다음에 텀블러를 내밀고 커피를 담아 갔다. 그러자 실내의 압력이 빠져나가며 다시 느슨한 분위기가 흘렀다.

다시 카페에는 우리뿐이었다. 오전에는 커피를 사가는 손님이 좀 드나들고, 오후에는 김빠진 권태감이 흘렀는데 그때 스며드는 고정 멤버가 '결코'와 '그런데요'였다. 어느덧 우리는 스피커나 몬스테라와 마찬가지로 카페의 정물이 되어가고 있었다. '그런데요'는 커피에 설탕을 잔뜩 넣어 달게 마시고 물과 휴지를 많이 사용한다. 반면에 나는 설탕을 넣지 않고 크림도 그다지 즐기지 않는다. 대화도 즐기지 않는 척을 해보았지만 결국에는 암묵적인 청중이 되어 크리스마스 전날을 같이 보내기에 이르렀다. 왜 이렇게 됐냐고? 그러게 말이다.

거리에 크리스마스 조명이 켜지면 위기감을 느끼는 사람이 한둘은 아닐 것이다. 이런 무시무시한 시기에는 가족도 연인도 없는 사람끼리 뭉쳐야지 별수 있나. 이 도시에서 제대로 말을 섞어본 사람은 둘뿐인데다 우리 모두 '모래시계 인간'이라는 공통점도 있었으니까.

'모래시계 인간'이란 간단하다. 흔히 영혼이 있는 장소를 마음이라고 부른다. 그 마음이 모래시계 모양으로 생겨먹어서 위쪽의 모래알이 다 빠져나가면 냉큼 아래위를 뒤집어야 하는 부류가 바로 '모래시계 인간들'이다.

　예를 들어 내가 왜 '결코'가 되었냐면…… '결코…… 하지 않겠어!'라는 결단을 내릴 때만 나는 나다워진다. 지금껏 대학을 두 번 그만두고 세 번 휴학했으며 일자리는 수없이 옮겨 다녔다. 그만두기 전문이랄까. 겨우 등단해 그동안의 게으름과 의지박약을 변명할 수 있게 되었으나 줄곧 글에만 헌신한 것은 아니다. 직장에 취업하자 안달복달 일에 매달렸고, 그러느라 글과 다시 멀어지기 시작했다. 위기의식이 닥치면 사표를 쓰고 책상을 찾아 어디론가 떠났다. 이렇듯 생활의 모래가 동나기 전까지 글을 쓰고, 통장이 비면 박차고 나가 돈을 버는 것으로 삼십대가 저물어가고 있다. 죽을 때까지 모래시계만 뒤집다 끝나는 건 아닌가 싶은 게 나의 불안인데, 다르게 보자면 몸과 마음이 다 약하고 에너지가 적어 한 번에 한 가지 일만 할 수 있기에 그나마 등단이라도 한 것 같다.

　'그런데요'는 독특한 모래시계를 가지고 있다. 아니 '생체시계'라고 불러야 할까. 그는 가을을 견디지 못한다. 기압이 낮아질 때면 자율신경계가 몸살을 앓는 것이다. 두통, 우울, 급기야는 숨이 안 쉬어지는 불안 발작까지 온다. 그러다가 추운 겨울이 되면 컨디션이 돌아오고 한 해가 새롭게 시작되는 느낌이 들곤 했단다. '그런데요'에게는 겨울이 일 년의 시작인 봄이고, 봄이 여름이고, 여름은 가을이고, 가을은 모든 것이 얼어붙는 겨울인 셈이다.

찬바람이 불기 시작하면 '그런데요'는 연못이 얼어붙을까봐 두려워 부지런히 헤엄치는 미운 오리 새끼처럼 조금이라도 햇볕을 더 쬐기 위해 움직이고 영양제를 챙겨 먹었다. 그래봤자 번번이 그가 지고 가을이 이겼다. 끝내 침대에서 일어나지 못한 채 죽은 사람처럼 지내다보면 인생에 대한 환상과 낙관을 잃어버렸기 때문에 살 이유가 없다는 생각이 자꾸 들었다고 했다. '계절성 우울'이라는 말로는 다 덮을 수 없을 만큼 거대한 비관이었다.

그런 그에게 친구가 단순한 아이디어를 냈다. "가을이 그렇게 힘들면 아예 여름뿐인 나라로 떠나버리면 되잖아? 겨울 될 때 돌아오면 가을이 없어지는 셈이니까."

'그런데요'는 "돈이 어딨냐. 부자들이나 그렇게 사는 거지"라고 일축했지만 이러다 죽겠다 싶었을 때 그 충고에 따랐다. 충동적으로 태국의 한 섬으로 떠나 겨울에야 돌아왔더니 그해를 무사히 넘길 수 있었다. 살아갈 용기를 한 방울도 남김 없이 짜내가던 가을은 꼬따오섬에 얼씬도 할 수 없었고, 그는 복수라도 하듯이 바다에서 즐겁게 첨벙거리며 지냈다. 그때부터 가을을 감쪽같이 물리치는 것이 '그런데요'의 목표가 되었다.

'그런데요'는 지금 영어와 파도를 가르친다. 주중에는 영어 과외를 하고, 주말에는 백도해변에서 서핑 레슨을 진행한다.

"바다에서 빈둥거리다 서핑을 배우게 되었죠." 여름 나라에서 가을을 보내느라 배운 기술을 써먹고 있으니 나쁘지 않은 결말인데, 이 아슬아슬한 균형은 젊을 때만 가능한 건지도 모른다는 불안을 품고 있다.

'언제나'의 모래시계는 아내의 가출과 귀환으로 이루어져 있다. 그는 '부자는 망해도 삼 년은 간다'는 식으로 중년이 될 때까지 한량처럼 지냈다. 그래서 연체동물에 가까운 존재가 되어버렸다는 게 본인의 설명이다. 재산을 운용하던 어머니가 돌아가신 다음부터는 아내의 생활 감각에 의존해 살아왔다. 나름대로 살길을 도모해보았으나 죄다 말아먹었고 이후 쓸데없는 사업을 벌이거나 사기를 당하지 않도록 아내의 조언에 따랐다. 그런 아내도 부자였던 남편의 무능에 지쳤는지 몇 년에 한 번씩 훌쩍 떠나곤 했다. 사랑도, 사람도 달라지지 않았기 때문에 이별과 재회를 반복하는 이 부부는 십칠 년 결혼생활중 세 번 별거했다. '소년 남편과 평생 해로할 자신이 없어.' 네번째 별거를 선언하면서 '언제나'의 아내가 남긴 전언이었다.

이런 유의 이야기는 커피를 마시면서 나누긴 어려운 것이다. 다른 걸 마시긴 했다. 결과적으로는 이렇게 정리할 수 있다. '결코'는 '언제나'의 카페로 달아났는데 우리 사이에 '그런데요'가 들어오면서 완벽한 삼각형을 이루었다. 도주의 삼각형, 독신자들이 크리스마스라는 재앙을 피해 숨어드는 안전지

대. 캐럴과 알전구와 견디기 힘든 낙관주의의 습격으로부터 도피한 우리에게 남은 귤 한 박스뿐. 12월이 되자 '언제나'가 빌어먹을 트리에 불을 켜면서 제안했다. 카페가 문 닫는 일곱시부터 우리끼리 한잔 걸치자고.

솔직히 말하자면 우리끼리 한잔 걸친 지는 달포가 넘었다.

'언제나'의 멋진 가게는 점점 기울고 난파선에 오른 두 손님—'그런데요'와 나—으로 인해 더욱 심하게 뱃전에 물이 새는 중이었다. 실내에는 남자 셋이 자아내는 우중충한 동아리방 같은 분위기가 나기 시작했고, 후진 냄새라면 귀신같이 맡는 손님들은 얼씬도 하지 않았다. 아내 생각에 울적해진 '언제나'는 염불보다 잿밥, 카페보다 문 닫은 후 '테킬라 종' 치는 재미에 푹 빠져 있었다.

'테킬라 종'은 겉보기엔 초등학교 선생님의 교탁 위에 있음 직한 차임벨이다. 용도는 전혀 달라 손님이 치면 테킬라 한 잔이 자동으로 나온다. '여기요' '뭘 드릴까요' '테킬라 한 잔 주세요' '알겠습니다'와 같은 대사를 '땡' 소리 하나로 압축하는 것이다. 이 기막힌 물건은 '언제나'가 오키나와의 한 술집 주인에게서 받았는데, 무슨 내기에 이겨서 얻은 것이라고 했다. '무슨 내기인지는 기억나지 않는데 그때까지 팔아준 테킬라만 해도 종 열 개는 서비스로 받을 수 있는 수준'까지 퍼마시고 얻어낸 것이라나. 기본적으로 카페 인테리어 소품이지만 문

닫은 후에는 제 기능을 찾는다. 땡 소리가 울리면 주변이 교실처럼 변하는 단정한 느낌 때문에. 그렇지만 테킬라가 나온다는 반전 때문에 평소보다 술을 더 마시게 된다. 나 역시 테킬라를 먹으려고 종을 치는 건지, 종을 치려고 테킬라를 먹는 건지 모를 지경이 되곤 했으니까.

우리끼리의 대화에 중독된 것이 언제부터였는지는 잘 모르겠지만 쓸데없는 잡담을 나누다가 속마음까지 털어놓게 된 데는 그 멕시코산 증류주의 역할이 크다. 커피를 마시면서 낮에 나누는 이야기와 술을 마시면서 밤에 주고받는 대화는 사실주의 소설과 환상소설만큼 차이가 나는 법이니까. 후자의 이야기에는 분명 모호한 부분이 많고 왜곡도 있을 것이다. 그럼에도 크리스마스가 다가올 때쯤 우리 셋은 떨어질 수 없는 한때를 공유하고 있었다.

카페에 가기 위해 집을 나서자 하늘에서 눈이 내렸다. 속초 해수욕장의 대관람차는 거슬리도록 번쩍거렸다. '속초아이'라고 이름을 지었기 때문에 나는 저 대관람차를 볼 때마다 톨킨 소설에 나오는 사우론의 눈알을 떠올리곤 했다. 거리에는 행복을 의무처럼 지고 있는 사람들이 우글거렸다. "행복이 의무가 되면 그게 행복인가!" 이렇게 외치고 싶은 지경이었다. 정작 내 손에는 황금빛 테킬라, 패트론아녜호 한 병이 들려 있었으면서. 크리스마스이브에는 행복에 대한 환상을 버리기 어렵다.

 도착해보니 우리 중 가장 어린 '그런데요'는 손님에게 선물받은 귤 한 상자와 맥주 여섯 캔을 들고 왔고, '언제나'는 글렌피딕 한 병과 하몬과 살라미, 무화과와 멜론, 여러 종류의 치즈를 줄줄이 세팅하는 중이었다. 이 양반이 아직도 돈 쓰는 버릇을 버리지 못했구나 싶으면서도 눈이 즐거웠다. 호화로운 안주에 본격적으로 술판이 벌어지기 시작했다. 동생뻘 되는 이들에게도 절대로 말을 놓지 않는 '언제나'와 독특한 호기심으로 화제를 돋워주는 '그런데요', 거기에 잘 따라오는 청중인 '결코'는 버뮤다 삼각지대를 이루며 그 안에 테킬라 잔들을 퐁퐁 빠뜨렸다.

 술이 오르자 '언제나'가 내기를 제안했다. 그는 술이 오르면 뭐든 내기를 거는 버릇이 있다.

 "귤껍질 빨리 까기 어때요? 단, 귤실이 하나도 남아 있지 않을 때까지 까는 겁니다."

 "귤실이 뭔가요?"

 "귤에 붙어 있는 하얀 섬유질 그물 같은 거 있잖아요. 그거."

 둘 사이의 문답을 듣던 내가 재빨리 검색해서 알려주었다.

 "귤락, 정확한 명칭은 귤락이라고 사전에 나와 있어요."

 "사전은 상관없어요. 누가 그런 말을 알겠습니까? 아무튼 나는 이 나이까지 귤실이라고 불렀습니다."

 '언제나'는 사십대, '결코'는 삼십대, '그런데요'는 이십대. 이렇게 터울이 지는 우리가 건배를 하고 있자니 대학에서 첫 번째로 맞은 크리스마스가 떠올랐다. 남중 남고를 나온 공대생 세 명이 치킨을 먹느냐 보쌈을 먹느냐로 진지한 토론을 거친 후 뭔가를 포장해 학교 노천극장 계단에 앉았다. 크리스마스이브에 시커먼 남자 놈들과 소주나 까는 누추함을 과음으로 덮기 위해 부지런히 퍼마시는데 하늘에서 눈이 내렸다. 그 순간 텅 빈 운동장에서 누군가 호른으로 캐럴을 연주했다. "호른." 진짜 호른소리는 그때까지 단 한 번도 들어본 적이 없었으나 누군가 호른이라고 했기 때문에 그렇게 믿고 있다. "존나 좋다!" 믿을 수 없이 초현실적이고 동화 같은 순간이어서 휘파람을 불고 박수를 쳤다. 그들과는 나중에 동반 입대를 할 정도로 붙어 지냈는데 이제는 소식이 끊어진 지가……

 '언제나'는 각자의 앞에 귤과 접시를 하나씩 놓아주었다. 테킬라 종도 가운데로 가져왔다. 먼저 성공한 사람부터 종을 울리기로 했다. 결과에 따라 일등은 완벽한 귤 두 개를, 이등은 귤 하나와 귤락 하나를, 삼등은 귤락 두 개를 먹기로 했다. 도중에 귤을 터뜨리면 새로운 것으로 교체해야 한다. 우리가 원하는 건 흠 없이 완전무결한 귤의 나신이니까.

 "시작합니다!"

하얀 귤실, 혹은 귤락이 보이지 않을 때까지 완벽을 기하려면 시간이 꽤나 걸릴 게 분명했다. 우리는 홀짝홀짝 테킬라를 들이켜며 귤껍질을 까고 귤락을 깠다. '언제나'는 자신이 왜 이 놀이를 떠올리게 되었는지 들려주었다.

"저는 말수도 적고 숫기가 없는 아이였어요. 그런데 우리집에는 아버지 손님이 자주 오셨죠. 아버지는 손님이 오시면 저도 옆에 앉혀두셨어요. 대체 왜 그러셨는지. 손님들은 주로 아버지의 동료 교수들이나 제자들이었는데 저로서는 알아들을 수 없는 어려운 말들로 토론을 주고받았죠. 때로는 격렬한 논쟁으로 번져서 얼핏 듣기에는 싸우는 것 같기도 했어요. 격전지 구석에 앉아 있는 저는 어쩔 줄 몰라서 내가 투명 인간이었으면 좋겠다고 생각하며, 시간이 가기만을 바랐죠. 겨울이었는지 지금처럼 귤이 있었어요. 드디어 할일을 찾은 사람처럼 귤을 까기 시작했어요. 귤 열 개를 까고 나서 일을 연장할 생각에 귤실을……"

"귤락."

내가 정정했다. 아까 말해줬잖아요.

"귤락 혹은 귤실. 아무튼 그걸 까기 시작했어요. 벗기고 벗겨도 계속 나오더라고요. 하다보니 왠지 지나치게 몰두해서 아버지도 손님들도 다 사라지고 온 세상에 저와 주황색 귤만 존재하는 것처럼 느껴졌죠. 죽을 때까지 그 일만 하기로 태어난 사람처럼 열심히 매달렸는데…… 혹시 귤실이 하나도 없을 때까지 벗겨본 적 있으세요?"

나는 고개를 끄덕였고, '그런데요'는 가로저었다.

"한 시간 반도 더 걸린 것 같아요. 마침내 흰 실은 하나도 없는 완벽한 주황색 공 모양의 귤이 완성되었어요. 겨우 한 개. 한 개 만드는 데 얼마나 오래 걸렸던지 손님들이 다 돌아갔더라고요. 결국 그 귤은 제 입으로 들어갔죠. 귤실이 하나도 없으면 엄청나게 맛있을 것 같았거든요? 걸리적거리는 것이 없으니까 차원이 다른 순수한 맛이 날 거라고 생각했어요. 그런데 하도 주물러서 그런가 미지근하고 맛없더라고요."

그때 입구에서 누군가 문을 두드리는 소리가 들려왔다. 불빛을 보고 영업중이라고 착각한 손님인 모양이었다. 휠체어를 탄 그는 사장을 찾더니 명함을 달라고 말했다. '언제나'가 명함 같은 건 없다고 대답하자 남자는 별다른 소동을 일으키지 않고 고분고분 물러났다. 그의 휠체어가 횡단보도를 건너 맞은편 건물 사이로 사라지는 것을 우리는 홀린 듯이 바라보았다. 말투만 들어도 제정신은 아닌 것 같았다. 크리스마스이브에 명함을 모아서 무얼 하려는 걸까?

"저 사람은 왜 명함을 모을까요?"

"전에도 왔는데 기억을 못하나봐요. 저 사람만의 사회생활일까요? 우리 아버지는 성냥을 모으셨어요. 큰 상자 가득 있었죠."

"인간에게 수집은 본능일까요?"

나는 다른 생각으로 번저 대답할 타이밍을 놓쳤다. 내가 말하지 않은 것은 나 역시 귤락 혹은 귤실을 남김없이 제거했던 기억이다. 나는 귤락을 제거했을 뿐만 아니라 그걸 먹어본 적도 있다. 부모님의 지긋지긋한 말다툼. 그들을 외면한 채 귤을 까고 있는 내 모습. 아홉 살 때였나, 배가 고프니 저녁밥을 달라는 소리는 차마 할 수가 없었다. 할 수 있는 건 한없이 귤락을 벗기는 것뿐. 벗기면서 생각했다. 귤락은 귤을 보호하고 있다고. 드림캐처가 나쁜 꿈을 걸러내듯이 귤락이 과육을 지키고 있는지도 몰랐다. 보호받지 못하는 나는 귤락을 모조리 벗겨 맨살이 드러난 귤을 잔인하게 씹어 삼켰다. 저녁밥으로 귤 두 개는 부족했다. 나는 공처럼 둥글게 만 귤락을 입에 넣고 우물우물 씹기 시작했다.

땡!

방심한 사이 '그런데요'가 가장 먼저 테킬라 종을 울렸다. 그는 의기양양한 표정으로 보란듯이 주홍색 탁구공처럼 변한 귤을 접시 위에 올려놓았다. 귤락이 하나도 붙어 있지 않은 귤은 갓 태어난 생물체처럼 보였다.

"제가 일등이에요!"

퍼뜩 정신을 차린 나와 '언제나'는 말을 멈추고 맹렬하게 귤락을 까기 시작했다. 그러다 내가 실수로 귤을 터뜨렸다. 상큼한 향이 확 끼치자 '언제나'가 손뼉을 칠 정도로 좋아했다.

"다시! 처음부터 다시!"

내기는 흐지부지되었다. 만취한 '언제나'가 귤락이 덕지덕지 남은 귤을 흔들면서 종을 쳤기 때문이다. 우리는 대충 건배하고 마무리했다.

나는 순전히 호기심으로 하얀 귤락을 입에 넣어보았다. 예전과 똑같은 맛이 날까? 귤락은 질기고 무無맛이다. 아무런 맛도 없이 오로지 잘 끊어지지 않는 특성만 있을 따름이다. 부모는 내게 그런 존재다. 평소에는 별생각이 없지만 끊어지지는 않는 적개심만은 여전했다. 나는 공 모양으로 뭉쳐놓은 귤락을 끊어지지 않게 조심조심 펼쳐보았다.

그때 '언제나'가 눈물을 흘리기 시작했다. 아무래도 아내가 영영 떠난 것 같다며, 자신의 모래시계는 이제 진정으로 비었다고 했다. 아내가 어디로 갔는지 추측하기 위해 집을 뒤졌는데 생각지도 않은 물건이 등장했다고 말했다.

"여권이 나왔어요. 한 번도 해외에 나간 적이 없는 여자가 느닷없이 왜 여권을 만들었을까요?"

스탬프가 하나도 찍히지 않았기에 여권은 공책에 불과하다. 그녀는 어디로 떠나려 했을까? 사랑과 권태로 이루어진 모래시계를 그만 내려놓고 싶었던 것일까? 보들레르의 말대로 반복은 지옥이다. 그러나 지옥도 습관이라서 쉽게 떨칠 수는 없다.

나는 '언제나'에게 귤락을 내밀었다. 이럴 때 딱 맞는 안주니까. 우리 둘이 염소처럼 우물거리는 것을 보자 '그런데요'도 귤락을 두어 가닥 집어 입에 넣었다. 우물우물. 분위기가 가라앉는 것 같아 내가 침묵을 깼다.

"리미널리티."

"니미럴? 지금 욕한 겁니까?"

"문턱의 시간, 우리가 그 시간을 보내는 것 같아요. 리미널리티는 인생의 의례를 통과하는 중에 만나는 틈새 시간을 가리키는 말이에요. 예를 들어 번지점프를 해야 성인으로 인정하는 부족이 있다고 쳐요. 점프대에 서기 전까지의 청소년들은 리미널리티를 보내는 것이죠."

"또 잘난 척하시네."

"이 상태에서는 자발적인 코뮌이 쉽게 만들어져요. 같은 경험과 의식을 공유하니까. 지금 우리처럼."

"우리는 어디에서 어디로 넘어가는 건데요."

"우리는 문턱을 못 넘어갔어요. 이곳은 번지점프대예요. 12월 내내 점프대에 셋이 모인 거예요."

"모래시계 병목현상인가요."

"맞아요. 모래시계의 오목한 부분에 걸린 모래알들. 그게 우리 같아요. 리미널리티."

"니미럴."

"육시럴."

"씨부럴."

우리는 와하하하 웃었다. 저속하고 걸쭉한 욕설을 돌아가며 내뱉자 팽팽하던 허파에 공기가 들어오는 느낌이었다. 오늘밤 우리가 테킬라 종을 몇백 번이나 쳤는지 아무도 셀 수 없을 것이다.

정신을 차려보니 아침해가 밝아오고 있었다. 크리스마스구나. '그런데요'는 어디론가 사라지고, 엎드린 채 잠들어 있는 '언제나'만 보였다. 나는 어수선한 테이블 위를 정리하고 설거짓거리를 개수대로 옮겼다. 그러는 동안 화장실에서 돌아온 '그런데요'가 나를 돕기 시작했다. 요란한 청소와 설거지 소리에도 '언제나'는 깨지 않았다. 심지어 그의 귀에 대고 테킬라 종을 땡, 쳐보았지만 웅얼웅얼거릴 뿐 끝내 눈을 뜨지 않았다.

실내가 말끔해지자 '그런데요'는 오후 아르바이트를 가기 전에 눈 좀 붙여야겠다며 일어섰다. 반소매 티셔츠에 패딩만 걸친 그는 여전히 여름 나라에 머물러 있는 청년처럼 보였다. 손목에 시계처럼 새겨진 나침반 문양의 타투가 보였다. 순간 내 책상에 놓인 나침반 문진이 떠올랐다. 방향 상실의 감각은 언제나 황홀하다. 하지만 그 감각의 모래알 또한 정해져 있는 것이다.

"그런데요, 내년 가을에는 버텨보려고요. 죽음이 없으니까 부활하는 맛도 없는 거 같아서."

나침반이 가리키는 방향으로. 이것이 아침의 사실주의다. 그렇다면 나는? 도주만 반복하는 결단으로 인생을 채울 수는 없지 않은가.

나는 '그런데요'가 자전거를 타고 횡단보도를 건너는 모습을, 작은 소실점이 되어 골목 안으로 사라지는 모습을 지켜보았다. 카페로 돌아와 '언제나'의 어깨 위에 담요를 둘러준 다음, 테킬라 종을 주머니에 넣었다. 술독에 빠져 사는 그의 외로운 구간이 끝나기를 바라면서. 마침내 나도 문을 열고 밖으로 나왔다. 단지 건널목을 건넜을 뿐인데 이 가게에서 보낸 하루가 일 년처럼 여겨졌다.

횡단보도를 다 건넌 다음 뒤돌아서서 그 카페를 보았다. 이제 내가 스크린 속으로 들어갈 차례일까? 나는 저곳의 모든 맛을, 균락을 벗겨버린 맨살의 맛을 보았다. 문턱의 시간은 너무도 강렬해 오래 머물 수 없다. 서로에게 털어놓은 내밀한 이야기 때문에 우리는 돌연한 척력을 느끼게 될 것이다. 어젯밤은 일시적으로 열리는 계류자들의 코뮌이자 잠깐 허락된 유토피아였다. 누구든 흔들리는 번지점프대에 오래 머물 수는 없다.

상상 속에서 나는 아무도 모르게 가게를 태우기 시작했다. '불을 지르는 거야. 그리고 떠나면 새해에는 혼자가 되겠지.' 그러자 마음이 좋아졌다. 누군가에게 마음을 열고 이야기한다는 것은 위험한 일이다. 비밀을 말하는 건 자백처럼 느껴지니까.

맞은편에서 카페에 자주 왔던 여자 손님이 걸어오고 있었다. 커다란 선글라스로 얼굴을 가렸고 엄청난 몸매를 가벼운 코트로 덮은 차림이었다. 그녀는 투명 인간을 통과하듯 내 옆을 스치고 지나갔다. 그녀가 지나간 자리마다 크리스마스가 시작되는 것처럼 보였다. 나는 오른쪽 주머니에 손을 넣어 테킬라 종의 볼록한 버튼을 만져보았다. 왼쪽 주머니에는 아직까지 한 번도 켜지 않은 주홍색 전구가 들어 있었다.

모래시계를 돌려놓듯, 나는 꼭지가 아래로 향하게 귤을 한 번 돌려놓았다.

도트와 프랭크

도트와 프랭크는 몬테수마에 내린 마지막 젊은이들이었다. 바캉스 철이 시작되기 전이지만 태양이 숨막히게 내리쬐고 있었다. 두 사람은 무거운 배낭을 내려놓고 벤치에 걸터앉아 주변을 둘러보았다. 밤이면 퓨마로 변하는 사람들이 흥청거린다는 소문과 달리 시내는 작고 한산했다. 차오Chao. 둘은 간단히 작별했다. 이전 여행지에서 스쳐간 사이지만 그다지 친밀하다고는 할 수 없었다. 해변 원숭이에게 샌드위치를 뺏긴 프랭크에게 도트가 음식을 나눠준 적이 있다. 그날 저녁 프랭크가 맥주를 샀지만 도트는 뚱한 여자애였고 로맨스로 연결되지는 않았다. 버스에서 내린 프랭크는 중급 호텔을 향해, 도트는 도미토리가 있는 호스텔을 향해 발길을 돌렸다.

이 주 뒤 말파이스에서 두 사람은 조우했다. 니코야반도를 시계 방향으로 도느냐, 반시계 방향으로 도느냐에 따라 만났던 사람들을 계속 만나게 될 것이므로 대단한 우연은 아니다. 도트는 반다나 차림에 피어싱을 하고 액세서리를 팔고 있었는데 프랭크는 팔찌 하나를 살 때까지도 그녀를 알아보지 못했다.

세번째 만남에 이르러서야, 그러니까 코너스툴의 스태프로 합류하고 나서야 비로소 그들은 친밀한 사이가 됐다. 코너스툴은 여름이면 만조의 바다처럼 전 세계에서 배낭여행자들이 밀려드는 호스텔이다. 삼십 년 전 파도를 따라 이곳에 온 주인장 딕슨은 알맞은 크기의 파도에 반해 눌러앉았다. 거저나 다름없는 싼값에 땅을 사들인 딕슨은 오두막을 짓고 보드에 '코너스툴'이라고 써서 간판 대신 세워두었다. 코너스툴은 권투 선수들이 공이 울린 후 물러나 쉬는 링 가장자리의 의자를 가리키는 말로, 좌절의 한복판에서 서핑으로 일어선 자기 자신을 반영한 상호였다.

세월이 흐르면서 딕슨의 호스텔은 불규칙하게 뻗어나간 노란색 판자를 따라 스물네 개의 객실, 말발굽 모양의 바를 갖춘 미니 펍, 서핑스쿨, 카페테리아를 갖춰나갔다. 호스텔은 번창했으나 딕슨은 사업적 야심이 없었다. 이곳의 느슨한 분위기에 반해 부르는 대로 값을 쳐주겠다는 호기로운 부동산 재벌도 있었지만 단칼에 거절한 것만 봐도 알 수 있다. 그리하여 매일 아침 파도를 타고 젊은이들과 어울려 맥주를 마시는 저녁이 기복 없이 쭉 이어졌던 것이다.

코너스툴은 일시적으로 빛나는 세상 속에 세워진 찬란한 파빌리온이었다. 태양을 가릴 수 있고 시원한 맥주와 약간의 마리화나만 있으면 모두들 행복했다. 해변 전체가 어리석은 파티의 유령들로 들썩이는 여름 핼러윈 같았지만 '딕슨의 아이들'은 달랐다. 딕슨의 집에서 일하는 젊은 스태프들—자기 보드를 가지고 있고 아침 파도를 타기 위해 일찍 일어나는 스물한두 살짜리들은 숙식을 제공받고 적절한 노동으로 갚았다. 그들은 태양이 솟아오를 때 고르게 부풀어오르는 파도를 타고 돌아와 땀이 식지 않은 몸으로 모래에 박힌 담배꽁초와 술병을 치웠다. 그러곤 호스텔 공용 주방에 모여 돌아가면서 준비한 아침을 함께 먹었다. 이후에는 다 같이 숙소의 침구를 거둬 세탁과 청소를 한 후 뿔뿔이 흩어졌다. 누구는 서핑스쿨에서 개인 레슨을 하고, 누구는 요가를 하고, 누구는 해먹에 누워 책을 읽거나 음악을 들으며 빈둥거리다가 어두워진 다음에야 일어났다. 오전 시간에 일하지 않는 대신 저녁에 일하는 이들이 미니 펍을 지켰는데 그중 하나가 도트였다.

딕슨의 호스텔은 '안전 공간'이었다. 이곳에선 모두 할일이 있고 거처와 식사가 훌륭하며 몸과 마음이 튼튼해지는 곳이었다. 무엇보다 파도가 있었다. 해가 뜰 때와 질 때, 파도는 깊은 숨을 들이마시는 횡격막처럼 부풀어오르다 털을 깎기 위해 몸을 맡기는 양떼처럼 희게 부서졌다. 한결같이 터지는 샴페인. 바다의 모습은 아무리 봐도 물리지 않았다. '딕슨의 아이들'은 파도 동굴에 들어가서야 자기 속을 털어내는 개인주의자들이었지만 시간이 흐르자 서로의 공통점을 발견했다. 중독. 그들 모두 크고 작은 중독을 거쳤고 지금은 서핑 중독으로 앞선 시간을 씻어내는 중이었다.

도트는 말발굽 모양으로 생긴 펍에서 맥주를 내주거나 '엉덩이만큼 큰 나초'를 날랐고, 프랭크는 숙소 청소를 하다가 '선다우너sundowner'를 만드는 팀에 선발됐다. 일몰 무렵에 마시는 술은 당연히 피냐콜라다. 태양이 내려앉으면 프랭크를 포함한 세 명의 젊은이는 코코넛밀크를 넣은 피냐콜라다를 만들어 서른 개의 작은 잔에 담았다. 해먹과 빈백에 늘어진 투숙객에게 무료로 돌린 작은 잔은 마법처럼 정식 주문을 불러왔다. 주홍색 비단 같은 일몰에 잠겨 있는 동안 누구나 방금 마신 서너 모금의 칵테일이 생각나지 않을 수 없었으므로 프랭크는 두 시간만 일해도 상당한 수입을 올렸다.

코너스툴은 온수가 팔 분 만에 끊기는 단점에도 불구하고 객실이 비는 날이 없었다. 그럼에도 딕슨은 한 가지를 더 시도하고 싶어했다. 아침식사를 마치고 딕슨은 다트판 옆에 붙여놓은 포스터를 가리켰다.

"콘테스트가 열린대."

그러니까 호스텔 밴드를 만들어보자는 얘기였다. 딕슨은 해변에 울리는 클럽 음악에 신물이 난다면서 제대로 된 록 밴드를 구성해보고 싶어했다.

"난 기타를 칠 줄 알아. 대런에게 베이스를 가르쳐줄 수 있을 거야."

대런은 공식적으로 결혼한 적 없는 딕슨의 사생아였다. 어머니는 알 수 없지만 피부만 검을 뿐 딕슨의 훌쭉한 팔다리와 처진 눈을 물려받은 대런은 아버지를 대신해 카운터를 보곤 했다.

프랭크는 스쿨 밴드에서 드럼을 친 경력이 있었다. 이런 말을 꺼낼까 말까 망설이는데 스태프 중 가장 미남자인 요나스가 보컬을 자원했다. 뒤이어 도트가 말문을 열었다.

"키보드도 필요해요?"

그래서 프랭크도 손을 들었다. 내심 말없는 이 여자 해적이 마음에 들었기 때문이었다.

그들은 오전 일과를 마치고 연습을 시작했다. 비치보이스를 커버하는 동안 딕슨 부자는 점차 연습실에 나오지 않았고, 그 자리에는 유럽에서 건너온 엘리너와 토리지가 합류했다. 신입 멤버들은 파도에 올라서자마자 고꾸라지는 초보 서퍼들이었지만 기타를 잡으면 돌변했다. 그들이 들어오자 밴드의 연습은 활기를 띠었다.

코너스툴은 니코야반도의 해변 밴드들이 경합한 콘테스트에서 2등을 했고, 딕슨은 지역신문에 난 기사를 유리 액자에 끼워 다트판 옆에 걸어놓았다. 세월이 흘러 그가 죽고 대런이 호스텔을 물려받은 다음에도 액자 속 젊은이들은 그을린 얼굴에 흰 이를 드러내며 여전히 웃고 있었다.

*

FM 87.5MHz. 제시 제닝스의 라이브 쇼

DJ: 밴드 소개부터 하죠. 노래는 남성과 여성의 보컬 하모니, 리듬의 변화와 기발한 구조로 유명합니다. 두 멤버 모두 고음에서 강렬하게 노래하는 경향이 있고 서로 다른 멜로디와 가사를 동시에 이어갑니다. 두 장의 EP 앨범이 있고 지난 계절에 낸 미니 앨범 〈빅웨이브Big Wave〉가 좋은 반응을 얻고 있습니다. 기타가 없는 밴드는 어떻게 만들어지게 되었나요?

프랭크: 일종의 사고였습니다. 우리는 두 대의 기타, 베이스와 드러머, 신시사이저로 이루어진 표준적인 록 밴드에서 만났습니다. 어느 날 연습실에 우리 둘밖에 나타나지 않았

는데 너무 어색했어요. 그전까지 둘만 있어본 적이 없었으니까요.

도트: "우리끼리라도 연습할까?"라고 프랭크가 말해주자 숨통이 트이더군요. 저는 얼른 키보드 앞에 섰고 프랭크도 드럼 앞에 앉았죠.

프랭크: 처음에는 다른 악기가 빠진 자리를 그대로 연주했지요. 그러다 도트가 기타 부분을 건반으로 쳤고, 즉흥연주를 시작했어요. 저도 모르게 비트가 맞춰졌죠. 도트가 나아가면 내가 쫓아가고, 내가 몰입하면 도트가 따라왔어요. 취객과 맹인의 걸음걸이 같았는데 중간부터 뭔가가 만들어지기 시작했어요. 소름이 끼쳤죠. 멋진 것이 태어난다는 느낌이 확 났어요. 나중에 코너스툴이 될 배아가 착상되는 순간이었다고 할까요.

도트: 그후 우리가 몸담았던 밴드는 흐지부지되었고―멤버 중 두 명이 유럽으로 돌아갔거든요―자연스럽게 우리만의 음악으로 이어졌습니다. 하룻밤에도 여러 곡이 만들어지는 건 정말 근사한 경험이에요. 푸르고 생생한 로큰롤. 우린 할 수 있다고 생각했어요. 가사도 저절로 만들어졌어요.

기나긴 펜이 파도의 벽으로 가고 있어
더운 여름이 세 번 이어지고 마침내 붉게 물드는 나뭇잎

공중의 외로운 꿀벌처럼

정직하게 남은 희망, 벌통은 텅 비었지

황금은 흘러내리고

눈물은 벽으로 스며들어 잉크를 번지게 해

노란 밤의 무게

나를 부르는 사람들

동굴에 비가 내리기 시작해

그는 아름다운 드러머야

너처럼 미쳤어

노래는 이제 끝이 났지

DJ: 코너스툴의 노래를 처음 들었을 때 완벽한 하모니에 감탄했어요. 알고 보니 두 사람이 부부더군요. 뭔가 납득이 되는 느낌이었다고 할까요. 언제 결혼했죠?

프랭크: 삼 년 전 여름에. 첫 EP 앨범을 낸 기념으로요.

DJ: 앨범을 낸 기념으로 결혼식을 올렸다는 말인가요?

도트: 정확히 말하자면 앨범이 진정한 웨딩이라고 할 수 있어요. 결혼식은 피로연 같은 거였죠. 본식 이후에 즐기는.

DJ: 흥미롭네요. 앨범 콘셉트에 대해서 이야기를 나눠보죠. '화성으로 가는 우주선의 선상 밴드'라는 아이디어는 어떻게 얻었나요?

프랭크: 노래를 만들기 전에 항상 장소를 상상해요. 그 장소는 우주선일 수도 있고 오픈카의 뒷자리일 수도 있겠죠. 혹은 서점 구석에 임시로 만든 작은 무대일지도 몰라요. 가판을 치운 자리에 미니 키보드와 우쿨렐레, 한 개뿐인 북을 세팅하고 동양인 기타리스트를 데려와요. 조용히, 오르간이 울리면 우리는 시작해요.

도트: 거리 공연을 할 때 몰입을 위해 가상의 무대를 만들곤 했어요. 연주하고 노래할 때면 작은 고리 속에, 그러니까 원 속에 들어와 앉아 있는 느낌이에요. 멜로디를 중층으로 쌓으면서 관객들을 불러모으죠. 노래를 할 때마다 하나의 고리를 사람들의 심장에 걸어놓는다고 상상해요. 음악으로 된 고리 속에 모두가 들어왔다 싶으면—그러니까 공연이 무르익었다 싶으면—화성으로 가는 우주선에 모두를 싣고 이륙하는 상상을 하곤 해요. 창밖에 유성우가 지나가고 먼 곳에서 폭발한 초신성의 빛이 우주선 가장자리를 밝게 물들이죠. 승객들은 선상 밴드의 노래에 귀기울입니다. 언제까지나 도착하지 않기를, 우주를 가로지르는 항해가 영원히 이어지기를 바라면서요.

DJ: 거리에서 공연한 것이 도움이 됐나요?

프랭크: 그럼요. 한번은 은행 앞에서 버스킹을 한 적이 있어요. 돈이 다 떨어진 날이었죠. 삐딱한 유머처럼 ATM 기기

바로 옆에서 공연했는데, 딱 한 사람만 돈을 인출해서 모자에 넣더군요.

도트: 그 사람은 100달러와 명함을 넣었죠. 우리의 첫 앨범을 내준 폴리비닐의 앨범 제작자였어요.

DJ: 언더 신에서 꽤 오래 활동하셨습니다.

프랭크: 지금도 언더죠. 언더-언더에서 하나 올라왔다고 할까요. 4부 리그에서 3부 리그쯤으로 올라온 셈이죠.

라디오에서 흘러나오는 목소리. 그들은 킥킥대며 하이파이브를 했다. 전파를 타고 울리는 자신들의 목소리를 듣고 있으니 지난 시간이 한꺼번에 몰려왔다.

그들의 해변 결혼식에 베일은 없었다. 민소매 원피스를 입은 도트는 바람에 날리도록 머리를 풀어헤쳤고 키가 큰 프랭크는 깃이 없는 리넨셔츠에 반바지 차림이었다. 도트의 웨딩 원피스는 약간 푸르스름했는데 파란 비치타월과 같이 세탁하는 바람에 물든 것이었다. 유일한 하객처럼 밀려오는 파도를 배경삼아 그들은 부부가 되었다. 둘 다 맨발이어서 십 분짜리 예식이 진행되는 동안 발등에 스멀스멀 기어오르는 작은 게들의 움직임을 느낄 수 있었다.

딕슨이 내어준 더블룸이 그들의 첫번째 신혼집이었다. 부부가 된 후에도 파도를 타고, 곡을 쓰고 연주하며, 말발굽 모양의 바 너머로 가볍게 키스를 나누는 일상은 변함없었다. 두 사람은 서로의 눈을 들여다보며 연주하는 방식에 너무나 익숙해져 거짓을 숨길 수 없었다. 옛 연인이 찾아왔을 때 프랭크는 즉시 자백했다. 도트도 마찬가지였다. 타마린도에서 하룻밤 즐긴 레게 머리 남자애는 이미 과거일 뿐이었다.

일상은 간결하고 생명력 있는 기쁨으로 재편되었다. 코스타리카에서 만들어진 두 장의 EP 앨범을 들고 두 사람은 마침내 딕슨의 호스텔을 떠났다.

*

부부가 되면서 도트가 바깥일을, 프랭크가 집안일을 맡았다. 그들은 전통과는 거리가 멀었지만 그럼에도 '안'과 '밖'이 자연스레 나뉘었다. 도트가 삶이라는 행정의 주요 골자를 처리했다. 은행과 세금을 상대하고, 집세를 내기 위해 레스토랑에서 일하고, 의대 중퇴자인 남편이 손댈 수 없는 문제를 해결했다. 무료 공연을 하지 않으려고 관계자와 통화한다거나 일정을 꼼꼼히 따져 정기 공연을 잡는 것, '계약 조건이 후퇴했다'며 클럽 주인과 단호히 맞선 것도 그녀였다.

도트가 외부의 눈비를 막는 동안 프랭크는 요리와 가사를 도맡고, 악기를 사고팔고, 녹음을 다듬었다. 프랭크는 밤늦게까지 일하는 도트가 안타까웠지만 번역으로 푼돈을 버는 것 외의 일들은 엄두를 내지 못했다.

첫 합주에서 프랭크는 알아차렸다. 음악은 두 사람의 교감 어딘가에서 태어났지만 밴드의 진짜 핵심은 도트의 보컬이라는 것을. 도트의 목소리는 볏짚 빛깔의 머리처럼 바스라질 듯 건조했지만 놀랄 만큼 풍부한 감정을 품고 있었다. 그녀는 키가 작고 몸이 다부진 편이었다. 반항심으로 불타는 두 눈이 아니었다면 눈길을 끌 만한 타입은 아니었다. 그러나 이 작은 몸 어딘가 놀라운 목소리가 나오는 기관이 있다는 사실에 프랭크는 감탄했다.

'난 그녀의 허밍이 미치게 좋아.'

도트의 몸을 쓰다듬으며 그는 중얼거렸다.

'이 소리를 듣는 것은 오직 나뿐이야.'

프랭크는 달콤한 소유욕에 사로잡혀 아내의 정수리와 이마와 입술과 목과 가슴에 키스했다. 만인이 그녀의 목소리에 반한다 해도 이 순간 도트의 몸에서 나오는 소리를 듣는 것은 오직 그뿐이니까. 도트는 숨소리마저 섹시한 여자 해적이었다.

라디오에 출연한 다음부터는 무대가 조금씩 커졌다. 그들은 작지만 의미 있는 성공을 착실히 거두고 있었다.

이제 비즈니스 차례.

도트는 명함을 만지작거렸다. 백 달러와 함께 받은 명함, 가장자리에 황금이라도 두른 듯 빛나는 종이를 받은 지 이 년이 지났다. 명함을 준 사람은 까맣게 잊어버렸겠지만 두 사람은 수없이 전화를 걸 타이밍을 두고 대화를 나눴다. 지금이 적기라는 결론이 나자 그들은 세 장의 미니 앨범을 음반사에 보냈다.

전화가 걸려오고, 미팅이 잡히고, 회의실로 안내되었다.

우드테이블 너머 유럽인처럼 보이는 노먼이 털썩 주저앉았다. 남자는 실무에 지친 표정으로 프로다운 무관심을 드러내며 밴드 소개를 해보라고 말을 걸었다.

도트의 뇌가 착즙기를 돌리듯 흥미롭게 들릴 만한 에피소드를 짜냈다. 코스타리카 서퍼들의 이야기가 나오자 노먼의 눈썹이 슬쩍 올라갔다. 한동안 그들은 음악과 전혀 상관없는, 카리브해와 대서양의 파도에 대해 한담을 나눴다. 도트는 파도에서 가사에 대한 이야기로 자연스럽게 옮겨갔고 콘테스트 입상 경력을 꺼내기 위해 타이밍을 보고 있었다. 그러다 문득, 눈앞의 남자에게 '생기 있는 괴짜' '슈퍼 루키'의 이미지를 심어주고자 애쓰는 자신의 모습을 깨달았다. 수치심과 더불어 계약에 조바심을 낸 나머지 생활형 자아를 내보이면 일을 그르치겠다는 판단이 들었다.

하지만 어떻게 그러지 않을 수 있을까! 월세는 넉 달이나 밀렸고 팔 것이라고는 악기밖에 없는 처지인데. 이대로라면 프랭크가 부모에게 손을 벌리는 수밖에 없었다. 공항으로 가는 그의 뒷모습을 보는 것이 마지막 장면이 되겠지. '분리'되어 마법이 풀리면 프랭크는 절대로 돌아오지 않을 게 분명했다. 190센티미터에 육박하는 장신이었지만 그는 연약한 소년이었으니까.

'난 프랭크가 필요해.'

물을 마시며 그녀는 정신을 집중했다.

프랭크는 도트의 목소리를, 그리고 그녀의 불안과 신경질을 가라앉혔다. 그는 까다로운 악기도 무리 없이 길들였고 도트도 마찬가지였다.

'그가 필요해.'

실무로 위장한 그녀의 사랑은 이렇게 의역된다. 감정은 믿을 수 없지만 판단력은 지금까지 살아오면서 구축한 모든 방어술과 기술을 의미하니까.

어쨌거나 도트는 승리했다. 계약서에 서명을 하고 첫번째 정규 앨범을 제작할 수 있게 된 것이다.

그들은 레코딩이라는 마법에 완전히 빠져들었다. 장비와 세션이 지원되고, 만들어온 노래가 더 빛나는 옷을 입는 것을 확인하니 욕심이 났다. 도트와 프랭크는 노래하고, 연주하고, 녹음하고, 넣고 빼고 닦고 조이고 윤을 내는 모든 일들에 몰두했다. 일에 중독되어 다른 것들은 전부 잊어버렸고 자잘한 다툼조차 아이디어를 주는 불쏘시개로 활용했다.

레코딩은 섹스보다 더 완벽한 일치감을 가져왔다. 녹음 부스에 들어가면 여자와 남자도 아니고, 드럼과 키보드도 아닌 것 같았다. 그들은 둘로 된 하나였다. 새어나가지 않는 집중력 때문에 꼼짝 못하는 나날 속에서도 자유로웠다.

말하자면 밴드의 유년 시절이었다. 몸의 근육을 테스트하면서 쑥쑥 커나가는 성장기. 투명한 유리병 안에 반짝이는 구슬을 밀어넣듯이 한 곡 한 곡 앨범에 추가했다. 마침내 병이 넘치자 그들은 아깝지만 몇 개의 구슬을 빼기 시작했다. 아홉 곡을 넣은 첫번째 정규 앨범 〈팀 부 Team Boo〉가 만들어졌다.

도트는 너무나 행복해서 자기방어적인 내면의 카산드라를 불러내기 시작했다. 그녀의 시제는 뒤죽박죽이었다. 눈부신 현재는 확실한 과거(불행)와 다가올 미래(틀림없이 불행할) 사이에 떠 있는 신기루 같았다. 도트에게는 현재형이 없었다. 현재는 미래로 날아가 과거를 회상하는 순간일 따름이었다. 왜 그녀는 구태여 미래로 달아나 현재를 그리워하는 것일까? 어째서 기나긴 우회로가 필요한 것일까?

'뻔하지 뭐.'

탄식이 자백처럼 흘러나왔다.

'이런 순간이 오래갈 리 없잖아. 앨범은 망할 거고 서로를 공격하다가 헤어지겠지. 프랭크는 고향으로 돌아갈 거고 흰 가운을 입은 의사가 되겠지. 이 순간은 젊은 날의 모험으로 포장될 거야. 로맨스는 원래 깨져야 로맨스인 법이지. 그러니까……'

상상 속에서 그녀는 카산드라의 충고에 귀를 기울였다. 프랭크는 드럼스틱 대신 메스를 잡는다는 생각만 해도 역겨워진다고 했지만 도트는 그 말을 믿지 않았다.

'대비하는 게 좋아. 보험처럼. 그게 없으면 또 위험해지고 말 거야.'

가엾은 도트. 현재의 기쁨에 눈감아버리는 감정의 수전노. 그녀는 거절당하거나 모욕을 당하는 일에 이골이 나 있었다. 앨범이 외면받아도 눈 하나 깜짝하지 않을 것이다. 그러나 경이롭게 바라보는 눈초리, 공들여 요리해서 함께 먹는 식탁, 공동으로 만들어가는 창작의 시간은 낯설기만 했다. 때문에 달콤한 행복 속에도 아보카도의 씨앗처럼 크고 단단한 불안을 간직했다. 다시 춥고 쓰라린 거리로 돌아갈 수 있을까? 여자 해적은 자신의 배를 버리고 뭍으로 올라왔으니 말이다.

도트는 코에서 피어스를 뺐지만 프랭크는 오히려 타투에 중독되었다. 그들의 첫 앨범은, 각오한 것보다 훨씬 좋은 평가를 받았다고 할 수 있다. 다음 앨범을 낼 수 있는 만큼의 인지도와 새로운 계약서를 쟁취했으니 말이다.

 행복이 몰려왔고 팬들이 생겨났다. 그 와중에 새로운 파도가 밀려왔다.

 파도는 가느다란 플라스틱 막대기 속에, 희미한 두 줄의 분홍빛 선으로 모습을 드러냈다.

"임신한 것 같아."

 도트는 화장실 밖에 서 있는 프랭크에게 털어놓았다. 마지막 공연이 끝난 자정 무렵이었다.

 두 사람은 경건한 두려움에 사로잡혔다. '두려움' '경건함' '사로잡히다'. 이 단어들로 비끄러맬 수 있는 상태였다.

 두 사람은 똑같은 것을 떠올렸지만—그들은 오래전부터 텔레파시나 다름없는 소통으로 서로의 마음을 즉각 알아차릴 수 있었다—프랭크가 재빨리 밟아버렸다.

"음악으로 만들어진 아이야."

 도트에게는 그 말이 너무나 연극적으로 들려 거북했다. 혼란스러울 때면 실무적으로 돌아가는 그녀의 판단력이 두 개의 궤도를 그리기 시작했다. 이 년 내에 새로운 앨범을 만들기로 한 계약서가 우선 떠올랐다. 스물셋, 부모가 되기에는 이른 나이. 인생이라는 앨범에 아이를 수록할 수 있을까? 그러나 동시에 또다른 궤도 역시 그려지고 있었다. 지금껏 상실 없는 인간관계를 겪어보지 못한 그녀에게 이 분홍빛 파도는 두려울 만큼 매혹적이지 않은가. 완전히 자신과 연결되는 한 아이. 이것은 도트에게 생경한 무언가를 불러왔다. 그러니까, 욕심 같은 것.

만들어지기도 전에 제목부터 붙이는 곡처럼 그들은 아기의 이름부터 정했다. 남자아이면 딕슨, 여자아이면 매그놀리아. 그때부터 딕슨 또는 매기가 그들의 음악에 우박처럼 쏟아졌다.

입덧이 시작되자 노래하고 키스하던 도트의 입술은 다른 것으로 변했다. 연습 도중 화장실로 달려가는 아내의 등을 쓸어내리면서 프랭크는 아이에게 말을 걸었다.

"이 부분이 마음에 안 드니? 다르게 가볼까?"

우박처럼 쏟아지는 것은 또하나 있었다. 계약서에 박혀 있는 그들의 작업 기간과 통장의 잔고가 그들을 짓눌렀다. 임시직 교사 자리를 얻어 프랭크가 집을 비운 동안 도트는 조금씩 커지는 배를 만지며 할 수 있는 작은 일들을 전전했다.

우박을 감당하기에 그들의 우산은 너무 연약했다. 생계형 예술가들의 시소에서 그들은 굴러떨어지기 직전이었다. 돈을 벌면 작업할 에너지와 시간이 사라졌고, 작업에 몰두하면 음악을 부양할 돈이 사라져버렸다. 불안하고 예민한 임신부인 도트는 프랭크가 항상 옆에 있어주기를 바랐다. 생계비를 벌기 위한 모든 노력은 방황을 의미했고 통장 잔고는 임종 환자의 심전도처럼 하강했다.

  도트는 부푼 배를 끌어안고 흐느껴 울면서 키보드를 팔아버리라고 소리를 질렀다.

*

  매기였다. 딕슨이 아니라. 통통하고 불그스름한 여자아이는 3월의 어느 날 뱃속 비행을 마치고 그들이 사는 작은 방에 착륙했다.

  매그놀리아가 들어오고 피아노가 나갔다. 뒤를 이어 옷장과 소파가, 잡동사니가 들어 있는 두 개의 보스턴백이, 그 밖에 크고 작은 사물들이 빠져나갔다. 기타와 이펙터, 하나씩 사 모은 녹음 장비들, 종래에는 가장 크고 자리를 많이 차지하는 드럼 세트마저 어디론가 떠났다.

  프랭크는 상황을 직시한 끝에 결론을 내렸다. 꿈과 현실이라는 시소에서 기우뚱거리는 일에 신물이 났다. 아내와 딸을 데리고 탈출 방법을 마련해야 했다.

  그러면서 생각했다. 엄살이 없는 도트가 약해진 순간에 그가 강해진 것은 우연이 아니라고. 그녀의 연약함이 그의 내부에 있던 힘을 불러왔다고. 이 또한 전에는 깨닫지 못했던 시소의 작동 방식이었다. 한 사람이 가라앉으면, 한 사람은 올라간다.

코스타리카에 도착했을 때 프랭크는 부모에 대한 증오와 비데가 없는 화장실 가운데 어떤 것을 택해야 할지 모를 정도로 약해빠진 소년이었다. 그러나 햇빛에 달궈지고 파도에 올라타고 음악을 만드는 동안 스페인 금화보다 귀한 자존감을 획득했다. 코너스툴은 현재에 몰두하고 기쁨을 노략질하는 밴드여야 마땅했다.

속도를 내기 위해 배에 있는 짐들을 바다에 버릴 때도 있는 법이다—프랭크는 장비를 처분하고 네 권의 책을 번역해 목돈을 마련했다. 마침내 캠핑카로 개조한 초록색 밴을 몰고 클랙슨을 울릴 수 있었다.

"이게 뭐야?"

도트는 대답을 듣기도 전에 알고 있었다. 오래전부터 둘은 하나의 심장만 사용했기에 그 정도 텔레파시는 놀라운 일도 아니었다.

"우리집."

*

토사물냄새가 작은 밴을 가득 채웠다. 두 살배기 아이는 원래 자주 토하는 법. 그럼에도 손수건으로 아이의 입가를 닦아줄 때마다 도트는 죄책감을 느꼈다. 아이의 흐느낌에서 절박

한 호소가 느껴졌고, 이토록 무리한 여행을 떠나온 무책임한 부모에 대한 비난의 소리 같았다.

'보세요. 이런 유목 생활을 하기에 난 어려요. 두 사람은 좋을지 모르지만 이건 불공평해요. 카시트는 지긋지긋해요. 모빌이 달려 있는 편안한 요람이 훨씬 좋아요.'

순간 이 분홍빛 살덩어리를 내던지고 싶다는 충동이 스쳤다. 무서우리만큼 연약한 매기가 그녀에게 일깨우는 분노는 끝이 없었다. 그러나 반대쪽의 회로도 여전히 강력했다. 노래를 불러주자 아이는 그녀와 눈을 맞췄다. 그 파란 눈동자에 들어 있는 사면장. 그애는 봐주기로, 용서하기로 마음을 먹은 것이다. 운전하던 프랭크가 코러스를 넣자 울먹거림이 잦아든 아이가 배시시 웃었다. 잇몸 없는 웃음의 가장자리에 침방울이 맺혔다.

그토록 순한 아이가 아니었다면 하루도 안 되어 포기했을 것이다. 캠핑카의 출발을 꿈나라로 가는 신호처럼 받아들이는 매기. 아프지도 다치지도, 그리고 지치지도 않는 딸이 아니었다면 도트와 프랭크는 두번째 정규 앨범, 〈리턴 매치Return Match〉를 꿈꿔보지 못했을 것이다.

그들에게 매일의 이사는 행운을 시험해보는 룰렛 같았다. 정원은 해안가 절벽으로, 사각의 공원으로, 주유소의 한 귀퉁이로, 길 위의 모든 공간으로 변했다. 언제나 좋은 장소를 찾아내는 것이 코너스툴의 특기가 아니던가. 더이상 공상 속에서 장소를 만들어낼 필요가 없었다. 매 순간 변하는 창밖 풍경이 거니는 모든 곳을 뮤직비디오 화면으로 바꾸었으니까.

매기는 사교에 천부적인 재능을 보였다. 아장아장 걷기 시작한 매기는 붙임성 없는 부부에게 이웃을 붙여주는 자석 같았다. 기저귀를 찬 아기는 천하무적이어서 이탈리아에서 온 할아버지와 아르헨티나에서 온 대가족을 비롯해 캠핑카로 이동하는 수많은 사람들을 친척으로 만들었다. 친교는 공연으로 이어져 그들은 모닥불 앞에서 자주 노래했다. 프랭크는 어쿠스틱기타를 잡았고 도트는 나무 실로폰이나 탬버린을 치면서 노래했다.

공연은 음식으로, 접는 의자나 테이블로, 편안한 숙소에서의 며칠 밤으로 바뀔 때도 있었고 나중에는 돈으로도 바뀌었다. 작은 클럽이나 야외무대에서 공연하는 동안 캠핑지의 다른 가족들이 구경을 오거나 매기를 돌봐주었다.

'어차피 새드 엔딩이라면 추억이라도 많아야지.'

캠핑카를 타고 떠나기 전에 도트는 이렇게 생각했다. 그런데 여행과 육아, 음악이라는 세 바퀴가 제 나름으로 굴러가자 그녀의 염세적인 카산드라가 잠잠해졌다.

바퀴 위 일상이 그녀의 불안을 가라앉힌 것이다. 눈앞의 일들을 처리하기에도 바빠 번거로운 미래시제를 사용해 현재를 반추할 새가 없었다. 다음 캠핑지를 찾아 이동하고, 차를 세운 후 텐트를 치고, 돗자리를 깔아 매기에게 장난감을 안겨주고, 틈틈이 빨래를 하고…… 구체적인 할일이 너무나 많았다. 나무 사이에 줄을 묶고 빨래를 말리면서 그녀는 내부의 힘으로 빳빳해지는 것을 느꼈다.

그러다가 문득, 음악이 열렸다. 음악은 나뭇잎을 통과하는 바람 사이로, 매기가 후후 불어 날린 민들레 홀씨에 묻어, 유리잔 안에서 녹아드는 얼음이 부딪치는 틈으로 슬쩍 끼어들어 그녀에게 돌아왔다. 도트는 매기를 임신했을 때처럼 음악으로 가득찼다.

작업을 하면 불안은 밀려난다. 이것은 한결같은 진리다. 회전할 때만 기울지 않는 팽이처럼 음악에 사로잡혀 있으면 그녀의 카산드라는 사라지곤 했다. 환희에 몰두하는 것. 늘 최대 출력. 우주선의 선상 밴드는 이제 매기까지 세 명이었다. 그들은 생활의 곤란조차 음악으로 흡수해버린 자신들이 멋지다고 생각했다. 모든 것은 소재가 되었고 노래 속에 스며든 실수는 전부 다 용서받았다.

새로운 곡을 써나갈 때마다 도트와 프랭크는 코스타리카 해변으로 달려가는 기분이 들었다. 철썩이는 파도 속으로 한참 걸어가 보드 위에 엎드려 한동안 두 팔로만 헤엄을 친다. 마침내 보드 위에 몸을 세우고 파도에 올라탄다. 곡이 태어난다.

위험한 순간이다. 기쁨에 함락되지 않으면서 이성과 감각의 완벽한 꼭짓점을 만들어 물마루 위로 올라선다. 그들은 오 미터짜리 파도 위에서 해변을 내려다본다. 압도적인 전능감. 면도날처럼 파도를 가르는 보드가 바다의 늑골 속을 파고든다. 빛 조각이 사방으로 부서지는 찰나의 천국 속에서 그들은 이 순간을 붙들기 위한 멜로디를 필사적으로 떠올리고 있었다.

*

마침내 바닷물이 차갑게 식어가는 계절이 시작되었다. 지금까지의 행운이 믿기지 않았던 것처럼 연이은 불운 또한 어처구니없을 정도였다.

페스티벌에 참가하기 위해 이틀간 캠핑카를 비웠다가 돌아온 날이었다. 활짝 열린 차문을 본 그 순간 도트는 웃음소리를 들은 듯했다.

'몰랐어? 이렇게 될 거라고 했잖아.'

카산드라의 예언이 실현됐다. 비웃음 뒤로 범죄의 흔적이 드러났다.

도둑맞은 것이다. 차 안의 쓸 만한 것들, 심지어 찌그러진 냄비며 가재도구까지 사라졌다. 잃어버린 물건 중에 가장 값나가는 것은 노트북이었다. 육 개월간 길에서 흡수한 작업이 사라졌고 그건 값으로 매길 수 없었다.

프랭크는 난파선에서 건질 만한 것이 없는지 살펴보는 사람처럼 클라우드에 남은 작업부터 확인했다. 절반은 남아 있었고 절반은 사라졌지만, 남은 절반도 잔해처럼 보였다.

"매기의 말라드 부인까지 가져갔어. 정말 너무하네!"

말라드 부인은 자메이카에서 온 친구가 선물한 것으로 매기가 가장 좋아하는 헝겊 인형이었다. 그 말을 알아듣기라도 한 듯 아이가 울음을 터뜨리자 도트는 얼른 품에 안고 밖으로 나왔다. 강탈당한 흔적이 역력한 차 안에 있는 것은 흡사 불이 난 자리에 있는 것처럼 견딜 수 없었다.

겉옷을 매기에게 덮어주고 부부는 남은 것들을 헤아렸다. 없다. 정말이지 없었다. 카메라와 같은 전자제품은 물론 텐트와 침낭 같은 필수품도 사라졌고 심지어 얼마 되지 않는 옷가지 상자마저 짓밟혔다. 남은 것은 도둑의 발자국이 찍힌 동화책 몇 권과 플라스틱 접시들, 입을 벌린 트렁크뿐이었다.

"떠나자."

프랭크는 이동하는 방식으로 상황을 수습하려 했다. 그러나 시동이 걸리지 않았다. 진짜 약탈품은 다른 데 있었다. 엔진마저 사라진 것이다.

경찰은 불운한 부부의 처지를 동정하며 조서를 쓰고 값이

싼 모텔을 소개해주었다. 그 이상은 도움 줄 것이 없었다. 변변한 보험도 없이 어린아이를 데리고 돌아다니는 보헤미안 부부가 미더울 리 없었다. 경찰은 아동 학대의 흔적을 찾기까지 했고, 눈치 빠른 도트의 얼굴은 모욕감으로 달아올랐다.

사흘간 비가 내려 그들은 모텔에 갇혀 지냈다. 세상에서 완전히 버려진 느낌이었다.

약한 아이부터 공격하는 비열한 날씨가 매기를 무너뜨렸다. 수족구 한 번 걸리지 않던 매기의 입술이 청색으로 변하자 단순한 감기가 아니라는 판단이 들었다. 도트가 모텔 모포에 아이를 둘둘 말고 나서는 동안 프랭크는 차를 빌리기 위해 이리저리 뛰어다녔다. 차가운 빗방울이 모포에 스며들자 두 사람은 울지 않기 위해 필사적으로 노력해야 했다.

병원에 도착한 부부는 의료진에게 무언의 비난을 받고—그들은 그렇게 느꼈다—아이를 입원시켰다. 다행히 폐렴으로 번지지는 않았지만 큰일날 뻔했다는 것이 의사의 진단이었다.

"난 지쳤어, 프랭크."

그날 밤 도트가 항복을 선언했다. 병원의 복도 끝 의자에서였다.

"매기는 괜찮을 거야. 강한 아이잖아."

"그 소리가 아니야."

프랭크는 갈라진 도트의 목소리가 꼭 다른 사람 같다고 생각했다.

그녀는 프랭크가 통화하는 소리를 들었다. 남편의 부모가 팔짱을 낀 채 기다리고 있다는 것을, 돌아오는 조건에 자신은 배제되어 있다는 것을 알아챘다. 그의 부모는 아들을 불확실한 삶으로 유인해낸 마녀를 떼어내면 어긋난 삶의 궤도를 바로잡을 수 있다고 설득했다. 프랭크는 화를 내고 전화를 끊었지만 도트는 알 수 있었다. 난파선에서 빠져나가는 다른 방법이 그에게는 있고, 그녀에게는 없었다.

"넌 우리 배의 선장이야. 그걸 몰랐어?"

"선장은 매기야. 우린 갤리선의 노예들이고. 아이는 무자비해. 너무 연약해서 두려움을 주는 괴물 같아. 이런 말을 입 밖으로 내는 걸 보면 난 엄마 될 자격도 없는 거겠지. 어느 날 내가 도망쳐버리면 넌 우유병과 기저귀 사이에 아이와 남겨질지도 몰라. 그러기 전에 당신은…… 부모에게 돌아가. 매기를 잘 키워주실 거야. 탈 나는 일도 없고 깨끗한 옷을 입고 제대로 된 교육을 받겠지. 우리 꼴을 봐. 언제까지 집시처럼 살아갈 순 없잖아."

프랭크는 난처할 때면 도리어 웃어버리는 버릇을 고칠 수 없었다. 그것이 도트의 화를 더 부추겼다.

"정말 우리를 버리고 달아날 생각이야?"

"오늘은 아니지."

오늘은 아니었다. 그렇지만 내일도, 그다음날도 아닐 것이라고 장담할 순 없었다. 남은 돈을 털어 병원비를 내고 모텔로 돌아온 그들은 금치산자의 좌절 속에서 누워 있었다. 얄궂게도 라디오에서 그들의 노래가 흘러나왔다. 길에서 떠돌아다니는 동안 그들의 첫번째 앨범은 묵묵히 자기 운명을 따르다가 이따금 라디오에 등장하는 것으로 기척을 알려왔던 것이다.

"다시는 저렇게 노래할 수 없을 것 같아."

도트의 카산드라가 현재를 미래로 밀어냈다. 그 순간 도트는 먼 훗날의 자신을 들여다본 것 같았다. 예전 곡들을 하나하나 들으며 '난 이제 이런 노래를 다시 부르지 못하겠구나. 이런 날들은 다시 오지 않겠구나'라고 쓰라리게 중얼거리는 모습. 다 사라질 것이다. 재능도, 젊음도, 믿을 수 없이 놀라웠던 지난날의 행복도.

젊은 시절의 목소리를 멍하게 듣기만 하는 늙은 여자의 이미지가 도트를 압도했다. 전성기의 자신을 모창할 수 없는 여자, 마침내 쭈글쭈글한 손으로 라디오를 꺼버리는 여자. 이 모텔에서 나가 몇 걸음만 걸어가도 자신은 그 여자로 변해버릴 것 같았다. 도트는 이런 청승을 프랭크에게 들키느니 죽어버리는 것이 낫겠다는 생각이 들었다.

프랭크의 전화기가 침묵을 깨뜨렸다. 불운한 소식을 전해들은 캠핑카 '친척' 중의 한 사람, 혼자 여행하는 이탈리아 할아버지 마르코였다. 마르코는 초록색 밴의 차종을 묻고 한동안 이야기를 더 나누더니 전화를 끊었다.

"마르코 할아버지가 중고 엔진을 구해보겠대. 여기서 이십 킬로미터 떨어진 정비소가 있는데 못 구하는 부속이 없다면서. 우리 차를 몇 걸음이라도 움직일 수 있도록 해보자는 거야. 엔진만 연결하고 그 정비소에 가자. 도미니카 사람이 운영하는 곳인데 실력도 끝내주고, 차를 오래 세워둘 만한 벌판도 있대. 이참에 제대로 정비를 받고……"

"그래서? 그다음엔?"

"가서 지내다보면 답이 나오겠지."

"답은 안 나와, 프랭크."

다른 선택지는 없었다. 도트는 상황의 포로였다. 당장 내릴 수도 없는 보트에 어린 딸과 들어앉아 좌초될 날만 기다리는.

마르코가 엔진을 가져오고, 몇 번의 실패 끝에 시동이 걸렸다. 그들은 패잔병처럼 천천히 이동했다. 초록색 밴은 대수술 후의 환자처럼 쇠약해져 언제 길 한복판에서 퍼질지 모를 상태였다. 새 엔진은 언덕길을 조금만 올라가도 과열되어 터질 듯이 뜨거워졌다. 이십 분이면 도착할 거리를 가다 서길 반복하며 한 시간 반에 걸쳐 간신히 도착했다.

정비소는 부상병을 치료하는 야전병원처럼 갖가지 장비와

사망한 자동차의 잔해에 둘러싸여 있었다. 솜씨 좋은 엔지니어를 찾아 멀리서 온 여러 대의 캠핑카가 정박해 있어 그들의 순서는 한참 뒤로 밀려났다. 부부로서는 오히려 잘된 일이었다. 차를 고친다는 구실로 전기와 수도를 쓸 수 있는 평야에 한동안 머무를 수 있었으니 말이다.

매기는 다시 쌩쌩해졌다. 한동안 누워 있던 것이 억울하기라도 하다는 듯 초원 위를 달리며 가축들과 놀았다. 죽은 뱀 한 마리를 주워와 도트를 질색하게 만들기도 했다. 걱정은 어른들의 몫이라는 듯 천하태평인 매기는 '실컷 놀기'라는 자기의 과업에 충실했다.

그 엉망진창인 날들에도 일종의 질서가 생겨났다. 음악은 그들 삶에 표면장력 같은 것이었다. 일상이라는 유리컵에 쏟아진 온갖 고난이 흘러넘치지 않도록, 아슬아슬하게 버텨주는 힘.

도트와 프랭크는 사라진 녹음 파일 속 노래들을 자기 안에서 꺼내기 시작했다. 가장자리가 나달나달해진 엽서처럼 희미해지긴 했어도 어떤 도둑도 강탈해갈 수 없는 멜로디가 남아 있었다. 모든 곡이 어쿠스틱으로 재편곡되었고 정비소의 쇳덩이들이 새로운 타악기로 사용되었다.

휴대폰으로 녹음한 ⟨Running Out⟩ ⟨Like U Crazy⟩ ⟨For The Actor⟩는 신선하게 들렸다. 어쩔 수 없는 한계 때문에 대

체된 요소들이 날것의 느낌을 주었다. 느닷없이 엄마의 마이크를 빼앗은 매기의 웃음소리는? 다다다닷 뛰어오는 소리와 두 번씩 짝짝 치는 손뼉. 프랭크는 누군가가 준 고물 노트북—'D'와 'O' 자판이 벗겨져 칠 때마다 가벼운 정전기가 느껴지는—에 작곡 프로그램을 깔아 '매기의 사운드'를 덧입히기 시작했다.

다시, 유리병 속에 구슬이 차곡차곡 들어가고 있었다.

"그거 알아? 매기가 왼쪽 어금니가 나왔어. 이로써 우리 딸의 모든 유치가 나온 거야."

"빠지는 날도 오겠지, 곧."

"하지만 새로 돋겠지. 영구치가 나오는 시기가 언제더라? 여섯 살? 일곱 살?"

"그때까지 버틸 수 있을까."

도트와 프랭크는 캠핑카의 뒷문을 열어 달빛이 들어오게 했다. 미래가 입을 벌리고 있었다. 그들은 길 한가운데서 싸우다 다른 길로 걸어가거나, 아이를 두고 치열한 친권 다툼을 벌이거나, 고물차의 엉덩이를 뻥 차버리고 공항으로 달려가 각각 다른 비행기를 집어탈 수도 있다. 그러고는 음악과 상관없는 사람이 되어 주말이면 쇼핑을 하고 이따금 교섭권을 이행하기 위해 한 사람이 다른 한 사람을 만나러 오고, 각자 다른 배우자를 만나 그럭저럭 늙어가다가, 미움조차 녹아버려 아무런 감정 없이 서로를 바라볼지도 모른다. 이 특별한 매기도 평범하게 자라나 부모를 원망하고, 코스타리카 바다는 전생에서나 보던 이미지처럼 희미해질지도 모른다. 그래도 지금 이 순간, 가짜 은하수처럼 흐르는 꼬마전구의 빛이 그 모든 미래를 물리치고 있었다.

  그들은 두 눈을 마주본다. 서로의 눈을 들여다보고 연주하고 노래하는 나날에 너무나 익숙해져서 진실을 숨길 수 없다. 입술이 벌어지고 노래가 시작된다. 하나의 고리 위에 또하나의 고리, 중층으로 더해지는 화음. 두 사람의 노래가 잠든 딸의 이마와 코와 입술의 부드러운 곡선 위로 천천히 내려앉는다. 매기의 속눈썹이 희미하게 흔들린다. 자장가를 수신하기 위해 움직이는 레이더처럼.

---

* 이 소설은 1999년에 데뷔한 인디 밴드 메이츠 오브 스테이트의 음악을 오래 듣다가 썼다. 부부 밴드라는 것과 곡명의 일부, 아이와 캠핑카 여행을 했다는 점을 제외한 나머지는 상상이며 사실과 다르다.

그들을 만난 것은 금요일 밤이었다.
나는 건대입구역 뒷골목에서 산책을 하고 있었다.

내가 원하는 것은 인파와 쓰레기와 네온이 한덩어리의 내장과 같이 꾸불텅꾸불텅한 거리다. 신촌에서, 신천에서, 이태원에서, 그리고 물론 홍대에서, 무늬는 다르지만 비슷한 재료로 형성된 밤의 거리가 펼쳐진다.
바닥에는 전단지와 가래침, 담배꽁초와 쓰레기가 흩뿌려져 있고 토하는 취객과 고함지르는 외국인, 커플의 웃음이 흘러다니고 생기가 최고조에 달한 술집들이 빛을 발한다. 가게마다 손님들이 꽉꽉 들어차 만선의 오징어잡이배가 떠오른다.

외톨이인 주제에 인파에 중독되어 두리번거리는 나 자신이 조금 부끄럽지만 아무도 나를 신경쓰지 않는 거리에 섞여 나 역시 아무도 신경쓰지 않는 척 돌아다니는 유흥가 밤 산책을 끊을 수가 없었다.

'나는 부추겨지기를 원하는 것이다.'

이렇게 써본다. 종이가 아닌 머릿속에. 펜을 놓은 다음에도 마음에 파도가 일 때마다 문장으로 입력하는 버릇은 사라지지 않았다. 내면이라는 속지에 몇 자 적다가 두세 발짝 떼기도 전에 삭제하고 마는 습관. 이것은 사 년 남짓한 작가생활이 남긴 상흔 같은 것이다. 절필 후에도 여전히 흉터 아래 통증을 느끼며 간유리 너머 세상을 바라보듯 흐리멍덩하게 살고 있다. 언젠가 저 간유리를 깨뜨려야 세상을 제대로 보게 될 것이라는 생각이 들지만 '제대로'가 무엇일까? 내 평생 한 번도 맞히지 못한 과녁의 다른 이름이 아닐까?

지하철에서 마신 맥주가 위력을 발휘해 나는 이 거리의 농도와 어울리게 취했다. 흑맥주는 롯데리아 콜라 컵 안에 담겨 빨대를 타고 내 목구멍으로 넘어왔다. 지하철에서 내릴 때까지 맥주를 홀짝거리면서 몸을 예열했는데, 비난받을 위험을 감수했더니 도수가 삼 도쯤 올라간 느낌이었다.

걸으면서 지난 음주를 복기했다. 생각보다 트림소리가 크게 나왔다고. 소리도 컸고 술냄새도 진동했을 테지만 불금의 전동차 안에는 역겨운 냄새를 풍기는 다수의 승객이 있어 넘어갈 수 있었다. 환승역에서 트림이 나온 게 절묘한 타이밍이었다고 킬킬거리며 또 한 모금 꿀꺽. 마지막 한 모금을 마저 비우고 전동차에서 내려 쓰레기통에 컵을 버리기까지의 리듬이 더할 수 없이 경쾌했다. 피식. 그런 나를 비웃는 소리가 허공에서 들려온다. 허공에 틈이 생겨 그 사이로 바람이 빠지는 소리 같다.

기네스가 나를 비웃는 소리.

맥주를 다 마시고 충동적으로 캔 안에 들어 있는 플라스틱 구를 반으로 갈라본 적이 있다. 탁구공보다 작은 물체를 커터 칼로 잘라내자 비웃음이, 정말 비웃음이라고밖에 생각되지 않는 피식 하는 소리가 새어나왔다. 맥주 거품을 유지해주기 위해 개발했다는 플라스틱마저 나를 깔보자 이상하리만큼 맥이 풀렸다. 그때부터 도처에서 실소가 들려오는 듯한 환청을 떨칠 수 없었다. 그 소리를 들으면 미칠 것 같아서, 혹은 그게 이미 미쳤다는 증거 같아서 밤거리를 배회하기 시작했다. 고개를 떨구고 축 처진 채 걷다보니 나는 바닥에 두 줄로 나 있는 테이프를 따라가고 있었다.

하나는 민트, 하나는 핑크색이었고 폭은 일 센티미터쯤 되는 마스킹테이프였다. 길바닥에 철도라도 놓은 것처럼 약 삼십 센티미터쯤 간격을 두고 평행선을 이루며 바닥에 계속 뻗어진 길이 나를 끌어당기고 있었다. 그 가느다란 길은 '호빠' 전단지에 뒤범벅되어 때로 끊어졌다. 동그란 '호' 자가 호호호 호호 웃으면서 뒤의 '빠' 자를 숨긴 채 내리 열 장이 붙어 있기도 했다. 닭갈빗집 스티커도 있었고, 새로 오픈한 호프집과 이자카야가 있었고, 월 십육만원 필라테스가 있었고, 그 외 무언가가 인쇄된 홍보물이 뿌려져 있었는데 발길에 찢기거나 더럽혀져 글자가 제대로 보이지 않는 경우도 많았다. 전단지를 헤아리는 동안 줄곧 고개를 숙인 채 테이프를 따라갔다.

 문득 길이 끊어졌다.

 그리고 내 배에는 빨간 리본 테이프가 가로로 걸쳐져 있었다. 고개를 들어보니 양쪽에서 테이프를 잡고 있는 여자아이들이 웃고 있었다. 결승 테이프를 끊은 마라톤 선수 같은 모양새가 된 나는 당황하여 무슨 일이냐고 물었다. 핑크색과 민트색 후드티를 입은 그들이 다가오던 찰나 술집 외장 스피커에서 고막이 찢어질 듯 커다란 음악이 폭발했다.

 "일단 이쪽으로요."

 뒤에서 밀려드는 행인들 때문에 길옆으로 비켜섰고, 술집이 끝나가고 하숙집들이 시작되는 골목 어귀에 이르자 그제야 여자아이들의 말소리가 들리기 시작했다.

 "저희는 상황주의자예요."

 "주말마다 모임을 해요."

"잠깐이면 돼요."

"스몰토크니까요."

내가 그들을 따라간 데에는 아무래도 '상황주의'라는 용어가 갈고리 노릇을 한 것 같다. '어디서 들어본 말인데.' 속으로 중얼거렸다. 어디서였더라? 무슨 철학 팟캐스트에서······ 68혁명, 기 드보르, 맞아, 스펙타클의 사회!

"그러니까 『스펙타클의 사회』에 나오는 상황주의자들이란 이 말씀이야?"

내 질문에 '핑크'와 '민트'는 어깨를 으쓱해 보였다.

"몰라요. 읽어본 건 아니라서."

앳된 얼굴로 보아 이들이 미성년자일지도 모른다는 생각이 들었다. 이 거리의 십대들은 전부 화장을 하기 때문에 나이를 가늠하기 어렵다. 그들에게 경계심을 풀지 않은 채 다음 말을 기다렸다.

"저희는 서울에 올라온 지 얼마 되지 않았어요."

"월요일부터 금요일까지는 아르바이트를 하고 주말에는 지도를 만들면서 놀아요."

그들은 자신과 같은 상황주의자들이 몇 명 더 있으며 한강을 중심으로 활동한다고 했다. 자기들은 강서지부이고, 망원지부에 두 명 더 있으며 건대지부, 반포지부도 있다고 했다. 주도자는 따로 없고 모종의 플래시몹 같은 일들을 벌이면서 즉흥적인 일상을 공유하는 모임이라고 덧붙였다.

"왜 나를 붙잡은 거야?"

"표시를 잘 따라오시더라고요. 다른 일행도 없고 표정은 엄청 진지하고요."

"순전히 감으로 골랐죠."

나는 '도를 믿으십니까?'로 말을 붙여온 사람들을 따라간 전력도 있고 미술 치료니 성경 공부니 하는 말을 붙여오는 사람들도 곧잘 응대해준다. 그들이 본격적인 영업을 하기 전까지 내버려두다가 막판에 재 뿌리는 재미가 찰지기 때문에 백수의 악취미로 굳어진 일이다. 따라서 후드티를 입은 여자아이들이 친 그물에 어느 정도 걸려줄 용의가 있었다.

자칭 상황주의자들의 강령은 이런 것이었다. 시작은 어디에서든 할 수 있다. 집을 나서는 순간, 혹은 지하철역에서, 또는 내린 순간부터 별다른 주의를 끌지 않는 길을 골라 표류하기 시작한다. '저항이 덜한 곳을 골라 정처 없이 걷는 것'이 표류의 주된 형태다. 거리의 간판, 표지판, 광고 화면을 보지 않고 되는대로 걸으며 인상적인 풍경을 사진으로 찍거나 스케치하거나 마음에 담아두었다가 이야기를 나눈다. 중요한 것은 도중에 단 한 번도 소비 행위를 하면 안 된다는 점이다. 소비는 산책자의 몰입을 깨트리고 독자적인 리듬을 형성하는 데 방해가 되기 때문이다.

"특히 편의점을 주의해야 해요."

"그래서 물을 가지고 다녀요."

장기적인 프로젝트도 추진중인데 테마별로 지도를 만드는 것이다. 일몰 지도, 옥상 지도, 정수기 지도 같은 것의 원칙은 길과 물이 흐르는 도시 공간에서 발굴한 곳이어야 한다. 한강 자전거도로는 물론 홍제천, 안양천, 불광천, 양재천, 중랑천, 우이천을 타고 고고학자가 유적을 발굴하듯 천천히 탐사하는 중이라고 한다.

설명을 들을수록 아리송했다. 정치적인 모임인 걸까? 이를테면 아나키스트 같은 것? 그러나 이들은 책 얘기는 일절 나누지 않고, 술도 마시지 않고, 그저 대도시를 탐사하며 이런저런 우연적인 상황들을 즐기는 것으로 만족한다고 한다. 느슨한 친목 모임이라는 얘기를 길게 늘어놓은 것 같은데, 이 정도로 모임이 유지될 수 있나 의아스러웠다.

"왜 이런 일을 하는 거지?"

핑크와 민트는 서로를 마주보았다. 민트는 긴 머리에 안경을 썼고, 핑크는 뒷목이 드러나는 짧은 머리에 짙은 화장을 했기 때문에 처음에는 둘이 판이하게 다르다고 생각했다. 그러나 어딘가 닮아 있는 이 둘의 모습을 보자 범죄심리학에서 읽었던 '둘로 된 한 쌍'이라는 표현이 떠올랐다. 두 명이 나를 에워싸고 정신을 쏙 빼놓은 다음 어디론가 데려가서……

"무료해서요."

"재밌어서요."

둘은 동시에 대답했다. 룸메이트인 두 사람은 주말마다 심심했는데 한강공원에서 만난 사람들과 돌아다니다보니 모임에 빠져들었다는 것이다.

"같이 갈래요?"

드디어 영업 멘트가 나오는 건가, 나는 짐짓 순진한 표정으로 '어디?'라고 물어보았다.

"한강 뚝섬유원지요. 거기 모여 있거든요."

봉고차가 대기하고 있거나 다른 인물이 나오면 이쪽에서 튀리라 생각했지만…… 그들은 앞장서서 뚜벅뚜벅 걸었다. 나는 어정쩡하게 따라가면서 판단해보았다. '판단', 이 작은 레이더는 뇌의 가장 작은 주름에도 쏙 들어갈 만큼 작기도 하고, 펼치면 지구를 덮을 정도로 거대해지기도 한다. 나는 칵테일 잔에 올라가 있는 작은 접이식 우산 모양의 이미지로 '판단'이라는 단어를 떠올릴 때가 많다. 한강변이라…… 좋다. 사람들이 많이 모인 공공장소니까 별일은 없을 것이다. 게다가 저 비리비리한 여자애들은 물리적인 위협감이 없으니 한동안 이 새로운 상황에 휩쓸려보리라 생각했다.

신입 회원이자 장차 '광나루지부'의 일원이 될 나는 그전까지 아차산 아래쪽에서, 그러니까 광진정보도서관에서 시간을 보냈다. 서른이 넘어 첫 직장에 사표를 쓰고 도서관을 왔다갔다하며 글을 썼으니까. 그러다 등단을 했지만 첫 책까지는 결실을 맺지 못한 무수한 낙오자 중 한 명이 나였다. 그것이 독이 되어 사회에 정착하지 못한 채 어정쩡한 프리랜서 상태로 줄곧 자기부정의 시간을 지냈던 것이다.

마지막 연애가 끝난 지 이 년이 넘었다. 이 년간 연인이 없다는 것은 내 삶의 공연적 성격을 상실했다는 뜻이다. 허세, 포즈, 과장된 수치심과 슬픔, 이런 것을 표현했을 때 듣고 봐줄 연인이자 관객, 대화를 주고받을 사람이 사라져 고통스럽다는 뜻이다. 나는 친구가 별로 없다. 남자들은 나 같은 남자를 좋아하지 않고 여자들의 선택을 받는 것은 드문 일이다. 때문에 공모의 느낌을 주는 선문답 같은 대화가 이어지자 강렬한 호기심이 생기지 않을 수 없었다.

뚝섬유원지로 이어지는 터널을 통과하자마자 탁 트인 밤하늘과 강 너머 빌딩숲의 야경이 시원스럽게 눈에 들어왔다. 핑크와 민트는 암벽등반을 연습할 수 있는 야외 구조물 앞에 서서 손나팔을 하고 누군가를 불렀다.

"하누!"

거의 정상까지 올라가 작게 보이는 남자아이 하나가 손을 흔들어 보였다.

남자아이가 자일을 풀어 주르륵 내려오자 주변의 몇 명이 어깨를 툭 치거나 수건과 물을 건네주는 등 살뜰히 챙겨주더니 돗자리를 펴 과일이며 스낵을 꺼냈다. 새로 온 나에게는 별다른 관심을 보이지 않았다. 핑크와 민트까지도 커플 티를 입은 남녀와 수다를 떨 뿐 나를 내버려두었다.

"여기가 상황주의자 모임 맞아요?"

오히려 내가 옆의 노인에게 물었을 정도다. 노인은 대답 전에 과채주스 한 잔을 따라주었다. 얼떨결에 받았지만 '모르는 사람이 주는 음료를 마실 수는 없다'는 생각에 일단 손에 쥐고 대답을 기다렸다.

"그렇다고 할 수 있지. 우리는 자전거도 같이 타고……"

첫 인상은 건축가나 음대 교수같이 세련된 느낌의 노인이었다. 뭐하시는 분인지 대놓고 물었는데 '그림 그리지'라는 답이 돌아왔다. 커플 티를 입은 젊은 부부와 파스텔톤 후드티를 입은 민트와 핑크, 검은 트레이닝복 차림의 소년 사이에서 그의 존재는 다소 생뚱맞아 보였다. '윤샘'이라 불리는 그는 '반포지부' 회원이라고 했다.

"그런데 왜 한강 주변 사람들만 모인 거죠?"

윤샘은 벤치 한쪽에 우르르 세워진 자전거를 가리켰다. 그들의 공통점은 한강에서 멀지 않은 곳에 산다는 것과 자전거를 생활의 일부로 녹여버린 사람들이라는 것이었다. 나중에서야—내가 상황주의자 클럽에 가입하고 한동안 시간을 보내고 나서야—세번째 공통점을 발견했다. 도시를 가로지르는 강을 바라보면서 똑같은 욕망을 품은 적이 있다는 것. 투신의 욕망 말이다. 그들은 한때 자살에 대한 환상으로 삶이 위태로웠던 사람들이었다. 모임에 다섯 번 나간 후 알게 됐지만 이 사실을 알게 되자 묘한 안도감이 들었다. 그렇다면 내가 제대로 찾아온 것이다.

"'누구도 같은 강물에 발을 담글 수 없다' 이런 말을 들어본 적 있나? 그런데 정말 무서운 건 흐르는 강을 정리된 사물처럼 만드는 습관이야. 우린 습관으로 굳은 것들을 풀어내기 위해 시시한 일들을 하고 있어. 각자 산책을 마치고 모여서 오늘 있었던 일을 이야기하는 것이 전부야. 하지만 이 정도의 야외 활동과 직접경험으로도 효과가 꽤 좋아."

"어디에 좋다는 말이죠?"

질문을 하자마자 답을 알아차릴 수 있었다. 우울증이겠지, 뭐. 노인의 얼굴만 봐도 알 수 있잖아.

핑크와 민트가 끼어들어 말을 받았다.

"시장과 좁은 골목을 표류하면서 풍경 모으는 걸 주로 하죠. 지도도 만들어보고요. 이 동네는 다세대주택이 많아 볼 게 많더라고요."

"쓸쓸하고 다정한 느낌을 받으려면 멀리서 자세히 봐야 해요."

나는 주스를 삼키고 잠자코 벤치 한쪽에 앉았다. 핑크의 말 중에 '표류'라는 단어가 내 마음에 콕 걸려든 것이다. 나 혼자 밤의 유흥가를 헤매던 것과 이들의 표류가 크게 다르지 않다는 생각이 들었다. 다른 것이 있다면 그들은 이 경험을 나눈다는 것뿐이었다.

커플 중 여자 쪽이 건대입구역에서 뚝섬유원지까지 오는 동안 인상 깊게 본 풍경에 대해 이야기를 시작했다. 그녀가 고른 상황은 '나물 좌판 한가운데 놓인 사이다 꽃병'이다. 사이다에는 반쯤 시든 프리지어 꽃 두어 송이가 꽂혀 있었다.

"순간적으로 본 풍경이라 대수롭지 않게 넘겼는데 페달을 밟으면서 계속 생각이 나더라고요. 생각해보니 좌판 옆에 꽃 파는 수레가 있었거든요. 장사 뜸해질 때 두 가게 주인이 말을 섞었겠죠? 그러다가 시든 꽃들을 좀 건네기도 했을 거고요. 할머니가 노란 꽃을 받아서 사이다 병에 꽂아 자기의 일터 한복판에 장식한 거예요. 꽃 보고 좋아하는 할머니 마음이 너무 예쁘지 않아요?"

그러자 옆에 있던 남자가 말을 이어받았다. 이 동네 재래시장은 자기네 동네 시장과 비슷하다며 지난밤에 본 풍경을 묘사했다. 그는 금은방, 약국, 화원, 장작구이 통닭 트럭과 호프집을 지나 나물가게며 떡집, 들기름냄새가 나는 방앗간과 생선가게, 정육점과 양철 그릇을 파는 가게들로 이루어진 시장에 대해 장황하게 늘어놓더니 과일가게 이야기를 시작했다. 밤 한시에 유일하게 불이 켜진 과일가게는 새장처럼 안이 훤히 들여다보였다고. 부부가 천장에 달린 알전구 불빛을 막아보려고 팔로 눈을 가린 채, 노동과 휴식의 경계에서 고단한 잠을 청하던 중이었다고 말했다.

"왜 집에 가지 않고 가게에서 잤을까요?"

누군가 묻자 남자는 "셔터가 고장났나봐요. 그런데 과일을 엄청 받아놔서 도둑맞을까봐 가게를 못 떠나고 지키는 것 같기도 했고…… 이유가 있겠죠"라고 대답했다. 오와 열을 맞춘 과일 상자 사이에서 아내는 긴 의자 위에, 남편은 바닥에 은박 돗자리를 깔고 있었다. 나란히 누울 수 없는 대신 서로를 마주보고 있었다고.

"다 쓴 몽당연필 두 자루처럼 누워 있는데 노란 불빛을 받아 그런가, 말할 수 없이 도타운 느낌이 들었어요."

오호라, 이런 식이구나. 이야기가 담겨 있는 도시 풍경과 그게 왜 인상적이었는지 두런두런 말하는 것. 산책중에 만난 풍경을 모아 서울이라는 퀼트라도 만들려는 것인가?

하누라는 남자애는 군복을 걸친 외팔이 사내가 땀을 뻘뻘 흘리며 횡단보도를 건너는 모습을 보았고, 이 더위에 기를 쓰고 존재 증명을 하는 것 같아 새삼 인간이 뭔가 생각해보았다고 했다. 윤샘은 양로원 할머니들이 스티로폼 박스에 키우는 상추와 파, 수세미와 고추 같은 도시 식물을 스케치한 것을 보여주었다. 드로잉 실력은 아마추어치고는 높고 프로에는 못 미치는 수준이었지만 어쨌든, 한강 둔치에 앉아 그들과 어울릴 때 기네스의 비웃음은 한 번도 들려오지 않았다.

*

내가 모임에 빠져든 건 시간이 건져낸 티백처럼 변한다고 느꼈기 때문이었다.

오후에 일어나 마시다 만 찻잔을 내려다보는데, 바싹 마른 티백이 계시처럼 눈에 들어왔다. 바싹 말라 얼룩이 생긴 채로 찻잔에 달라붙은 누추한 모습. 설거지 좀 제때 하라고 잔소리하던 여자친구가 떠올랐다. 도자기 잔 역시 그녀의 선물이었는데, 안쪽이 거뭇해졌다. 여자친구는 도자기 잔에 찻물이 배어드는 것을 일컫는 '차심이 든다'라는 표현을 알려주었다. 찻잔에도 마음이 생기는데, 나는 왜 점점 마음을 잃어가는 것일까?

이럴 때 산책을 해야 한다. 윤샘에게서 안 쓰는 자전거를 받고 난 다음부터는 산책의 반경을 넓혀가기 시작했다. 나는 자전거를 타고 가양대교까지 달려가 핑크와 민트를 만나거나, 자퇴 후 검정고시를 준비하는 하누의 공부를 봐주기도 했다.

망원동 부부가 홍제동으로 이사가던 날에는 일을 거들고 중식을 얻어먹기도 했다.

 나보다 서너 살 많은 로자와 광덕은 여러모로 흥미로운 조합이었다. 정치에 푹 빠진 로자는 정당 가입과 탈퇴를 반복했고, 여러 종교를 전전하며 경전을 공부하는 광덕은 인도에서 일 년, 계룡산에서 육 개월 수련했을 정도로 신비주의에 심취해 있었다. 둘은 제주도에서 만났는데 로자는 강정 제주해군기지 건설을 반대하러, 광덕은 송당 본향당굿을 보러 각각 내려온 터였다. 그러다 와흘리에 있는 한 술집에서 만났는데 관심사는 달랐지만 이상주의자라는 공통점 때문에 의기투합했다고 한다. 정치와 종교를 녹여 사랑으로 바꾼 그들은 양쪽 인맥을 통해 이런저런 아르바이트를 하며 게릴라처럼 살고 있다. 누군가의 가게를 봐주거나 행사의 스태프가 되기도 한다. 구호가 적힌 티셔츠를 만들거나 마라톤 대회에서 물을 나누어준다. 그런 일만으로 입에 풀칠을 할 수 있다는 것이 놀라울 따름인데, 가만히 보니 광덕은 반쯤 무당 같은 느낌이고('가끔 후원자들을 위해 기도해주죠'), 로자는 반쯤 사기꾼 같은 느낌이다('선거 때는 총알을 바싹 당길 수 있으니까 한몫 잡아야지'). 수상쩍지만 금슬은 찰떡이고, 임기응변으로 이루어진 생존술도 대단해 마음만 먹으면 못할 것이 없는 이인조 같았다. 부럽지 않다면 거짓말이고, 따라 하기에는 엄두가 나지 않으니 이따금 그들 부부의 호출이 올 때마다 일을 거들면서 활력의 곁불을 쬐기로 했다.

우리는 평일 낮 한강공원에 부쩍 자주 모인다. 이런 상황은 구성원이 학교 밖 청소년, 휴학생과 알바생, 프리랜서와 은퇴자이기 때문에 가능한 것이다.

"정확히 말하자면 그런 사람만 남은 거죠."

초반에는 더 많은 사람들이 있었지만 찌개가 졸아들듯 그들만 남았다는 이야기. 심지어 '상황주의자'라는 말을 시작한 사람마저 나갔는데 형식도 내용도 멤버들도 다 바뀌어서 자전거로 소풍 다니는 형국이 되었다는 것이다.

더위 때문에 해질 무렵에 자주 만나면서 일몰을 좋아하게 되었다. 나는 고개를 돌려 노을에 물든 윤샘의 옆모습을 감상했다. 노인과 일몰은 저물어간다는 유사성 때문에 잘 어울린다는 생각이 들었다. 그의 진짜 정체는 화가가 아니라 은퇴한 치과의사라는 것은 대화중 알게 되었다. 평생 타인의 입 동굴을 들여다보며 전동드릴소리, 세척소리, 사람들의 낮은 신음소리를 듣고 살아온 윤샘은 오디오광이기도 했는데, 사람들의 입속을 탐사하는 동안 윤샘의 귓속 동굴도 깊어졌지만 몇 년 전 큰 수술을 받은 다음부터는 고급 취향을 채워주는 장비를 사는 일이 전처럼 즐겁지 않다고 했다. 소비를 제외한 삶의 경험이 너무 적고, 소비는 풍요를 가져다주는 게 아니라 더욱 값

비싼 것에 대한 결핍만 생겨날 뿐이라는 것을 깨닫고 손녀를 따라왔다는 것이다.

"손녀요?"

"혜진이 말이야. 아니, 민트. 여기서는 그렇게 불러달라니까."

부자 할아버지를 뒀군. 허름한 구제 옷만 입는 민트를 여태껏 가난한 대학생으로 보았다니 어쩐지 속은 느낌이 들었다.

느슨하게 연결된 사람들이 생겨나니 자연스레 자정의 유흥가를 배회하던 버릇은 사라졌고 마음의 압박도 줄어들었다.

한번은 카페 옆 공원에 앉아 있는데, 카페에서 큰 소리가 나기 시작했다. 통창으로 된 카페 안에 새 한 마리가 들어가서 나오지 못한 것이다. 카페 주인이 긴 막대기 같은 것으로 이리저리 휘저으며 두 군데의 활짝 연 문으로 날려보내려 애를 썼지만 그때마다 새는 조명 위나 소품 위를 포르르 옮겨다닐 뿐이었다. 우리는 영화를 보듯 흥미진진하게 그 풍경을 관전했다.

"날개 달린 짐승이 확실히 유리하네! 털 없는 원숭이들이 아무리 깍깍거려도 날아가면 그만이고."

"카페가 마음에 드나봐요. 통 나오지를 않네요."

"사람들 당황한 것 좀 봐."

카페 손님들은 이 상황이 마음에 들지 않는 눈치였다. 심지어 새가 똥을 싼 모양인지 주인이 물수건으로 이리저리 닦고,

손님들은 새를 피해 자리를 옮기거나 일부는 밖으로 나가버렸다. 상황을 흥미진진하게 보고 있던 가운데 새가 유리창에 쾅 하고 부딪혔다.

"안 나오는 게 아니라 못 나오는 거였어!"

"유리창이 뭔지 모르니까요."

식물가게의 사장님이 잠자리채를 들고 나타나 포획을 시도했지만 새는 잽싸게 그물을 피했다. 당황한 나머지 실내 구석구석으로 날아다니며 유리창에 부딪혔고, 그럴 때마다 카페 손님들은 자리에서 일어나 이 소동의 구경꾼이 되었다.

소동을 지켜보던 하누가 별안간 가게 안으로 들어갔다. 부산하게 날아다니다가 잠깐 탁자에 앉아 있던 새는 어처구니없게도 하누의 두 손에 덥석 잡혔다. 새를 구하고자 충동적으로 손을 뻗은 것 같은데 소가 뒷걸음치다 쥐 잡는 격으로 성공한 것이다. 밖으로 나온 하누가 방생을 하듯 새를 높이 날려 보내자 카페 안에서 박수가 터져나왔다. 답답한 대치 상황이 끝나고 무사히 탈출해 날아가는 새를 보니 다들 후련한 것 같았다.

"맨손으로 새를 잡다니 대단해!"

우리는 비누로 손을 씻고 나온 하누의 등을 두드리며 영웅 대접을 했다. 카페 주인이 시원한 음료를 건네며 연신 고맙다고 인사했다.

"새 한 마리가 온 사람들을 구경꾼으로 만든 셈이네요."

카페 안 사람들은 모두 한마음으로 새가 무사히 나가기를, 자꾸 유리창에 부딪히는 괴로운 상태가 끝나기를 바랐던 모양이었다. 도시에서 드물게 벌어지는 독특하고 멋진 즉흥극을 감상한 우리는 새로운 지도를 추가하기로 했다. 기억할 만한 해프닝이 발생한 장소를 기입해 만드는 지도. 로자가 그런 것은 '심리지리학'에 해당한다고 아는 체를 했다. 윤샘은 드로잉 노트를 꺼내 날아간 새를 그리기 시작했다.

*

그 여름은 텅 빈 서랍에 뭔가를 다시 채우기 시작한 시절이었다. 내부에 다른 바람이 들어오자 부식성 강한 냉소 대신 갈망이 살아나기 시작했다. 나는 상황이 달라지기를, 어떤 식으로든 달라지기를, 그리하여 내 앞에 길이 생겨나기를, 현실을 직시하고 행동을 시작하기를 바랐다. 그동안 돈이 부족할 때마다 늙은 어머니에게 손을 벌리면서 운 없는 사람을 연기해왔다. 그것은 불편한, 정확히는 불쾌의 감정에 가까웠다.

반면 사소한 일에는 지독하게 부끄러워했다. 전철에서 입을 가리지 않고 하품을 하다 타인과 시선을 마주친 일이라거나, 술자리에서의 실패한 농담으로 며칠 동안 전전긍긍하는 식으로. 밥값 못하고 사는 것을 괴로워하는 것보다, 밥값을 하고 사는 이들도 느낄 만한 수치심을 느끼는 쪽이 견딜 만하니까 그랬을 것이다. 자기분석을 마치자 상황을 타계하기 위해 뭔가 필요하다는 생각이 절실히 들었다. 무기력을 기력으로 바꿀 힘이나 어떤 계기. 수동적인 사람들이 늘 그러듯이 나는 기다렸다. 주의깊게 기척을 감지하면서.

부고를 받았을 때 처음 든 생각은 모임이 끝났다는 것이었다. 무리 중 한 명이 죽음을 맞이하면 그것은 한 시절의 끝이 된다. 죽음은 그 무엇보다 강력한 '상황'이니까.

'할아버지가 갑작스레 돌아가셨다'는 연락을 받고 장례식장에 달려간 우리는 어떤 말도 선불리 꺼낼 수 없었다. 아지트처럼 드나들던 윤샘의 반포 아파트가 떠올랐다. 유령이 된 상황주의자가 자기 집에 들어가면 어떤 상황이라고 생각할까? 상복을 입은 민트가 영안실에서 말하기를 한번 쓰러진 다음부터 할아버지는 완전히 다른 사람이 되었다고 했다. 내 생각에는 병이 주는 각성이 마지막 시간을 원래의 모습으로 돌려놓은 것에 가까운 듯했지만 입 밖에 내지 않았다. 여하튼 우리 중 지식도 나이도 돈도 가장 많은 윤샘이 떠났으니 모임은 오늘로 마지막날이 되는 것은 아닐까?

"글쎄요."

하누의 생각은 달랐다. 우리는 일곱이었고, 여섯이나 여덟이 되지 않는 편이 좋겠다고, 당장은 아니더라도 신입 회원을 받았으면 좋겠다는 의견이었다. 여름 동안 지나치게 친밀해졌으니 새로운 사람이 들어와 모임의 공적인 성격을 환기할 필요도 있었다. 그 결과 하누와 내가 바닥에 검은색과 흰색 마스킹 테이프를 두 줄로 길게 붙이고, 그 끝에 누군가 걸려들기를 기다리고 있는 것이다. 예전에 핑크와 민트가 그랬던 것처럼.

그러나 거리의 사람들에게 우리의 존재는 보이지 않는 것 같았다. 반응 없는 얼굴들 사이에 우두커니 서 있는 것이 무료해진 내가 기네스 안에 든 플라스틱 구슬을 반으로 가른 이야기를 들려주었다. 피식거리는 조소가 도처에서 들려오던 환청에 대해서도. 이 모임을 만나지 않았다면 어딘가 더 망가졌을 거라고 말이다.

"위젯."

하누가 말했다.

"그거 위젯이라고 불러요. 구슬 안에 질소가 들어 있는데 그 질소가 맥주 거품을 만드는 거죠."

헛웃음이 났다. 열두 살도 더 어린 남자에게 술에 대해 가르침을 받는 것이 익숙지 않아서일 것이다.

마침내 장승처럼 서 있는 하누와 나 사이의 리본 테이프를 통과하는 사람이 나타났다.

바람막이 점퍼에 트레이닝복을 입은 내 또래의 남자에게서는 출퇴근하는 직장인의 냄새는 나지 않았으나 백수로 보기에는 걸친 옷이 비싸 보였다. 이 동네 사람이라는 남자는 경품이나 공짜 술을 안기는 홍보 행사인 줄 알았다고 했다. 우리의 설명을 귀기울여 듣던 남자는 의심과 호기심을 둘 다 내비치며 안경테를 치켜올렸다.

안경은 무인점포 두 개를 운영하는데, 돈벌이가 아닌 다른 취미가 필요하다고 했다. 독특하게 발을 끄는 버릇이 있는 무던한 사람이었다. 다만 알아듣기 힘든 자기만의 농담을 한다거나, 이상한 타이밍에 웃음을 터트리곤 했다.

혜화문을 지나 동대문 성곽공원으로 올라가는 도중에도 그랬다.

"야경을 손보고 싶지 않아요?"

"어떻게요?"

"도시의 찌꺼기들을 깨끗하게 태워서요."

나는 암시를 깔고 있는 그의 화법이 마음에 들지 않았다. 그러나 며칠 후부터 연쇄적인 변화가 생겨나 모임이 중단되었기 때문에, 그의 존재는 금세 지워져버렸다.

*

멤버들에게 상황이 아니라 사정이 생겼으며, 우연보다는 운명의 궤도에 따라야 할 시기가 왔다.

첫번째는 유목민처럼 살아가던 로자와 광덕에게 아기가 생긴 것이다. 두 사람은 서울에서 애를 키울 수 없다며 귀촌 지원금을 물색하더니, 양봉을 배워보겠다고 전남 구례로 내려가 버렸다. 그사이 워킹홀리데이를 신청한 핑크와 민트가 헝가리로 떠날 시간이 다가왔고, 하누는 장애인 이동권 투쟁으로 열정을 옮겼다. 느슨하게 연결된 목걸이의 사슬이 풀려 한 알씩 빠져나가는 이 과정은 우연성을 중시하는 우리들에게 자연스럽게 받아들여졌다. 상황주의자 모임은 여름 해변의 파라솔처럼 접힐 시기가 온 것이다.

그러나 물이 식어가는 바닷가에도 혼자 남아 있는 한 사람이 있다. 모두가 떠난 자리에서 나는 혼자만의 표류를 시작했다.

미완성 지도가 담긴 노트를 챙기고, 매서운 바람에 대비해 단단히 옷을 입은 후 도시의 구석구석을 가로질렀다. 자전거를 타기에는 추운 날씨라 오로지 걷기만 했다. 서울은 너무나 방대하고 지도는 연속적으로 다음 장소를 불러와 산책은 끝이 없었다. 내가 원하는 것은 피로에 녹아드는 것, 일종의 몽유 상태가 되어 근심과 불안을 가라앉히고 도시가 선사하는 꽉 찬 연결감을 느껴보는 것이었다.

일주일째 지치지 않는 방랑자로 둔주 상태를 유지한 나는 이따금 여관에서 잠을 청했다. 집으로 돌아갈 한 방울의 힘도 남아 있지 않은 날에는 가장 싼 숙박 시설을 찾아 기절하듯 잠이 들었고, 깨어나면 다시 길을 나섰다. 낯선 방을 낯설지 않게 만드는 손쉬운 방법은 한숨 자고 일어나는 것이다. 영등포의 모퉁이 여관, 잠들기 전과 똑같은 구도로 흐트러짐 없이 그대로인 방에서 나는 깨어났다. 이불로 만들어진 아늑한 동굴에서 리모컨을 들고 채널을 돌리다 왕십리에서 난 화재 뉴스를 봤다.

화염에 휩싸인 건물, 사이렌과 확성기 소리, 소방 호스의 물줄기, 높이 솟아오른 매캐한 구름, 대피하는 사람들의 모습 들이 지나간 후 CCTV에 찍힌 용의자의 영상이 나왔다. 분명히 아는 얼굴, 익숙한 얼굴이었다.

'야경을 손보고 싶지 않아요?'

안경 쓴 신입 회원의 목소리가 떠올랐다. '도시의 찌꺼기들을 깨끗하게 태워서요.'

뉴스는 연쇄 방화범으로 추정되는 그의 범행을 요란하게 다루고 있었다.

이것이 그가 상황을 만들어내는 방식이었을까? 마른 갈망과 방탕한 기질, 일을 할 수 없으면 망치기라도 해야 한다. 나는 완벽하게 그 욕망을 이해할 수 있었고, 그것이 경고처럼 내부에 사이렌을 울렸다. 윤샘이 죽었고 신입 회원은 방화범이며 기 드보르가 자살한 것은 연결되지 않은 별개의 사건들이지만 기이하게 한데 뭉쳐 내 마음을 점화해 불꽃을 일으켰다.

나는 강력한 감정에 압도되어 소주를 사다 마셨다. 취기가 돌자 고해소에 들어앉은 사제가 된 기분이었다. 드르륵, 오른쪽 문이 열리면 핑크와 민트의 선을 따라가다 붉은 리본에 휘감기던 내 모습이 보인다. 윤샘이 과채주스를 건네주고 하누는 인공 절벽에 매달려 있다. 드르륵, 왼쪽 문을 열면 죄인이 고백한다. "불을 지른 지 일 년 육 개월이 지났습니다. 더이상 참을 수가 없어서 또 저지르고 말았어요……" 신입 회원이 흐느껴 운다. 한순간에 몇 년이 지나버린 것 같았다.

나는 꿈속의 회전문을 몇 차례 돌아 나를 둘러싼 현재와 미래를, 내 것이었을 수도 있는 운명의 여러 형태를 입어보았다. 심장이 멎은 다음에야 다른 삶을 꿈꿔보는 노인이거나, 혁명가 아내를 따라 혼란을 덜어보려는 탈속한 승려, 환멸감을 방화에 중독되는 것으로 바꾸어버린 중년 남자를. 상황주의는 여름 한철의 승리에 불과한 것일까? 우리는 통제를 잃지 않은 놀이집단에 불과했으나 지나치게 큰 아보카도의 씨앗처럼 얼마든지 변질될 소지가 있는 집단이었을지도 모른다. 결말이 나오지 않던 내 소설들처럼.

드르륵, 다시 문을 열자 거기에는 새로운 죄인이 새롭지 않은 죄들을 열거한다. 고백하는 죄인도, 사해주는 신부도 전부 내 역할놀이에 불과할 뿐이며 위젯 안에 나 외에 다른 이가 들어온 적 없다는 사실이 점차 선명해진다. 내 안의 방화범, 내

안의 보행증 환자. '판단'은 얼마든지 작게 줄이거나 거대하게 펼칠 수 있는 접이식 파라솔이니까. 축소된 내가 작디작은 맥주의 알 속에 들어 있었다. 거품의 소용돌이 속에서 하나가 둘로 갈라지고, 둘이 하나로 융합되면서 말들이 끝없이 풀려나왔다. 그 순간 나에게 필요한 것은 받아 적을 노트였지만 종이가 없었다.

  나는 내가 누워 있던 이불에서 일어나 자리를 판판하게 만든 후 열병에 걸린 사람처럼 무언가를 적기 시작했다. 헝겊 위에 글을 쓰고 있자니 맨살에 바늘을 꽂는 것처럼 하지 말아야 할 일을 하는 느낌이 들었다. 나는 부추겨지기를 원하고 있었다, 라고 첫 문장을 쓰자 주문 같은 글이 주르륵 밀려나왔다. 피식. 위젯이 쪼개지며 두번째 나를 부화시켰다.

맨발
교실

공원에 도착하자마자 양말을 벗어 주머니에 넣고 운동화를 든 채 걷기 시작했다. 초여름의 녹음은 더할 수 없이 화사하여, 나는 발끝에 식욕과도 같은 기쁨이 고이는 것을 느꼈다. 비가 온 다음날이라 땅은 한결 부드러웠다. 굳은 땅의 근육을 풀어주듯 적당히 내린 고마운 비였다. 덕분에 갓 구운 파운드 케이크같이 폭신하면서도 탄성 좋은 흙길을 디디자 콧노래가 저절로 나왔다. 맨발 걷기의 시작이다.
 메타세쿼이아길에서 출발해 십 분쯤 가면 내가 특히 좋아하는 구간이 나온다. 직물로 치면 이탈리아산 실크 같은 느낌이랄까. 그때까지 밟히던 조그마한 돌이나 나뭇가지, 잡풀 하나 없이 오로지 황토로만 된 길이다. 열 개의 발가락이 황홀한 감각을 축적하는 가운데 나는 사뿐사뿐 걷기 시작했다. 맨발로 걸으면 자동적으로 그렇게 된다. 사뿐사뿐, 정성 들여 꼭꼭 씹어먹는 음식처럼.

하루에 두 번 맨발로 공원을 걷는 일은 뗄칠 수 없는 습관이 되었다. 시작에는 별 계기가 없다. 시간이 남아돌았고, 호수공원 근처에 살았고, 건강상의 위기도 한 번 지나갔다. 산책을 하다보니 맨발로 걷는 연세 지긋한 분들이 늘어나 있었다. 불현듯 그들을 따라서 양말을 벗은 게 이른봄이었다. 포근한 날이어서 발이 시리지는 않았다. 다만 계절에 맞지 않게 벗은 발을 공공장소에 내놓는 것에 겸연쩍은 기분이 들었을 뿐이다. 한쪽만 벗은 채 엉거주춤 도로 신을까 망설이는데, 문득 나를 해고한 방송국 건물이 눈에 들어왔다. 방송 때문에 일산으로 이사까지 왔는데, 결과적으로 평일 정오에 맨발로 활보하는 사람만 된 것 같아 울화가 치밀었다. 나머지도 맹렬히 벗어버리고 맨발로 땅을 밟자 나의 분노어린 양전하가 땅의 음전하와 만나 중화된 것인지(맨발 걷기의 효능 중 하나다) 화가 가라앉으며 시선이 발밑으로 향했다.

조심조심 맨발로 걷기 시작했다.

걷는 법을 배운 지 삼십 년이 지났는데, 새삼 걸음걸이를 의식하는 것도 생경했다. 오른발을 내밀고, 왼발을 내밀고 팔을 교차하는 동작 하나하나가 선명하게 느껴진다고 할까. 흙길에 깔린 자잘한 돌과 나뭇가지를 피해 나아가다보니 굉장히 '공들여' 걷게 된다. 해변이 아니고서야 맨발로 땅을 밟는 일은 드문데, 바다에 못 간 지가 삼 년이 넘었다. 대학 졸업 후 줄곧 머리에 숯덩이를 이고 살았던 것 같다. 오죽하면 이 나이에 갑상샘암에 걸려 수술을 하느냐 말이다. 그러고 나니 아주 맥이 탁 풀려서, 방송에 넌더리가 났다.

평범한 현대인이 얼마나 비합리적인 보상 체계를 갖는지는 나만 봐도 알 수 있다. '헌 집 줄게, 새 집 다오'라는 요구처럼 '직장에서 나왔으니 시나리오가 줄줄 써져야 한다'라는 식의 논리가 무의식에 자리잡고 있었던 것 같다. 방송은 임시직이고 영화는 천직이라 생각했으니 이렇게 된 이상 원래의 자리로 돌아갈 타이밍인 듯했다. 그러려면 시나리오 공모에 당선되는 수밖에 없다. 그러나 신은 미련한 두꺼비가 아니니 내 부탁을 들어줄 리 만무하다. 현재의 내 상태는 맨발로 걸을 때 빼고는 유령이나 다름없다.

맨발로 걷는 사람끼리는 알게 모르게 자기들의 '간격'을 맞춰주게 된다. 그런데 맞은편에서 오히려 내 쪽을 향해 한 사람이 다가왔다. 인상적인 것은 그 속도였다. 맨발로 저렇게 빨리 걸을 수 있나 생각하던 순간, 내 앞에 선 등산복 차림의 중년 여성이 전단지를 내밀며 한마디했다.

"맨발 교실."

나는 뭘 들은 건가 싶어 휘둥그레진 채 얼떨결에 전단지를 받았다.

"박동창 박사 나와요."

두 마디면 충분하다는 듯 여자는 또다시 빠른 걸음으로 나를 지나쳐갔다. 맨발로 걷는 이상 박동창 박사는 당연히 알 것이라고 단정지은 말투였다. 전단지를 보니 주에 한 번씩 한 달에 총 4회 강연을 한다는 내용이었다. 회비는 만원. 강사는 매주 달라졌는데 맨 위에 박동창 박사의 이름이 적혀 있었다.

다시 걷고 있는데 이번에는 맨발의 남자가 다가왔다. 전단지를 쥔 품새가 아까 그분과 한곳에서 나온 사람임이 틀림없는 듯했다. 아니나다를까, 역시 포문이 똑같았다.

"맨발……"

"받았어요. 그런데 맨발 교실이 뭐예요?"

말을 자르는 대신 질문을 던졌다. 거두절미 스타일이 나한테 옮겨왔나? 그의 손에는 내 손에 들린 것과 같은 전단지가 들려 있었다.

"박동창 박사 아시죠?"

'알아야 되는 건가요.' 이쯤 되니 되묻고 싶었다.

"걷기 대통령 박동창 박사 몰라요? 맨발 걷기의 창시자! 저도 몇 년 전 대모산에 가서 이분 말씀을 들어봤는데 참 좋더군요. 강연에 오면 여러 가지 효능도 배우고 걷는 방법도 배울 수 있어요."

 부시맨도 아니고 누가 맨발 걷기를 창시했다고 주장할 수 있는가. 게다가 모든 인간은 첫 걸음마를 뗄 때 맨발이지 않나? 나는 얼빠진 목소리로 물었다.

 "걷는 방법이 따로 있어요? 그냥 걸으면 되는 것 아니에요?"

 남자는 호탕한 웃음으로 시간을 벌더니 질문을 가볍게 일축했다.

 "배우면 더 좋지요. 한번 나와보세요! 아깝지 않은 시간일 겁니다."

 남자는 전단지를 주려다가 '아 참, 받으셨다고 했지'라며 다시 에코백에 집어넣고 가던 길을 갔다. '맨발걷기 시민운동본부'라는 단체는 흡사 종교적 열정으로 박동창 목사님을, 아니 박사님을 추앙하며 이 운동을 전파하는 것일까. 돌아오는 길에 보이는 첫번째 휴지통에 전단지를 버렸다.

 여름이 되고 태양이 기승을 떨치자 공원에는 이른 아침과 저녁에만 사람들이 붐볐다. 나 역시 선선한 오후에만 맨발 걷기를 했는데 이제는 걷는 일에 중독되어서 하루라도 거를 수 없었다. 맨발만 되는 것이 아니라 사회적 옷가지도 하나둘씩 벗겨지고 있었다. 일도, 친구도, 모든 사회생활에서 벗어나 도시의 익명 속으로 흐릿해지는 것. 온 세상에 적당히 간격을 둔 채 맨발로 걷고 있으면 엄청난 해방감이 몰려왔다.

*

　도서관 휴관일인 줄 모르고 길을 나섰다가 낭패를 본 어느 날, 호수공원 안의 한 프랜차이즈 카페에 갔다. 결코 완성될 것 같지 않은 시나리오라는 것을 알면서도 뭔가 사무를 보고 있는 모습을 스스로에게 연출하지 않을 수 없었기 때문이다.
　카페에 들어서자 라운드테이블 두 개가 눈에 들어왔다. 이른바 '카공족'은 건축가가 건물의 무게중심을 파악하듯 명당자리를 본능적으로 알아차린다. 그 명당을 선점한 두 할머니들이 있어 나는 좀더 안으로 들어가 앉았다.
　할머니들은 굉장히 몰입중이라 보기 좋았다. 내 앞쪽의 할머니는 여러 색깔의 털실로 짠 독특한 모자와 스웨터를 입고 『상실의 시대』를 읽고 있었다. 익숙한 저 표지, 하늘색 점묘법으로 흩뿌려진 인간의 실루엣과 심장 부분의 빨간 핏물 자국, 붓글씨처럼 획이 살아 있는 제목의 책을 들고 있는 할머니를 이제부터 '상실'이라 칭하겠다. 또다른 할머니는 책상에 독서대와 노트를 비롯해 갖은 수성펜, 포스트잇, 형광펜 등을 주르르 펼쳐놓고 굴착기처럼 열심히 책고랑을 파고들었다. 저렇게 공부하는 책이 뭔가 궁금해 곁눈질한 결과—성경이었다. '성경' 할머니도 상실 할머니 못지않게 책 사이에 코를 깊숙이 박고 코끝에 티백이라도 달린 듯이, 펼쳐진 책이 찻잔이라도 되는 듯이 뭔가를 우려내고 있었다. 얼마나 신이 났던지 콧노래까지 부르기 시작했는데 예상대로 찬송가였다.

나는 쓰던 글을 놔두고 새 파일을 열어 두 사람의 모습을 데생 연습하듯 묘사하기 시작했다. 지망생의 강박은 닥치는 대로 관찰해 기록으로 남기는 데 있다. 어딘가에 내가 쓸 이야기의 주인공이 나타날지도 모른다는, 그리하여 나를 이 지리멸렬함에서 단박에 구해줄지도 모른다는 기대감에 차서 부지런히 괴짜의 모습을 스케치하는 것이다.

성경은 나처럼 커피 한 잔 시켜놓고 죽치는 카공족이 아니라, 오래 있으면 자릿값은 충분히 내는 종류의 손님인 것 같았다. 방금 아이스아메리카노와 머핀을 새로 주문해 카페인과 당을 충전한 다음 다시 성경에 덤벼들었다. 저 연세에 차가운 커피를 마시는 것도 그렇고, 금사가 섞인 검은 옷도 고급스럽다. 열정적으로 공부하는 모습까지는 멋있었는데, 성경이라뇨! 속으로 할머니에게 항의를 하고 그녀의 모습을 열심히 묘사하던 참에……

생각지도 않은 일이 일어났다. 성경이 느닷없이 쟁반을 들고 일어나더니 내 시야에서 벗어나는 자리로 옮긴 것이다. 자신이 문장으로 바뀌고 있다는 사실을 눈치챈 걸까? 역시 카페에 오래 머무는 사람들은 비언어적인 시그널을 알아차리는 남다른 감각이 있는 것 같다.

그사이 수줍은 인상의 상실 할머니도 나갈 채비를 마쳤다. 그에 앞서 의례와도 같은 일련의 행동들이 이어졌다. 우선 화장실을 다녀와 두 손에 핸드크림을 꼼꼼히 도포했고, 무릎까지 오는 긴 카디건에 스카프로 목을 감싸 의관을 정제했고, 읽던 페이지에 포스트잇을 붙여놓더니 마지막으로는 가방에서 지퍼백을 꺼내 책을 담아 밀봉했다. 지퍼백이라니! 저 양반이 책의 물성을 얼마나 신성시하는지 알 것 같아 전율이 일었다. 그 책이 베스트셀러라는 사실은 유감이지만.

그러고 보면 둘 다 나를 실망시켰다. 열심히 공부하는가 싶었더니 성경책이고, 독서에 몰입한다 싶었더니 베스트셀러다. 뭐, 거기까지가 그들의 한계인 것 같다. 젊고 비뚤어진 나는 함부로 우월감을 느끼며 내 작업으로 돌아갔다.

두 사람과 다시 조우한 것은 호수 반대쪽, 아랫말산 아래 수돗가였다. 깨끗이 씻은 발에 양말을 신고 보송보송한 기분으로 돌아가는 것이 나만의 루틴이었다. 수돗가에 갔더니 먼저 온 할머니가 성경이고, 내 뒤에서 기다리는 할머니가 상실이다. 당연히 나를 못 알아봤지만 이들도 나처럼 맨발 걷기를 한다는 우연에 압도되어 하마터면 인사를 할 뻔했다.

그후 공원의 이쪽과 저쪽에서, 이따금 카페에서 두 할머니를 목격했다. 한꺼번에 둘을 본 날도 있고, 한 명만 본 날도 있고, 둘 다 보지 못한 날은 더 많았다. 그럼에도 두 사람에게 별명을 붙여놓고 나 혼자 친밀감을 느꼈다. 자주 보는 타인에게 별명을 붙여주는 것으로 사회에서 떨어져나온 외로움을 달래는 시기였으니까. 나중에 두 분을 진작에 봤다고 털어놓자 성경은 웃고 상실은 놀랐는데, 성경이 말하기를 그때 자리를 바꾼 것은 햇빛이 너무 비쳐들었기 때문이지 나를 의식한 행동은 아니었다고 한다. 상실이자 니터*가 된 할머니는 그때 입은 옷과 모자는 자신이 짠 것이며, 독서를 할 때는 업어가도 모를 만큼 정신이 나가 있다고 했다.

"반쯤 꿈꾸는 상태랑 비슷하니까."

뜨개질을 하거나 책을 읽을 때, 니터는 눈을 뜬 채 꿈을 꾸는 것과 비슷하게 몽롱하다고 했다. 아무것도 하지 않으면서 뭔가 하고 있는 느낌을 주어서 좋단다. 겉으로는 뜨개바늘을 움직이거나 책장을 넘기면서도 속으로는 대체로 몽상에 빠져 있다는 것이다.

"잡념이지 잡념."

성경이 비웃듯이 말했다. 나중에 패스파인더**가 될 사람답

---

* knitter. 뜨개질하는 사람.
** pathfinder. 개척자.

게 그녀는 시간을 낭비하는 꼴을 못 봤다. 그런 부지런함이 훗날 트래퍼*를 잡는 데 큰 역할을 하게 될 것이다. 트래퍼는 닭을 잡고, 패스파인더는 트래퍼를 잡는다. 니터는 머플러를 짜고, 우드맨**의 오두막에서 건배를 한다. 이것이 모두 가까운 시일 내에 펼쳐질 일이라는 걸 그때는 알 수 없었다.

"집은 얼마나 지었어, 우드맨?"

나는 절반쯤 완성한 것 같다고, 다 지으면 거기서 파티를 하자고 말했다.

"집들이 선물로 뭘 할지 고민이야."

호숫가에 덩그러니 셋만 남을 줄 누가 알았겠는가? 그 얘기를 하자면 우선 가을에 벌어진 일부터 이야기해야 한다.

*

기나긴 여름이 끝나자 공원에는 한층 더 많은 사람들이 찾아왔다. 탁 트인 하늘 아래 크고 작은 국화가 피어 있고, 햇빛에 그을린 듯 붉게 변한 나뭇잎이 어우러져 공원의 아름다움은 절정에 달하기 때문이다. 절정에 달하는 것은 또 있는데,

---

* trapper. 사냥꾼.
** woodman. 나무꾼.

도토리를 주워가는 얌체들이다.

바람이 불 때마다 땅에 노크하듯 토독토독 소리를 내며 떨어지는 도토리는 윤이 나는 밤색 보석 같다. 이 작고 반짝이는 나무 열매를 줍는 것은 수렵 채집 본능이 남아 있는 호모사피엔스에게는 더할 수 없이 유혹적인 일일 것이다. 나도 안다. 한번 줍기 시작하면 계속 도토리만 보이고, 허리를 굽혔다 폈다 하다보면 순식간에 두 손이 열매들로 가득차는 기쁨을. 그래도 집으로 가져가면 안 된다. 안내 방송이 쉴새없이 나오고 있지 않은가.

"공원을 이용하는 방문객들에게 알립니다. 호수공원의 도토리는 동물들이 겨우내 먹어야 하는 식량입니다. 무단으로 가져가지 마시기 바랍니다."

이것도 모자라 관리 차량이 지나가면서 사람들에게 "줍지 마세요!"라고 경고하기도 한다. 그러나 아무리 방송을 해도, 플래카드를 달아도, 직접 경고를 해도, 모아온 도토리를 도토리 수거함에 놓고 가는 사람은 열에 한 명이 될까 말까다. 대부분 도토리 주머니를 따로 찬다. 저중에 도토리묵 쑤어 먹는 사람이 얼마나 되겠는가? 재미삼아 주워가 쓰레기통으로 직행할 테지. 나는 공공질서를 지키지 않는 사람에게 유독 치를 떠는데, 덕분에 가을날 공원 산책은 인간 혐오의 장이 되고 말았다.

달포쯤 지나자 끝없이 떨어지던 도토리는 확연히 줄어들었다. 그럼에도 공원 이곳저곳에는 여전히 도토리를 줍기 위해 땅만 쳐다보고 걷는 산책자들이 많았다. 얼마나 보기 싫던지! 어떤 할아버지는 등산용 지팡이를 최대한 길게 빼들고 나무를 탁탁 때리기까지 했다. 몸살을 앓듯 나무에서 열매가 떨어지자 일행으로 보이는 노인 둘이서 떨어진 열매를 비닐봉지에 담았다. 그 꼴을 목도하니 '쌍끌이 어선' 같은 단어가 떠오르면서 강렬한 분노가 치솟았다. 방송 못 들으셨냐고, 도토리 가져가지 마시라는 말이 목구멍까지 올라왔지만 저런 막무가내 노인들은 잘못 건드렸다가 봉변을 당할지도 모르는 일이니 열심히 노려보는 수밖에. 그러나 이들은 도토리 줍는 재미에 흠뻑 빠져 내 시선은 전혀 눈치채지 못했다. 나는 온 우주의 분노를 담아 속으로 고함을 질렀다.

'그렇게 도토리가 좋으면 아예 청설모로 변해버리시지!'

*

가끔씩 생각한다. 공공질서에 대한 나의 사랑이 뭐 그리 대단한 잘못이라고 이런 일이 생긴 걸까?

지팡이가 툭 떨어졌다. 순간적으로 보이지 않는 벼락이 친 듯했다. 눈앞의 노인 셋이 순식간에 사라졌기 때문이다. 옷과 신발, 그리고 비닐봉투가 힘없이 나동그라지면서 도토리들이 와르르 쏟아졌다. 그 자리에서 느닷없이 청설모 셋이 튀어나왔다.

그 일이 그들에게만 벌어진 것은 아니다.

물론 그 사실을 확인하기 위해서 공원을 더 많이 수색해야 했다. 주춤주춤 뒤로 물러나보니 맥없이 놓인 옷가지와 그 주변에서 날뛰는 청설모들이 눈에 들어왔다. 청설모들은 나무에 오르는 법을 모르는 듯 이리 뛰고 저리 뛸 뿐, 자기들끼리 몰려다니다 부딪치곤 했다. 자전거도로에는 쓰러진 자전거가 보였고, 방금 벌어진 일이라는 것을 입증하듯 여전히 바퀴가 돌아갔다.

"아무도 없어요?"

말이 씨가 된 정도가 아니라 울창한 밀림이 되어버린 형국에 놀란 나는 도망치려 했다. 한달음에 선인장 전시관 옆으로 난 출입구로 나가려는데 두번째로 이상한 일이 벌어졌다. 사방이 막혀 나갈 수가 없었다. 유리도 아니고 아크릴도 아니지만 투명한 막 같은 것이 호수공원 밖으로 갈 수 없게 꽉 막고 있었다. 손으로 밀어도, 심지어 돌을 던져도 흠 하나 생기지 않는 투명한 벽 앞에서 나는 꿈을 꾸는 기분이었다. 텀블러에 든 물을 모조리 마신 후 한류초등학교 옆으로 난 출입구를 찾아 뛰어갔다. 그러다 누군가와 마주쳤다.

"그쪽도 못 나갔어요?"

"그쪽으로도 못 나가나요?"

동시에 비슷한 질문을 던진 후 각자에게 벌어진 일에 대해 이야기를 나눴다. 이 과정에서 알게 된 사실 하나. 성경이자 패스파인더가 된 할머니에게는 눈꺼풀을 깜박이는 틱이 있다. 불안이 올라오자 할머니는 강박적으로 눈을 깜박거렸는데 이 마당에 나한테 윙크하는 줄 알고 깜짝 놀랐다.

패스파인더는 여느 때처럼 공원을 맨발로 걷고 있었는데 갑자기 사람들이 푹푹 사라지더란다. 그래서 신발 신는 것도 잊어버리고 이리저리 돌아다니는 중이라고 했다.

"아 참, 내 신발!"

나 역시 맨발이었는데 잊고 있었다. 내 뉴발란스 운동화는 아까 지팡이 든 노인이 있던 곳에 팽개쳐져 있을 것이다.

우리는 달맞이섬 월파정에 올라가서 주변을 살펴보기로 했다. 이층밖에 안 되지만 공원 한복판에 있고 그나마 높은 곳이니 말이다. 육안으로 봐도 사람의 인기척이라고는 없고 버려진 소지품과 옷가지만 널려 있었다. 그럼에도 나무나 꽃들은 변함없이 그대로여서 조용하고 평화로운 느낌마저 들었다.

"저기에 한 명 더 있는데요?"

그렇게 찾아낸 것이 장미정원 앞 그네 의자에 앉아 있던 상실이자 훗날 니터라 불릴 할머니다. 우리가 다가갈 때까지 주변의 변화를 눈치채지 못한 채 책에 빠져 있던 그녀는 우리의 말이 사실이라는 것을 확인할 때까지 경계심을 풀지 않았다. 니터는 사람이 사라진 공원의 모습을 확인하고 "이게 무슨 일이지?" "책 속 장면 같네요" 하고 연신 중얼거렸다. 나는 놓치지 않고 그녀도 맨발인 것을 확인했다.

"대체 이런 일이 왜 일어난 걸까요?"

두 할머니가 얼굴을 마주보고 이렇게 물었을 때, 나는 슬그머니 딴 데를 쳐다보았다. 청설모로 변해버리라고 한 건 차마 말하지 못했다.

그나저나 이 할머니들은 왜 청설모로 변하지 않은 걸까? 맨발 걷기를 하던 사람들은 이분들 말고도 더 있었는데 말이다. 맨발도 아니고 도토리도 줍지 않던 다수의 사람들도 청설모로 변한 이유는 대체 뭐란 말인가?

검증할 수 없는 가설만 뭉게뭉게 피어올랐다.

*

더이상 공원 밖으로 나갈 수 없다는 사실이 자명해질 때까지 우리 셋은 구석구석을 다니며 하나하나 확인해보았다. 열 군데가 넘는 출입구는 다 막혔고, 담장 위로도 넘어갈 수 없었다. 흡사 투명한 돔 안에 갇혀 있는 형국이었다.

맨발 교실

"홈플러스 가야 하는데……"

니터는 저멀리 '물가 안정 프로젝트!'라고 쓰여 있는 대형 마트를 아스라이 바라보았다. 한울광장에는 개미 새끼 한 마리 보이지 않았다. 사람이 사라진 도시의 모습은 포스트아포칼립스 영화의 한 장면 같기도 했고, 무대 배경 그림처럼도 보였다. 공원 안의 사람들이 청설모로 변했다면 공원 밖에서는 무슨 일이 일어나는 것일까? 아무래도 외계인이 유리 돔을 씌워놓고 우리를 관찰하는 것 같았다.

"당장 밤에 어쩌죠? 노숙할 순 없잖아요."

"꽃 전시관이 가장 크니까, 그리로 가봐요."

우리는 호수공원에서 가장 큰 건물인 꽃 전시관으로 향했다. 이런 일을 혼자 겪지 않아서 다행이라 생각하면서.

이 건물은 사실 활용도 측면에서 아쉬움이 많다. 일층에 만들어놓은 플라워 북카페는 탑층까지 기증받은 도서들이 층층이 쌓여 있어 보기에는 멋진데, 책을 설치물 취급하듯이 높이 쌓아두어 읽을 용도가 아니라 전시 용도, 정확히는 '전시 행정 용도'로 가져다놓은 듯하다. 그 증거로 손에 닿지도 않은 곳에 좋은 책이 잔뜩 꽂혀 있다. 그걸 꺼낼 방도가 전혀 없으니 걸작이 그림의 떡이 되고 마는 것이다.

이층의 카페테리아로 올라가자 문은 다 열려 있었고 음악도 흘러나왔다. 다만 몇몇 테이블 아래 옷가지들이 흩어져 있었고 청설모 대여섯 마리가 뛰어다니다가 우리가 들어가자 놀라서 달아나버렸다.

"난 뭐가 뭔지 통 모르겠습니다. 경증 치매라더니, 확실히 치매에 걸린 게 분명해요."

카페 의자에 털썩 주저앉은 니터가 와락 울음을 터뜨렸다. 당황한 나는 달래보려 애를 썼지만 패스파인더는 딱 잘라 말했다.

"그쪽이 치매라면 우리는 뭔가요? 허깨비예요, 도깨비예요? 그런 말 말아요. 무슨 일인지 모르니까 침착하게 행동하는 게 우선이죠. 난 화장실 좀 다녀올게요."

잠시 후 화장실에서 목소리가 들려왔다.

"수도에서 물은 잘 나와요! 여기 휴지도 넉넉하고!"

나중에 알고 보니 그녀는 과민한 장 때문에 화장실에 특히 민감한 사람이었다. 그러고 보니 다른 건 몰라도 우린 화장실 하나만큼은 부자다. 이 건물만 해도 화장실이 세 군데고, 공원 전체로 보면 화장실이 열 군데쯤 있고 그중 하나에는 심지어 '화장실 전시관'도 딸려 있다. 게다가 카페 화장실에서는 온수도 나온다. 일단 위생 문제는 걱정하지 않아도 됐다.

"당장 뭐 먹고 살죠?"

편의점, 편의점은 두 개다. 원래 CU 하나만 있었는데 꽃 전시관 건물 옆에 라면을 직접 끓여먹을 수 있는 기능으로 특화

된 GS25가 하나 더 개업했다. 이 사태가 얼마나 갈진 모르지만 당분간 편의점 음식으로 연명해야 했다. 우리는 카페를 집으로 삼고, 편의점에서 먹을 것을 가져다놓자고 했다.

"아님 편의점을 식당으로 삼아도 되죠."

나중에는 레스토랑이라고 부르며 탁자에 꽃을 꽂는 등 장식하고 음식을 먹을 정도로 꾸몄지만 이때는 먹을 것과 비를 피할 실내, 그리고 화장실이 확보된 것에 우선 한숨을 놓았다.

"읽을 책은 차고 넘치네. 할일 없으면 독서나 해야겠어요."

먹통이 되어버린 스마트폰을 내려놓으며 니터가 말했다. 이내 밝혀진 바로 우리 셋은 책벌레라는 공통점이 있었다.

"세상의 종말이 온 것 같아요. 그날과 그때는 아무도 모른다고 했으니 주님이 사태를 바로잡아줄 때까지 겸허히 기다려야죠. 어쨌든 요한계시록보다는 여러모로 상황이 나은 것 같군요."

'잘 나가다 성경 타령이군.'

한 명은 치매, 한 명은 광신자니 젊고 이성적인 건 나뿐이다. 그런 생각에 왠지 이 할머니들에게 건방진 책임감 같은 것이 생겨났다. 무엇보다 이런 일을 자초한 사람이 나였으니 말이다.

이렇게 셋이 머리를 맞대고 있는 사이 노을이 내려왔다. 우리는 편의점에 가서 식성에 맞게 음식을 집어왔다. 나는 새우

탕 큰사발과 김밥과 사이다. 패스파인더는 전복죽과 닭가슴살과 우롱차, 니터는 떡볶이와 스트링치즈와 바나나우유. 그리고 칫솔이 든 세면도구도 각자 하나씩 챙겼다. 나중에 돈을 내야 할지 모른다는 생각에 크게 욕심을 부리지는 않았다.

카페로 돌아온 우리는 어느덧 노을이 내려앉는 것을 보면서 저녁을 먹었다. 이제 우리의 관심사는 과연 가로등이 켜질까 하는 것이었다. 어두워지자 역시 가로등에 불이 들어왔다. 우리는 작게 탄성을 지르며 안도했다. 밤마다 캄캄한 공원을 내려다보면 두려울 테니까.

"일단 오늘밤을 지내봅시다. 내일이면 모든 게 원상 복구 될지도 모르니까."

패스파인더의 말대로 테이블을 한쪽으로 밀어 바닥에 넓은 자리를 만들었다. 동그란 방석들을 모아 몸이 닿을 곳에 일렬로 폈더니 바닥에서 올라오는 냉기는 면할 수 있을 것 같았다. 나는 밖으로 나가 옷가지들을 잔뜩 가져와 등이 배기지 않을 잠자리를 만들어주었다. 수해를 당해 임시로 만든 난민촌 같은 모습 같았다.

"아휴, 고마워라. 젊은이가 하나 있어서 참 다행이지 뭐야."

할머니들은 이구동성으로 나를 칭찬하고 바닥에 누웠다.

두 할머니의 숨소리가 고르게 바뀐 다음에도 나는 잠을 통이루지 못했다. 이 황당한 상황에 의식의 밸브가 활짝 열린 탓이었다. 집필중인 시나리오는 지지부진한데 그걸 붙잡고 있는 내가 스크린 속으로 들어온 느낌. 창밖에는 호수 위로 달이 뜨고 별이 총총 돋아났다. 그걸 보자 내 침대 위에 붙여놓은 야광별 생각이 났다. 여기서 걸어가면 이십 분 내에 도착할 내 방, 내 책상, 내 화분들은 그대로 있을까? 공원 밖의 세상은 어제의 그 세상과 같은 곳일까? 집 놔두고 이게 무슨 사달인가?

그런데 왜 기분이 나쁘지는 않은지 모르겠지만.

*

다음날이 되어도 달라지는 게 없자 본격적인 수색에 나섰다. 우리 외에 다른 사람이 더 있을지 모른다는 가능성을 염두에 두고 셋이 함께 다니기로 했다. 쓸 만한 가방 세 개도 챙겼다. 필요한 것들을 담아 와야 하니 말이다.

"우릴 도둑이라고 생각하면 어떡해."

니터가 소심하게 우려를 표하자 '나중 일은 나중에 생각해라, 당장 땟거리부터 문제다'라는 지청구가 돌아왔다. 패스파인더는 걸핏하면 '땟거리' 타령을 했고, 부지런했고, 걸음도 경보 선수처럼 빨랐다. 편의점에 도착하자마자 비상약과 속옷, 수건, 양말, 이어플러그, 노트와 펜 등을 챙겨 야무지게 담았고, 길바닥에서 방풍이 되는 바람막이 점퍼도 집어들었다.

주차장으로 나가는 길에 쓰러진 나무늘보 영감을 발견한 것도 패스파인더다.

할아버지는 전통공원 안쪽의 원두막에서 낮잠을 자다 깨어나 상황을 뒤늦게 깨닫고 패닉에 빠졌다. 그러다 저혈당 쇼크가 왔는지 기절한 채 정신을 차리지 못하고 하룻밤을 보낸 것이다.

"아주 죽을 뻔했어……"

그러면서 고통스러운 기침과 함께 가래를 탁 뱉어 우리는 흠칫 놀랐다. 물과 시리얼바를 먹고 간신히 기력을 찾은 할아버지를 부축해 꽃 전시관으로 옮겼다. 일층 북카페의 독서용 긴 의자에 눕히고 수거한 옷 중에서 가장 따뜻한 경량 패딩으로 할아버지를 감싼 후 따뜻한 꿀물을 대령했다. 그것이 하나의 규칙으로 굳어져 할아버지는 일층 북카페에서, 여자 셋은 이층 카페테리아에서 지내게 되었다.

"남녀가 유별하니까."

"기침소리가 예사롭지 않아. 코로나면 어떡해?"

할머니들이 남자와 같은 공간에 있기 불편한데다 할아버지가 코로나 환자면 감염이 우려되니 따로 지내자고 했다. 노인들에게 코로나에 대한 공포는 여전히 강력한 설득력이 있어 할아버지도 받아들였다. 대신 아침과 저녁거리를 가져다주고, 간식이며 물을 챙겨달라고 했다. 자신은 지병이 있는데다 한

번 쓰러지고 나니 어떤 일이 생길지 몰라 돌아다니기 두렵다는 것이다.

"휴대폰도 먹통이고, 길바닥에서 객사하면 어떡해?"

가장 좋은 담요와 쿠션을 차지한 할아버지는 이렇게 말했다.

그후 늘보 영감으로 불리게 된 할아버지는 볕이 잘 드는 아래층 긴 소파에 누워 온종일 얕은잠에 빠져 있었고, 시중받기를 좋아했다. 할머니 둘은 함께 지내기에 나쁘지 않은데 늘보 영감이 문제였다. 처음에는 몸만 불편한 노인인 줄 알았고, 그다음에는 몸과 마음이 다 불편한 노인이란 것을 알았고, 차차 옆에 있는 사람까지 불편하게 만드는 노인이라는 것이 밝혀졌다. 손가락 하나 까닥도 하지 않으면서 누군가의 기척이 들리면 앓는 소리부터 냈다. 패스파인더는 '저러다 송장 치우는 것 아니냐'고 흘겨보았으나 할아버지는 어느덧 한 자리에 붙박인 정물처럼 되어 우리도 더는 신경쓰지 않았다.

우리는 자전거로 공원을 돌아다니며 나름대로 정리에 들어갔다. 옷가지와 신발을 한데 모아 이슬을 맞지 않게 실내에 두고, 편의점 먹거리들을 조사해서 얼른 먹어치워야 하는 것부터 분류했다. 카페를 살기 편하게 개조하는 일에도 착수했다. 책꽂이의 책들을 빼내고 선반으로 삼아 필요 도구를 넣어두고, 의자와 탁자, 옷가지를 이용해 요령껏 세 개의 침대를 만들었다. 식량은 최대한 아껴야 된다는 생각에 우리는 엄격하게 음식을 나눠먹고 있었다.

나는 돌아다니는 틈틈이 청설모를 관찰했다. 아무리 들여다 봐도 인간이었던 청설모와 그렇지 않은 청설모를 구분하기란 불가능했다. 우리가 적응했듯 그들도 바뀐 상황에 적응한 것인지, 아니면 인간일 때의 기억을 모두 잊어버린 것인지 특이하게 구는 청설모는 없었다. 그럼에도 종종 청설모로 변한 인간들에게 공격당하는 악몽을 꾸곤 했다.

여러 날이 지나는 동안 우리가 내린 가장 큰 결단은 동물원의 우리를 개방한 것이었다. 이를 두고 얼마나 오랜 조사와 토론을 벌였는지 모른다.

자연 학습원에는 공작새와 학, 미어캣과 토끼들이 사는 작은 동물원이 있는데 관리가 되지 않은 채 갇혀 있으니 냄새가 나기 시작했다.

"사람도 없고 자전거도 없는데 굳이 가둬둘 필요 없지 않아요? 특히 공작은 너무 좁은 데 갇혀 있잖아요. 노아의 방주도 아니고."

패스파인더는 공작새를 볼 때마다 너무 천장이 낮은 데 있어서 마음이 좋지 않았다면서 풀어주자고 주장했다.

"그런데 위험하지 않을까요? 잘못되기라도 하면……"

"일단 닭부터 풀어주고, 시험삼아 공작새 한 마리만 꺼내보면 어때요?"

공작새와 같이 갇혀 있던 수탉을 먼저 풀어놓았는데 우리가 보는 데서 깜짝 놀랄 만큼 높이 날아 나뭇가지에 올라가버렸다.

패스파인더는 우리로 들어가 공작새를 살살 밖으로 내보냈다. 경계를 하며 한사코 나오지 않으려던 공작새는 막상 잔디에 풀어놓자 그야말로 활개를 치며 자유를 만끽했다. 그 증거로 꼬리를 부채처럼 활짝 펴서 뽐내듯 걸어갔다. 나도 모르게 손뼉을 쳤는데 우리가 갇힌 이 사건이 동물에게는 해방의 계기가 된 것 같아 역설적이라는 생각이 들었다. 며칠을 두고 다른 공작새를 풀어주고, 길이가 일 미터도 넘는 학 두 마리도 풀어주었다. 학은 공원 하늘을 시원하게 가르며 날아다녔다.

"새들이 우리가 여기 있는 걸 밖에 알려주면 좋을 텐데……"

그럴 수는 없을 것 같았다. 새들도 호수공원 상공을 떠돌 뿐, 밖으로 나가는 기미는 전혀 보이지 않았으니까.

다음은 포유류였다. 네 마리뿐인 토끼야 지천에 널린 풀을 먹으면 되니까 상관없지만 여섯 마리의 미어캣은? 사막에서 왔으니 함부로 풀어놓을 수 없을 것 같았다. 스마트폰이 있으면 검색 몇 번에 끝날 일이지만 우리는 북카페의 책들을 샅샅이 뒤져 동물도감을 겨우 찾아냈다. 뜻밖에도 미어캣은 고양이 사료나 과일 등 가리는 것 없이 잘 먹고 유순한 성질이라 반려동물로 꽤 많이 키운다는 사실을 알아냈는데, 25도의 온

도에 맞추는 것이 관건이었다. 낮에는 괜찮지만 밤에는 추울 것 같아 미어캣은 당분간 더 지켜보는 대신 동물을 유난히 좋아하는 패스파인더가 먹이를 챙겨주고 관리하기로 했다.

동물을 풀어주자 인간 넷 말고도 공원의 식구가 확 불어난 느낌이 들어 어딘가 든든했다. 이 넓은 공원에서 정적은 가끔 견딜 수 없는 불안함을 가져왔기 때문이다.

*

네 명, 아니 실질적으로 세 명이 쓰기에 공원은 충분히 넓은 것 같았다. 그러나 안에 있는 것이라고는 전시관과 작은 도서관, 편의점과 동물원 그리고 화장실이 전부였기 때문에 생활은 금세 단조롭게 변할 수밖에 없었다. 텅 빈 스케치북과 같은 시간을 채워나가는 것은 각자의 몫이 되었다.

함께 탐색하던 초창기와 달리 우리는 점차 각자의 취향대로 시간을 보냈다. 사실상 넓은 섬에 갇힌 죄수나 마찬가지였기 때문에, 취미생활을 극대화하는 도리밖에 없었다. 낮 동안은 자유롭게 쏘다녔지만 잘 때만은 이층 카페에서 꼭 붙어 잤는데, 원상태로 돌아가면 왜 우리가 이렇게 지낼 수밖에 없었는지 서로 변호해줄 필요가 있다고 믿었기 때문이다.

니터는 가드닝에 푹 빠졌다. 가을꽃을 모종으로 떠다가 꽃

밭을 만드는 데 에너지를 쏟고 남아 있는 늦장미를 꺾어 식탁을 장식하기도 했다. 물론 여전히 뜨개질에도 열성이지만 실이 부족한 게 문제였다. 니터는 입고 있던 스웨터를 풀어 털실 인형으로 만들었는데, 책에 들어갈 캐릭터를 구상중이라고 했다.

패스파인더는 노트를 들고 다니며 식물의 종류와 특징을 적기 시작했다. 그녀의 노트는 새, 동물, 곤충 등으로 늘어났고 성경 필사는 중단했다. 패스파인더의 관찰 덕분에 우리는 공원에 너구리가 출몰한다는 것도, 뱀이 있다는 사실도 알게 되었다.

"사람 기척이 없으니까 아주 지들 세상이지!"

그러나 야행성인 너구리는 내 눈에 한 번도 띄지 않았고, 뱀 또한 마주치지 못했다. 어느 틈에 풀어놓은 미어캣 무리와 이따금 마주쳤을 뿐이다. 이들은 먹을 것을 챙겨주는 패스파인더를 졸졸 따라다니기도 하고, 저들끼리 햇빛을 받으며 뒹굴거렸는데 사람이 없는 풍경에서 자유롭게 놀고 있는 모습을 보면 대리만족을 할 수 있었다.

나는 전통 그네 뒤쪽의 숲에 조그마한 오두막을 짓기 시작했다. 당연히 내가 모방하는 것은 월든 호숫가의 헨리 데이비드 소로다―라는 것은 농담이고, 굵직한 나뭇가지들을 모아놓은 곳에 연장도 함께 떨어져 있는 것을 발견한 게 계기가 되었다. 아마 관리인조차 일하다가 청설모로 변했지 싶은데, 덕분에 목재며 망치와 톱이 생겨 소꿉장난처럼 가지고 놀다보니 스케일이 커졌다. 오두막이라고 하기에도 민망한, 나무에 나뭇가지를 걸쳐놓은 형태에서 조금씩 진화하고 있는 수준이지만 내 별명이 우드맨이 된 것은 그 때문이다.

  본명 강복순, 필명 강진아 작가님, 상실이자 자칭 니터인 할머니의 정체는 그림책 작가다. 손으로 뜬 털실 인형을 사진으로 찍어 그림책 작업을 했는데, 지금까지 다섯 권이 나왔다고 한다. 일개 지망생인 나에 비해 프로 작가라고 할 수 있는 할머니는 우리가 등장하는 이야기를 만들고 있다. 그 이야기 속에서 할머니 자신이 투영된 캐릭터가 뜨개질하는 '니터'였다. 언제나 쏘다니는 성경 할머니를 '패스파인더'로, 나무를 가지고 노는 나에게는 '우드맨'이라는 별칭을 지어주었다. 난 여잔데 왜 '맨'자가 붙느냐고 묻자 그 편이 입에 착 붙고, 게다가 이건 이야기 속 인물일 뿐이라는 답이 돌아왔다. 패스파인더는 끝내 본명을 가르쳐주지 않았고, 마두에 있는 아파트 말고도 양평에 전원주택을 가진 자산가라는 것이 밝혀졌다. 둘 다 혼자 살고 있는데, 니터는 결혼한 적이 없고 패스파인더는 남편과 헤어진 지 이십 년이 지났다고 했다. 이 정도도 하루아침에 알게 된 게 아니라 오랜 기간에 걸쳐 주워들은 것이다.

  마침내 나의 얼기설기 오두막이 완성되어 파티를 열었다. 무사히 살아남았고 생활도 자리를 잡았으니 자축할 만하다.

모처럼 냉동식품을 아끼지 않고 한상을 차렸고, 노을이 질 무렵부터 모닥불도 피웠다.

"이건 선물!"

니터는 나에게 가벼운 목도리를, 패스파인더는 공작새 깃털을 선물로 주었다. 그사이 길들인 미어캣 여섯 마리도 데리고 왔는데, 아껴둔 과일을 나누어주며 이 성찬을 같이 즐기도록 했다.

분위기가 무르익자 나는 고백할 타이밍을 엿보았다. 『15소년 표류기』에 나오는 브리앙의 동생 자크가 된 기분이었다. 열다섯 명의 소년이 무인도에 고립된 이유는 자크가 밤에 몰래 배의 닻줄을 풀어버렸기 때문이다. 북카페에서 어릴 때 읽은 책을 다시 만난 후, 내가 바로 원흉이 된 자크임을 깨달았다. 어둠이 내리고 모닥불이 타오르자 패스파인더는 두 손을 펼쳐 불을 쬐며 속내를 털어놓았다.

"난 어디서든 겉돌았어. 평생 괴짜 취급을 받았지."

뒤늦게 간 교회에서도 친구를 얻지 못했다는 패스파인더는 연초를 꺼내 불을 척 붙였다. 독실한 신자인 줄 알았는데 주량도 상당하고 담배까지? 놀랄 새도 없이 니터 할머니가 그 말을 받았다.

"내 사주에 고독수가 있는데 그래선지 항상 외로워. 치매까지 걸렸으니 이젠 요양원밖에 갈 데가 없겠지."

두 사람은 먹을 것만 떨어지지 않으면 언제까지나 이렇게 살 수 있을 것 같다고 했다. 자기들만 있는 것이 아니라 나처럼 싹싹하고 무던한 젊은이가 있어 의지가 된다면서.

"그런데 왜 주인공께서는 아무 말씀도 없으시지?"

다정한 할머니들의 물음에 더이상 압력을 견디지 못하고 털어놓았다.

"두 분이 이렇게 고생하시는 건 모두 저 때문이에요……"

도토리를 털어가는 인간들에 대한 분노 때문에 청설모로 변해버리라고 마음속으로 저주했더니 정말로 그렇게 되어버렸다고, 그날 벌어진 일을 전부 고백했다.

"취했어?"

할머니들은 내 말을 믿지 않는 눈치였다. 하긴, 어떻게 들어도 미친 소리 같긴 하다.

"치매 노인보다 더하네. 사람이 청설모로 변해?"

"그렇게 치자면 나도 여러 번 저주했는데. 이놈의 세상, 확 망해버리라고."

믿거나 말거나 비밀을 털어놓아 후련해진 나는 벌컥벌컥 막걸리를 들이켰다. 우리 셋 다 주종이 달랐는데 니터는 와인을, 패스파인더는 소맥을, 나는 막걸리를 좋아했다. 각자가 마실 술은 종이컵에 알아서 따르고 건배했다.

모닥불이 탁탁 소리를 내며 피어오르자 마음속에 믿을 수 없는 낙관이 밀려왔다. 할머니들은 인생에 대한 애착을 내려놓아서인지 두려워하지 않았지만 나는 앞으로의 시간에 불안을 느끼고 있었다. 겨울이 오고 식량이 떨어질까봐, 우리 중 아픈 사람이 나올까봐, 먼 훗날 나 혼자 남겨질까봐…… 그러나 이 밤, 아늑한 훈기가 돌고 나무 타는 냄새가 향긋하고 미어캣들이 고개를 갸웃거리는 이 밤에는 모든 일이 괜찮아 보였다. 미래는 머나먼 곳에 있고 현재라는 보트에 탄 우리는 안전하고 행복하다. 할머니들 사이에 있으니 나도 할머니가 된 것 같고, 한평생 이렇게 살아온 것 같다.

꾸벅꾸벅 졸다가 꿈을 꾸었다.

꿈속에서 호수공원 가득 맨발로 걷는 사람들이 넘쳐났다. 모두 노래를 부르며 한 방향으로 걷고 있어 시위하는 군중이나 퍼레이드를 벌이는 축제 인파 같기도 했다. 선두에 선 노인과 눈이 마주치자 나는 그를 즉각 알아볼 수 있었.

"박동창 박사님이시죠?"

그러자 백발노인이 인자한 미소를 지으며 내 손을 잡아주었다. 머리도 눈썹도 수염도 모두 하얀 것이 영락없이 산신령의 모습이었다. 박동창 박사는 내 등을 두드려주며 그동안 무릉도원을 잘 지켜주어 고맙다고 칭찬했다. "무릉도원? 저는 에덴인 줄 알았는데요." 패스파인더가 한마디하자 사람들이 와르르 웃음을 터트렸다. 모처럼 공원을 가득 메운 사람들의 활기, 푸드트럭에서 나는 맛있는 냄새, 플리마켓들이 줄지어 서 있는 모습이 애니메이션의 한 장면 같았다. 니터가 박동창 박사의 목에 도토리로 만든 목걸이를 걸어주었다.

"안 돼!"

연기와 함께 도토리를 건 박동창 박사는 거대한 청설모로 변했고, 그 순간 꿈에서 깼다.

*

오랜만에 음주를 했더니 숙취가 밀려왔다. 눈을 떠보니 분위기가 심상치 않았다.

"밤새 안녕이라더니."

늘보 영감이 긴 의자에 누운 채로 세상을 떠난 것이다.

임종이 언제였을까? 우리가 모닥불에 둘러싸여 파티를 할 때? 아침햇살이 전시된 수석들을 데우고 있을 때? 어항 속 물고기처럼 한자리만 지키던 이 노인을 나는 좋아하지 않았다. 불평과 잔소리가 갈수록 심해졌기 때문이다. 그럼에도 할아버지의 죽음에 큰 충격과 죄책감을 느꼈다.

패스파인더는 뻣뻣해진 할아버지의 코끝에 손가락을 갖다 대고 한숨을 푹 쉬었다.

"우리가 신경을 썼더라면 좀더 오래 살아 계셨을까요?"

내 말에 두 할머니는 고개를 흔들었다. 처음부터 병색이 완연한 것이, 떠날 날이 머지않아 보였다는 것이다. 빈집에서 혼자 죽는 것보다 마지막까지 우리의 시중을 받다 가는 편이 나았을 거라고 덧붙였다.

할아버지의 시신을 어디에 모셔야 할까. 나중에 사람들이 오해하면 어떡할지 걱정도 되었다. 앞으로 어떤 일이 벌어질지 모르지만 우리는 항상 '나중에……'라는 말을 염두에 두었으니까.

"약초섬은 어때?"

약초섬이란 두 개의 다리로 이어진 달맞이섬 말고 보트로만 갈 수 있는 또다른 섬을 말한다. 달맞이섬을 기준으로 법원 방향은 인공 호수지만, 반대쪽으로는 자연 호수여서 그 섬 또한 원래부터 있던 곳이다. 이 작은 섬은 봄에 능수버들이 휘어지고 꽃들이 흐드러지게 피어 정취를 자아내는 새들의 쉼터다. 시민들에게는 출입이 금지된 곳인데, 탐사 초창기에 패스파인더가 꼭 가보고 싶다고 해서 보트를 찾아 섬에 가본 적이 있다. 군데군데 새둥지가 보이고 낙엽이 썩어서 땅이 푹푹 꺼졌으며 나무뿌리가 이곳저곳에 튀어나와 있었다. 할아버지의 시신을 약초섬에 안치한다면 나중에라도 호사가들의 눈길을 피할 수 있을까. 입 밖에 내놓지 않았지만, 우리 모두 늘보 영감의 죽음에 따른 질책을 받을까봐 두려워하고 있었다.

할아버지의 시신을 보트에 옮긴 후 노를 저어 약초섬까지 가는 것도 보통 힘든 일은 아니었다. 막상 도착해보니 가져온 삽으로 어떻게 땅을 파야 할지 막막했다. 다행히 나무뿌리가 썩어 움푹 파인 곳을 발견했다. 그 옆을 조금 더 넓혀서 할아버지를 모셨다. 흙을 떠서 시신 위에 뿌리자 우리가 해코지한 것도 아닌데 공포영화의 한 장면 같았다. 패스파인더는 죽은 자를 위한 기도문을 낭송했고, 니터는 꺾어온 꽃들을 흙 위에 뿌렸다. 사람을 묻고 나자 더 큰일이 기다리고 있었다.

보트가 사라진 것이다.

*

섬에는 분명 우리뿐이었다. 늘보 영감이 죽은 지금, 남은 것은 우리 세 사람뿐이어야 한다. 그런데 약초섬에 묶어둔 보트가 어디로 갔단 말인가. 이럴 때는 망원경이 없는 게 한스러웠다. 우리는 발을 동동 구르며 섬의 이쪽저쪽에 서서 보트의 행방을 쫓았다.

"저기, 저쪽에!"

보트는 텃밭정원 쪽에서 뭍에 닿지 않은 채로 수면에 흔들거렸다. 파도가 없는 호수에서 보트가 저 혼자 떠내려갔을 리 만무하지만 그런 걸 따질 새가 없었다. 섬에서 어떻게 나가지? 여기서 지체하다가 해가 떨어지면 큰일 아닌가.

의논을 해보니 역시나 수영을 할 줄 아는 사람은 나뿐이었다. 나는 점퍼와 신발을 벗고 심호흡을 한 후 그대로 호수에 입수했다. 찬기가 확 올라와 머리끝까지 쭈뼛 곤두서는 느낌이 들었다. 더러운 물을 얼마나 들이켰을까. 마침내 바닥에 발이 닿았다.

젖은 몸을 말릴 새도 없이, 보트를 다시 저어 약초섬으로 오는 내내 오직 살아야 한다는 생각뿐이었다.

그대로 감기몸살에 걸린 나는 고열에 시달리며 사흘 밤낮을 끙끙 앓았다. 니터와 패스파인더는 내 곁을 떠나지 않고 간호했다. 식은땀을 흘리고 있으면 할머니들이 걱정하는 소리가 들려왔다.

"자네도 봤어?"

"봤지. 시커먼 놈. 남잔지 여잔지 분간도 가지 않고……"

"겁이 나서 나갈 수도 없고……"

지금껏 없던 비상사태다. 그런데 우리가 편의점 음식으로 식사를 하고 지내는 동안 대체 뭘 먹고 어떻게 버틴 걸까?

열이 떨어지자 기력을 되찾은 나는 그간의 상황을 물었다. 니터와 패스파인더는 창밖을 예의 주시하며 관찰한 결과를 들려주었다. 상대는 한 명뿐이고 호수 건너편에 있다는 것. 밤에도 불이 켜져 있는 건물의 특성상 우리가 여기 있다는 것을 알 거라고 했다. 때문에 패스파인더는 편의점에 갈 때도 나름 무장을 하고 후다닥 다녀왔고, 니터는 항상 문단속을 하며 뜬눈으로 밤을 지새웠다는 것이다. 어떤 것으로 무장했냐고 묻자 카페에서 쓰는 과도를 보여줘 이 와중에 실소가 나왔다. 과도를 든 할머니, 퍽이나 무서울 리가.

우리는 마음을 단단히 먹고 꽃 전시관을 나섰다.

가장 먼저 발견한 놈의 자취는 수탉의 깃털이었다.

"닭을 잡아먹었어!"

패스파인더가 비통한 소리를 냈다. "세상에, 야만인이야! 먹을 게 있는데 굳이 살생을……"

"공작은 무사해요?"

우리는 새들을 살피며 발소리를 죽여 살금살금 걸어갔다. 지겹게 봐왔던 공원의 지형지물들이 전부 우리를 감시하는 것처럼 느껴졌다. 나무 뒤로 몸을 숨겨가며 공원을 순찰하기로 했다.

마침내 달라진 점을 발견할 수 있었다. 선인장 전시관의 유리온실. 온실 유리가 깨져 있었다.

발소리를 죽여 안으로 들어갔다. 크고 작은 선인장들은 여전히 **빳빳하게** 가시를 세우며 서 있었는데, 그 사이로 한 남자의 뒷모습이 보였다. 둥근 항아리 같은 금호 군락 사이를 돌아다니며 뭔가를 조사하는 모양새였다. 말릴 새도 없이 뛰어나간 패스파인더가 나뭇가지로 냅다 등을 후려갈기자 앞으로 고꾸라진 그는 선인장 사이에 처박히고 말았다. 동시에 달려든 우리는 남자의 두 팔과 다리를 노끈으로 단단히 묶었다.

"生かしてください。"

이번에는 우리가 얼이 빠질 차례였다. 선인장 사이에서 버둥거리는 남자는 비명과 함께 알 수 없는 일본어로 울부짖었다.

"한국말 못해요?"

남자는 뒤늦게 정신이 돌아왔는지, 귀에 꽂힌 에어팟처럼 생긴 기기를 툭 눌렀다. 그러자 남자의 목소리가 기계음으로 바뀌면서 한국어로 변환된 말이 흘러나왔다.

"안녕하십니까? 저는 고바야시 야스히코라고 합니다."

이 와중에 안녕하시냐니, 어이가 없었다.

"고바야시 야스히코? 어디서 들어본 이름인데. 혹시 『헤비듀티』를 쓰신 분 맞아요?"

니터가 고개를 갸웃거리다 알은체를 했다. 뭐냐고 묻자 옛날에 일본에서 나온 패션 책인데 일러스트가 예쁘다고 뜬금없는 사족을 붙였다.

"그 책 재밌게 읽었거든요. 지금 쓰고 있는 등장인물의 이름도 거기서 따왔어요. 패스파인더, 우드맨, 이런 식으로요."

"동명이인인 모양입니다. 저는 책을 쓰지 않아요. 시간을 위조하죠."

"뭘 위조한다고요?"

숨막히는 침묵.

우리 셋은 얼굴을 바라보며 이어지는 설명을 기다렸다. 시간을 위조한다니, 사람이 청설모로 변했다는 것만큼 씻나락 까먹는 소리 아닌가.

고바야시는 163센티미터인 나와 키가 비슷했고, 몸집은 뼈에 가죽만 남은 것처럼 깡말랐다. 까맣게 탄 얼굴에 광대가 튀어나왔고, 몸에서는 새똥냄새가 나며 옷은 더러워서 야만인 같았다. 그는 한데 묶인 손으로 얼굴에 붙은 선인장 가시를 떼어내느라 정신이 없었다. 우리는 그를 둥글게 에워싸 질문 공세를 퍼부었다.

"왜 섬에 숨어 있었죠?"

"먹을 게 없었을 텐데. 뭘 먹고 살았어요?"

"닭을 잡은 것도 당신 소행인가?"

"대체 무슨 꿍꿍이야! 빨리 말해!"

궁금증을 못 참고 다그치자 고바야시는 검지를 세워 입술에 가져다대며 쉿, 소리를 냈다. 그러고는 립싱크하는 것처럼 입 모양으로 속삭였다.

"다 말해줄 수 있지만 여기서는 곤란해요."

한껏 목소리를 낮춰 말했지만 번역을 통과한 한국어는 크게 들렸다.

"도청 위험이 있다고요."

그 말에 또다시 혼란스러워진 우리는 입을 다물었다. 역시 내 가설이 맞는 모양이었다. 외계인이 우리를 납치해 〈트루먼 쇼〉를 중계중이겠지. 고바야시는 어느 은하에서 온 외계인인가.

"여러분은 이곳에서 나가고 싶습니까?"

"선인장 전시관에서요?"

"호수공원에서요. 그러니까, 전으로 돌아가고 싶어요?"

돌아가고 싶지 않다. 모든 의무와 책임에서 벗어나, 하루하루 느긋하게 보내는 리듬에 익숙해졌으므로. 두 할머니와의 우정도 유지하고 싶다. 그러나 언제까지나 이 유예된 시간 속에서 살 수는 없으리라는 것도 분명했다. 편의점 식사에 물릴 대로 물렸고, 겨울이 오면 상황은 더 열악해질 테니까.

"……언젠가는 가야겠지."

침묵을 지키던 패스파인더가 대답하자 니토도 고개를 끄덕였다. 나도 마찬가지였다.

"그렇다면 마개를 찾을 수 있도록 제 손 좀 풀어주세요."

"무슨 짓을 하려고? 우린 네놈이 누군지 몰라."

"거의 다 찾아냈다고요. '마개'가 여기 어디일 텐데……"

고바야시는 허우적거리며 둥근 선인장들을 자꾸 짚어보다가 가시에 찔리곤 했다.

"아! 찾았어요!"

그가 뒷줄 중간의 선인장 하나를 무처럼 쑥 뽑아낸 순간, 우리 모두 선인장 구멍 속으로 빨려들어갔다.

*

그곳은 붙박이 가구가 설치되어 있는 작은 방이었다. 어둠 속에서 희미한 붉은 조명이 들어오자 조금씩 시야가 넓어졌다.

가구라고는 벽에 붙어 있는 침대와 좁은 세면대, 그 밑의 변기가 전부였다. 고바야시는 침대에 앉아 이를 잡는 침팬지처럼 여전히 몸에 붙은 가시를 떼어내고 있었다. 창문이 없는 좁은 방에는 그와 나, 둘뿐이었다. 할머니들이 보이지 않았다.

저놈은 외계인인가, 마법사인가. 아니면 악마? 할머니들은 어디로 갔을까. 내가 미친 것이라면 이 환각은 머릿속에서만 벌어지는 일일 것이다. 침착함을 되찾기 위해 발꿈치에 힘을 주고 놈을 노려보았다.

"어찌됐든 미안해."

둘만 남자 고바야시는 반말을 했다.

"할머니들은 어디 있어요?"

"말했잖아. 나는 시간을 위조한다고. 그 죄로 감옥에 갇혀서 얼마나 살았는지 모르겠어. 감옥이 끔찍한 건 전혀 시간을 알 수 없다는 거야. 얼마나 지났는지, 얼마나 더 갇혀 있어야 하는지 모르는 채로 산다는 건 말 그대로 지옥이야!"

"할머니들은 어디로 빼돌렸냐고요?"

"그들은 네 미래의 환영이야. 시간의 실을 풀다보면 넌 니터처럼 혼자 살며 그림책 작가가 될지 모르지. 다른 실이 풀려나가면 돈푼깨나 만지고 배우자와 이혼한 뒤 방황하는 패스파인더가 되는 거고. 물론 다른 버전도 가능해. 두 실이 엉킬 수도, 꼬일 수도 있으니까. 어설프게 위조하다보니 다 튀어나왔지 뭐야."

이럴 때는 잠자코 설명을 기다리는 편이 품위 있는 일이겠지만, 그럴 수 없다. 나는 한 대 때려주고 싶다는 표시로 주먹을 불끈 쥐었다.

"여긴 널 중심으로 하는 일인용 천국이라고 할 수 있어."

"난 도토리 가져가는 사람들이 청설모로 변하라고 저주한 것밖에 없어요. 여기가 어디를 봐서 천국이에요? 그냥, 호수공원이잖아요."

"네가 야심이 없던 걸 내 탓으로 돌리지 마."

"왜 하필 난가요? 알아듣게 말해요!"

"전화번호부 알아? 예전에는 말이야. 가게나 사무실, 회사의 전화번호가 모조리 적힌 두꺼운 책들이 공중전화 부스에 하나씩 매달려 있었어. 참 감동적인 세상이지. 그 세상에서는 시계가 째깍째깍 눈금을 가리키며 돌아가고, 도시의 모든 주소와 전화번호가 한 권의 책 속에 존재했단 말이야. 전화는 선으로 연결되어 수화기를 든 사람은 바로 그 장소에 있는 것이 분명하지. 유선전화는 믿음직하고 아름다운 세상이야……마스터가 보여줬거든."

우리 부모님 어렸을 때를 말하는 것 같다. 그러니까 20세기 말이다. 휴대폰이 생기기 전에는 삐삐라는 게 있었고, 그걸로 호출을 받으면 전화를 걸기 위해 공중전화에 길게 줄을 서는 시절이 있었다고 들었다. 동전을 넣으면 그만큼 통화할 시간이 생기는 커다란 공중전화는 옛날 영화에서 많이 봤다. 그런데 마스터는 뭔가?

"마스터의 방에는 전화번호부가 수천 권 꽂혀 있어. 인간의 시공간을 책의 형태로 망라한 도서관이지. 마스터의 구식 취향에 맞춰 겉보기엔 도서관처럼 보이지만 엄청난 테크놀로지라서 널 이해시키기는 불가능해. 아무튼 난 거기서 한 페이지를 찢어와 시간을 위조하는 재미에 푹 빠져 있었지. 그러다 들켜버렸어. 그야말로 시간 가는 줄 모르고 위조를 했거든……무한의 감옥. 그 감옥의 특징은 시간을 전혀 모른다는 거야.

정말 끔찍해. 너라면 탈옥을 안 하겠니?"

"지금 탈옥한 상태라는 거예요?"

"그런 셈이야."

"왜 하필 일산 호수공원으로?"

"너구리 굴 알지? 패스파인더가 호수공원에 너구리 굴이 있다고 말해줬잖아. 너희들은 거길 통해 바깥으로 나갈 생각은 통 안 하더라? 난 약초섬에서 너희들이 하는 말 다 듣고 있었어. 문제는 개폐 버튼을 찾을 수 없다면 보시다시피 말짱 꽝이라는 거지. 사흘간 샅샅이 뒤졌지만 이 공원은 완전히 꽉 막혔어. 그래서 재차 시간을 위조하려고도 해봤는데 위조한 걸 또 위조하기는 쉽지 않더군. 당사자도 아니고…… 게다가 난 헤엄도 못 치는데 여긴 처음이라 호수가 깊은지 얕은지도 몰랐어."

"너구리 얘기가 지금 왜 나와요!"

"약초섬이 바로 너구리 굴이었거든."

애긴즉슨 감옥에서 파내려간 땅굴이 약초섬과 통해 있다는 것이었다. 물론 이렇게 회로가 연결되기까지 그는 몇 번이고 시간을 위조해야 했다. 고바야시는 찢어온 한 장을 계속 접고 접어서 단 하나의 이름만 남겨질 때까지 꼬깃꼬깃하게 만들었다. 그러고는 송곳으로 점 하나를 찍어 구멍을 냈다. 그렇게 시간과 공간을 마구 겹쳐놓은 후 구멍을 뚫으면 그곳이 바로 너구리 굴이었다. 위조된 차원으로 통하는 통로. 그리고 전화번호부에 적힌 건 바로 내 이름이었다.

복잡한 설명을 들은 후 내가 이해한 결론은 이곳이 현실세계가 아니라 그가 위조한 시간, 세상에 결코 존재할 리 없는 공간이라는 것이다. 닫힌 호수공원은 나의 무의식이나 꿈속에만 존재하며 이 우주에서는 펼쳐질 리 없는 페이지였다.

다른 우주에서라면 몰라도.

아무튼 '그렇다 치더라도' 풀리지 않는 궁금증은 또 있었다. 두 할머니가 평행우주에서 온 내 미래들이라면 늘보 영감은? 이렇다 할 존재감도 없이 옆에 있다 죽은 그 영감탱이는 대체 누구란 말인가?

"그 사람은 니터의 연인, 패스파인더가 이혼한 남편이야. 불평과 잔소리가 많고 햇빛 잘 드는 곳에서 하루종일 빈둥거리기를 좋아하는 한량. 넌 그를 사랑했어. 니터일 때도, 패스파인더일 때도."

성경을 읽거나 뜨개질을 하는 노년의 내 모습을 상상할 수 없듯이, 투덜이 스머프 같은 남자를 사랑하는 미래 또한 상상할 수 없었다. 그 말을 확인하기 위해 나는 얼마나 더 어리석은 미래를 항해해야 할까?

"넌 나를 도와줘야 해. 우물쭈물하다간 마스터에게 곧 들키고 말 거야. 전화번호부를 찢은 걸 마스터가 알게 되면 난 끝장이라고, 끝장!"

그는 이번이 세번째 탈옥 시도라고, 그때마다 통로를 찾지 못해 감옥으로 돌아오기를 반복했다고 털어놓았다. 그런데 이번에는 마스터가 눈치를 챈 낌새라 위조한 증거 자체를 없애야 한다는 것이다.

"마스터인지 뭔지, 시간의 총괄 지배인 같은 거라면 내 입장에서는 빨리 당신이 걸려서 원상 복구되는 편이 나을 것 같은데요."

"이곳을 전부 잊게 될 텐데도? 여긴 네 기억 속에서 삭제되어버릴 거야. 잘 생각해봐, 우드맨! 니터와 패스파인더와 함께 잘 지냈잖아. 늘보 영감이 거추장스러웠어도 미어캣은 귀여웠고. 여기서 행복하지 않았어? 너의 바람대로 디자인된 곳이니 맘에 들지 않을 리가 없지."

드넓은 공원을 사유지처럼 누비고 다닌 시간이 즐겁긴 했다. 일몰과 일출을 볼 때, 오두막 앞에 매단 해먹에 몸을 싣고 호수에 비친 달을 바라볼 때는 마음 깊이 만족감이 차올랐다. 행복은 현재의 만족이고, 그 첫번째 조건은 건강이라던 쇼펜하우어의 말대로 나는 몸과 마음의 건강을 되찾으면서 서서히 행복해지고 있었다. 머리 위에 지고 살던 숯덩이를 내려놓고 본래의 내 리듬으로 돌아가는 시간. 꿈같은 이 기억이 사라진다면 지금의 건강을 유지할 수 있을까.

"어떻게 도우면 되는데요?"

고바야시는 내 질문에 화색이 돌았다. 꼬깃꼬깃 구겨진 종이를 펼쳐서 바닥에 대고 그 위에 기름종이를 한 장 얹더니 그대로 옮겨 적으라고 했다. 기름종이라고 하기에는 군데군데 비치지 않아 어디서 이런 걸 구했느냐고 묻자 '실은 내 머릿기름으로 만들었는데……'라는 기절초풍할 대답이 돌아왔다. 역겨움을 누르고 이름 석 자를 옮겨 적자, 그는 껌종이처럼 돌돌 말아 총알 모양으로 만들었다. 그러고는 내가 두르고 있던 니터가 짜준 머플러를 풀어 실 한쪽에 단단히 묶었다.

"당사자가 직접 나서야 이 결계가 사라져. 이제 올라가서 내가 신호를 보내면 종이를 태워버려. 그러면 기억은 남고 위조한 시간은 사라질 거야. 난 감방에서 시치미를 뚝 떼고 모르는 척해야겠지."

작은 종을 실에 매달아주며 그는 단단히 당부했다.

"뒤는 돌아보지 말고 위로 올라가, 알았지? 롯의 아내를 생각해. 소금 기둥이 된 여자! 에우리디케 얘기도 들어봤지? 뒤 돌아봤다가는 나랑 같이 감옥에서 썩어야 한다는 걸 명심해."

끔찍한 소리라 절대로 그러지 않기로 다짐했다. 들어올 때는 진공청소기에 빨려온 먼지처럼 단숨에 들어왔는데, 나갈 때는 기나긴 굴을 네발로 기다시피 가야 했다. 나는 톰 소여와 허클베리 핀을 생각하며 구불구불한 동굴을 끈질기게 올라갔다. 얼마나 시간이 흘렀는지, 얼마나 더 가야 하는지도 알 수 없는 곳. 시공간이 무한인 지옥이 바로 이 굴이구나 싶었다. 고바야시가 그토록 탈옥하고 싶어하는 것도 무리는 아니었다. 마침내 밖으로 나오자, 풍차 모형 안에 있는 나 자신을 발견했다.

네덜란드 풍차를 흉내낸 이 조악한 목조건물은 비바람에 풍화되어 다 썩어가는 책들이 꽂혀 있는 작은 도서관이었다. 직사각형으로 뚫린 구멍 두 개가 드나드는 출입구 역할을 했다. 한숨 돌리며 땀을 닦기가 무섭게 딸랑, 종이 울렸다. 일러준 대로 고바야시가 준 성냥에 불을 붙여 내 이름이 적힌 종이 총알을 태웠다. 그러자 주변의 공기가 묘하게 일렁거렸다.

"아니, 이게 뭐야?"

갑자기 풍차가 지진이라도 만난 것처럼 진동하기 시작했다. 흔들리는 풍차에서 나무 선반을 붙잡아 간신히 넘어지지 않았다. 풍차의 날개가 붕붕 돌아가더니 땅에서 뿌리째 뽑혀 나온 식물처럼 위로 솟구쳤다. 꽂혀 있던 낡은 책들이 와르르 떨어져 뻥 뚫린 문으로 낙하하는 것이 똑똑히 보였다. 줄 없는 엘리베이터처럼 허공으로 수직 상승하는 풍차가 너무도 무서워 있는 힘을 다해 나무 선반을 붙잡았다. 치솟던 풍차는 일정 고도에 이르자 상승을 멈췄다. 허공의 한복판에서 영문 모르고 숨만 고르는데, 밖에서 거센 물줄기가 보였다.

쏴!

느닷없이 분수가 작동한 것이다. 몇십 미터 높이의 분수가 시원한 물줄기를 쏘아올리는 모습은 예전과 똑같았다. 풍차는 마치 내 마음으로 조종하는 것처럼 옆으로 움직여주었고, 나는 분수의 꼭대기까지 바투 다가갔다. 조심스럽게 팔을 뻗어 분수에 손을 적셨다.

펑! 펑!

어디선가 축포 터지는 소리가 들려왔다. 저멀리 '노래하는 분수대'에서 무지개색 물줄기가 뿜어져나오는 것이 보였다. 그후 천천히 공원을 도는 풍차 덕분에 나는 자세히 내려다볼 수 있었다. 공원은 버려진 지 백만 년쯤 된 것처럼 보였다. 도로의 깨진 틈 사이로 나무가 자라나고 수많은 토끼와 미어캣, 공작새와 너구리와 청설모와 개와 고양이, 까치와 뱀이 보였다. 그 가운데 꽃 전시장 앞에 서서 나에게 손을 흔들어주는 니터와 패스파인더의 모습을 발견했다. 작별을 직감하며 나 역시 손을 흔들어 인사했다. 안녕, 모두 안녕이구나. 미어캣도 토끼도 공작새도 안녕이다. 옆에 나란히 날고 있는 두루미도 이제 안녕이다. 닐스의 모험이 어떻게 끝났는지 나는 기억한다. 집으로 돌아온 닐스가 거위 모르텐에게 다가갔을 때는 이미 거위의 말을 알아들을 수 없게 된 것을.

위조한 시간이라고 해도 이 모든 환상을 경험하게 해준 고바야시에게 진심으로 고마움을 느꼈다. 언젠가 그가 마스터의 감옥에서 무사히 탈출하기를 바랄 것이다. 니터 혹은 패스파인더가 될 때까지.

*

겨울이 지나가는 동안 공원에는 맨발로 걷는 사람이 드물었다. 아주 없지는 않았는데, 비결은 바닥이 뚫린 양말을 신고 발등에 핫팩을 붙이는 거였다. 맨발 걷기 열풍은 전국적으로 불어 성남 어디에서는 비닐하우스에 온풍기를 돌려놓고 한겨울에도 맨발로 걸을 수 있는 곳을 만들어두었다고 한다. 인터넷에서 박동창 박사의 얼굴을 찾아본 나는 꿈에서 본 백발노인과 전혀 다른 모습이라 웃음을 터뜨렸다.

봄이 되어 시급 이만원짜리 아르바이트를 시작한 뒤 하루 다섯 시간 주 사 일 일하면서 생활비를 벌고 있다. 이제는 시나리오뿐 아니라 동화와 소설, 스토리 공모 등 가리지 않고 온갖 글을 시도한다. '장르는 운명이다'라는 말을 주문삼아 뭐든 걸려라는 배짱이다. 아무튼 올해까지는 이렇게 살아보기로 했으니까.

봄이 되어 언 땅이 녹자 슬슬 발이 근지러워진다. 아직은 맨발을 내놓기 망설여지는 초봄, 나는 용감하게 올해의 첫 맨발 걷기를 시도했다. 차가운 땅에서 다시 튕겨오는 감각. '그래, 이 맛이지' 하는 탄성이 절로 나올 정도로 대지의 촉감이 반가왔다. 오늘은 첫날이니 조금만 걷자 싶은데, 누군가 말을 걸었다.

"맨발 교실."

작년의 그분인가? 아니다. 그렇지만 전단지의 문구는 비슷하다. 대화역 어느 장소를 빌려 모임을 한다는 내용이었다.

"박동창 박사도 나오나요?"

그분은 알은체를 하는 내가 반가웠는지 활짝 웃으며 이번에는 오시지 않는다고, 일산 회원들이 모여 어싱Earthing하기 좋은 장소를 공유하고 정발산 걷기도 할 거라고 했다. 그렇군요, 목례를 하고 가던 길을 가는데 또 한 사람이 다가왔다. 내게 할 말을 이미 알고 있지만 나는 굳이 피하지 않았다.

"맨발 교실이 열려요."

미래의 기억을 손에 쥔 채 천천히 걸었다. 괜찮은 할머니가 되기 전에, 우선 위조되지 않은 현재를 즐겁게 살아야 할 테니까.

해설 — 소유정 (문학평론가)

One More Chance

김성중 소설의 인물들은 마지널리아적이다. 이는 소설집의 첫머리에 배치된 「유령들」에서 죽음 이후 주인공이 가장 먼저 마주치는 또다른 유령의 속성("전 마지널리안이라고 할 수 있어요.", 18쪽)이자 동시에 이 책에서 참조하는 다수의 문학 텍스트 속 인물들과 김성중의 인물이 공유하는 특질이라는 점에서 주목할 만하다. 가령 꿈의 일부를 현실과 맞바꾼 여자는 몽유 상태로 점점 미쳐가는 맥베스 부인과 닮아 있고(「왼손잡이는 꿈을 잘 기억한다」), 연쇄 방화범 박창영과 공범 최정민의 관계는 오디세우스와 서풍의 신 제피로스가 항해를 함께한 신화의 한 장면을 떠올리게 한다(「서풍」). 이뿐만 아니라 기 드보르가 『스펙타클의 사회』에서 논하는 상황주의자와 같이 행동하는 이들이나(「맥주의 알」), 고바야시 야스히코의 『헤비듀티』 속 이름들을 딴 사람들의 이야기(「맨발 교실」) 등을 통해 김성중의 인물들은 어느 책의 여백에 남겨진 메모로부터 탄생했을 것으로 추측할 수 있다. 완연한 백지가 아닌 낱말과 낱말, 문장과 문장, 문단과 문단 사이 어딘가에서 인물들은 한 번의 숨과 표정, 신체 부분들을 하나씩 획득한다.

근본적으로 태어난 자리가 같기 때문일까? 한 편의 소설 안에 등장하는 각각의 인물들은 결미에 이르러 한 명의 '나'로 귀결되는 현상을 보인다. 이는 앞서 언급한 「유령들」에서부터 보이는 특징이다. 유령이 된 '나'와 마주치는 도서관 유령 마지, 로봇청소기, '나'를 데리러 온 저승사자는 모두 개별적인 존재처럼 그려지나 소설 말미에서 "모두 한 사람에게서 떨어져 나온 것"(40쪽)이라는 사실이 밝혀지며 '나'는 주체의 재통합을 이루게 된다. "뻐꾸기시계 같은 서술자를 품은 채 도서관에서 책을 읽고 강박적으로 청소를 하던 여자"(43쪽)라는 간명한 서술은 작가인 '나'와 독자 마지, 서술자로서 기능하는 저승사자와 강박적 자아로 표현되는 로봇청소기라는 여러 개의 정체성으로 화자를 분열시켰다가, 다시 '나'라는 하나의 그림 조각으로 이어 붙인다.

이는 비단 「유령들」에만 해당하는 것은 아니다. 「서풍」 또한 같은 맥락에서 이해해볼 수 있는 여지를 품고 있다. 연쇄 방화범 박창영, 이른바 제프리의 공범으로 지목된 '나'는 고속도로 휴게소에서 만나 시작된 그와의 이야기를 처음부터 끝까지 낱낱이 진술한다. 그런데 진술이 진행될수록, 소설이 끝을 향해 달려갈수록 '나'와 제프리의 경계는 점점 희미해져가는 듯하다. 예컨대 소설가 트루먼 커포티가 자신에게 영감을 준 살인마를 가리켜 "한집에서 자라나 나는 앞문으로, 그는 뒷문으로 나온 사람 같았다"(138쪽)라고 말하였듯, '나' 역시 제프리와 자신을 "같은 공장에서 나왔지만 다른 재질"(133쪽)이라 일컫는 장면이나 조현병 치료제에 대한 언급, 소설의 처음부터 끝까지 '나'의 목소리로만 가득 채워진다는 점에서 두 사람은 결국 하나의 주체에서 탄생한 자기 분열적인 존재라는 해석이 가능해진다. 대부분의 수록작(「유령들」「균락 혹은 균실」「맥주의 알」「맨발 교실」)에서 소설가 화자가 전면에 등장하는 까닭 또한 자기 분열적이고 자기 투영적인 모습의 결과가 아닐까 싶다.

이렇듯 김성중의 소설은 한 사람이 단일하지 않은 '나'와 마주하게끔 하는 의식적 여정으로 이루어져 있다. 이를 통과해 여정의 말미에 닿을 때쯤 얻은 자신에 대한 깨달음으로 인물들은 또 한번 길 위에 선다. 「유령들」의 마지막 장면에서 주인공이 잭 케루악의 『길 위에서』를 떠올리는 건 우연이 아니다. 다시 길 위에 선 이들에게는 두 가지 선택지가 있다. 이 길을 출발점으로 삼아 새로운 여행을 시작할 것인가, 아니면 반환점으로 되돌아갈 것인가. "필멸자가 불멸하는 책 속의 서역을 찾아 한 무리의 나와 함께 떠나는 것, 돌아와 보이지 않는 잉크로 써둔 책을 도서관 곳곳에 은밀히 숨겨두는 것"(43쪽) 중 어느 쪽이 더 유의미한지는 모를 일이나 어떤 길을 가더라도 걸음마다 태동하는 수많은 가능성이 있을 테다. 그것을 감지하는 건 이전과는 달라진 '나'이므로, 거듭 갱신되는 주체로서 김성중의 주체들은 다시금 새로운 '나'와 조우한다.

*

「서풍」에서 인용된 마크 트웨인의 말—"'상황'과 '기질'이 운명을 만"(148쪽)든다—을 기억할 필요가 있다. 상황은 시시각각 변할 수 있고, 기질은 타고나는 것인데, 이렇게 충돌하는 두 가지 성질이 어떻게 운명을 만든다는 걸까? '나'는 감옥이라는 상황을 만난 박창영의 기질이 제프리라는 연쇄 방화범을 탄생시켰다는 것으로 이를 이해하지만, 제프리의 경우가 아니더라도 이 책의 인물들은 언제든지 운명적 사건 같은 상황에 처하기를 바라고 있는 것 같다. 어떠한 상황을 마주했을 때 '나'의 기질은 발휘될 수 있을까? 아주 하찮은 기질을 가지고 있을지라도 이전과 다른 흐름으로 자신을 이끌 가능성은 오직 무엇일지 모를 어떤 상황 속에서만 품을 수 있다.

그런 점에서 권태로운 일상에 작은 균열을 내는 산책이 이루어지는 「맥주의 알」은 흥미롭다. 작가로서 사 년 남짓한 생활을 하였으나 크게 성취한 것이 없는 '나'에게 상황주의자들과의 만남은 기질을 발휘할 만한 중요한 사건이다. "모종의 플래시몹 같은 일들을 벌이면서 즉흥적인 일상을 공유하는 모임"(231~232쪽)으로 설명되는 집단의 강령은 간단하다. 일상적인 공간을 표류하며 눈에 담은 풍경을 공유하는 것. 산책의 몰입과 리듬 형성을 위해 도중에 소비행위만 하지 않는다면 어려울 게 없었다. 기 드보르의 이론에서 상황주의자들이 예술은 죽은 형식이 아니라 삶 자체를 변화시키는 행위여야 한다고 말하였듯이 '나'는 산책을 통해 도시 공간을 재구성하고, 동시에 그 풍경 속에 위치한 자신을 살핀다. 그렇게 한참을 상황주의자 모임에 푹 빠져들었을 무렵, 상황이 아닌 '사정'이라는 변수가 발생한다. 정확히는 그가 아니라, 멤버들에게. 어떠한 사정으로 인해 그들은 이제 "우연보다는 운명의 궤도에 따라야 할 시기"(248쪽)를 맞이한 것이다. 멤버들 각자에게는 사정이고 운명적인 일들이었으나 "혼자만의 표류"(249쪽)를 시작하게 된 건 '나'에게 있어 뜻하지 않게 발생한 하나의 상황이었다. 일주일 넘게 홀로 방랑의 길을 떠났던 그는 우연히 접한 화재 뉴스로 인해 운명과도 같은 변화를 맞이하게 된다. 연쇄 방화범으로 추정되는 인물은 다름 아닌 모임의 신입 회원이었고, "일을 할 수 없으면 망치기라도 해야 한다"(250쪽)라는 그의 비틀린 욕망이 투영된 범행을 보며 '나'는 아주 오래전에 잃어버린 욕망의 불씨가 피어오르는 것을 감지한다.

그간 상황주의자를 비롯한 '나'의 방황은 매일 반복되는 일상에 어떠한 욕망도 느끼지 못하는 권태가 가장 큰 원인이었다. 한때는 열렬했던 "투신의 욕망"(237쪽)조차 느끼지 못한 채 하루하루를 보내던 이들은 우연한 상황 속에서 마주할 새로움을 갈망했지만, 그런 행운 같은 장면을 만나는 건 아주 드문 일이었다. 신입 회원의 범행을 곱씹던 '나'는 지금과 다른 상황의 발생이나 욕망이라는 목마름을 다시 느끼기 위해서는 우연이 아닌 운명과도 같은 도화선이 필요하다는 걸 알게 된다. 태어날 생명을 책임지려 도시를 버리고 귀촌을 결심한 로자와 광덕, 더 중요하게 생각하는 가치를 위해 투쟁하는 쪽으로 열정을 옮긴 하누와 같이 분명한 도화선이 있어야만 삶의 방향을 바꿔볼 수 있는 것이다. 이를 위해 신입 회원은 말 그대로 심지에 불을 붙인 모양이었지만, "마른 갈망과 방탕한 기질"이 "그가 상황을 만들어내는 방식"(250쪽)이었다면 '나' 역시 그것을 아주 잘할 수 있는 사람 중 하나였으므로, 그가 저지른 방화로부터 불이 옮겨붙은 듯 촉발된 욕망의 불꽃은 끝내 지워지지 않을 하나의 문장을 쓰게 한다. 도저히 보이지 않던 길이 눈앞에 나타난 듯이 현현하는 하나의 문장을. "나는 부추겨지기를 원하고 있었다."(252쪽) 패배의식은 서리지 않은 진실한 인정 끝에 그는 "두번째 나"(같은 쪽)라는 새로운 자신을 마주한다.

상황이 아닌 사정으로 인해 삶의 궤도가 바뀐 이들은 「도트와 프랭크」에도 있다. 여행객이었던 두 사람이 작은 호스텔의 스태프로 만나 밴드를 결성하고 부부가 되기까지, 도트와 프랭크는 파도에 몸을 맡긴 서퍼처럼 자유롭게 생활했다. 어디 한군데 정착하지도 못했고, 경제적으로 풍족하지도 않았지만, 여행 이전에 답답했던 삶을 지속하지 않는다는 것만으로도 만족할 만했다. 변수는 아이였다. 첫 앨범 활동을 성공적으로 마무리하고, 다음 앨범을 준비하는 시점에서 도트는 임신 사실을 확인한다. 아이가 생겼다는 기쁨보다 "경건한 두려움"이 앞서면서도, 그녀는 지금까지의 삶과는 "또다른 궤도"(209쪽)에 매혹을 느낀다. 그리고 "완전히 자신과 연결되는 한 아이"와 함께 할 수 있다는 "욕심"(210쪽)으로, 더이상의 고민 없이 지금껏 가보지 않은 길로 들어선다.

문제는 예측되지 않는 미래에 대한 불안이 현재의 자리에서부터 발아한다는 것이다. "눈부신 현재는 확실한 과거(불행)와 다가올 미래(틀림없이 불행할) 사이에 떠 있는 신기루"(207쪽)

와 같기에 도트는 언제나 자기방어적인 태도를 보여왔다. 사라질 순간의 행복은 뒤로하고 남들보다 앞서 걱정하며 불행을 이르게 마중했다. 프랭크의 고민도 크게 다르지 않았다. 딸 매기가 태어난 후 공간을 지배하고 있던 각종 악기나 음악 장비 등을 하나둘 처분하며 더는 꿈과 현실을 저울질하는 건 무용하다고 생각한다. 아이의 탄생 전까지 그들의 삶 그 자체였던 밴드의 지속 가능성을 진지하게 검토해야 할 필요를 느낀 것이다. 이어지는 선택은 놀랍다. 그들은 꿈과 현실 중 한쪽을 선택하는 대신 캠핑카를 타고 유목생활을 시작한다. "항상 장소를 상상"(201쪽)하며 노래를 만드는 것이 꿈이었다면, "매일의 이사"(213쪽)로 일상의 풍경을 바꿈으로써, 프랭크는 두 영역을 분리하지 않고 같은 자리에서 실현시키고자 한다. 물론 길 위에서의 생활은 프랭크의 바람만큼 이상적이지 않았고, 언젠가 도트의 예언처럼 명백한 불행이 닥치기도 했으나, 위태롭게나마 꿈과 현실 사이 저울의 수평을 맞춰주는 건 여전히 음악이었다. 그들의 노래에 날개옷을 달아줄 멋진 장비는 없어도, 밴드의 시작점이 두 사람의 하모니였듯 목소리에 귀기울이게 만드는 음악만큼은 얼마든지 가능했다. 간혹 손뼉을 치거나 웃음소리가 담긴 "매기의 사운드"(223쪽)까지가 이제 밴드의 시그니처였다. 불안과 걱정에 재능이 있는 도트마저도 "지금 이 순간, 가짜 은하수처럼 흐르는 꼬마전구의

빛"(224쪽) 아래서 온전한 행복을 느낀다.

*

 미래에 대한 이른 불안으로 현재를 갉아먹는 도트, 꿈(이상)과 현실 사이에서 갈등하는 프랭크는 이 책의 등장인물들이 품고 있는 고민을 크게 두 유형으로 나눈 것이기도 하다. 이어 소개할 작품 중 「귤락 혹은 귤실」 「맨발 교실」이 전자에 해당하며, 「왼손잡이는 꿈을 잘 기억한다」 「새로운 남편」은 후자에 속한다. 우선 인물들이 현재에 충실할 수 없는 건 상황과 기질 중 어느 하나가 비대한 탓이다. 행복한 상황에서도 도트가 내면의 카산드라를 불러낸 건 불안을 감각하는 그녀의 기질이 더욱 뛰어나기 때문이었던 것처럼. 다시 마크 트웨인의 말을 빌려, 상황과 기질이 만드는 운명이 톱니바퀴 맞물리듯 상호작용하는 형태로 이루어지는 것이라면, 불안형 인물들의 경우 둘 중 더 지배적인 요소가 있기 마련이다.
 「귤락 혹은 귤실」에서는 이러한 인물들을 모래시계에 빗대어 표현한다. 이른바 "모래시계 인간들"은 "위쪽의 모래알이 다 빠져나가면 냉큼 아래위를 뒤집어야 하는 부류"(174~175쪽)로, 세 중심인물의 모래시계는 각기 타고난 기질에 따라 형성된다. '나'는 "그만두기 전문"(175쪽)인 의지박약 인간이고, '그런데요'는 가을을 극심하게 타는 생체리듬으로 인해 우울하고 비관적이다. '언제나'의 모래시계는 "아내의 가출과 귀환"(177쪽)이라는 상황적 요인이 더 큰 것으로 보이나, 그의 한량스러움이 원인이기에 기질적 측면을 논하지 않을 수 없다. 각자의 기질은 다르지만, 이들의 모래시계는 남들보다 제한된 마음이나 동기, 에너지로 이루어져 있다는 공통점을 갖는다. 카페에서 만나 "같은 경험과 의식을 공유"(186쪽)함으로써 그들은 오랜 자책과 자기혐오의 감정을 내려놓고 자신의 모래시계를 들여다본다. 그리고 좁은 구멍을 힘겹게 통과하고 있는 작은 모래알이 곧 자신들과 같다고 느끼며 지금을 "문턱의 시간"(같은 쪽)이라 긍정해본다. 어디에서 어디로 넘어가는 건지 도착점이 분명하진 않아도, 번지점프대에 선 것 같은 두려움을 느끼고 있는 게 혼자만은 아니라는 사실은 위로가 되었다. 가느다랗고도 질긴 균락 혹은 균실과 같은 유대감으로 밤을 건너온 이의 얼굴은 전보다 홀가분해 보인다.

소설의 마지막 장면에서 '나'는 모래시계를 돌리듯 주머니 속 귤을 뒤집는다. 또다시 병목을 통과해야 하는 시간이 왔지만, 그마저도 지금이기에 유효한 기회라는 걸 알고 있는 듯하다. 김성중은 비로소 지금 여기를 직시하게 된 인물들이 현재에 충실할 수 있도록 한번 더 기회를 준다. 순간의 행복을 감각하거나 모래시계를 돌릴 오늘을 선사하는 방식은 일상적이지만 새삼스레 벅차다. 이는 현실에 기입된 환상을 통해서도 드러난다. 「맨발 교실」의 주인공이 하루 두 번 맨발 걷기를 하는 호수공원은 '나'의 한마디로 불식간에 낯선 풍경이 된다. 공공질서를 위반하는 이들을 향해 "그렇게 도토리가 좋으면 아예 청설모로 변해버리"(266쪽)라고 소리친 이후, 말이 씨가 된 것처럼 정말로 도토리를 줍던 사람들과 그러지 않던 공원 관람객까지 청설모로 변했기 때문이다. 그들이 있던 호수공원마저도 탈출구를 찾을 수 없는 폐쇄적 공간으로 변모한다. 다행스럽게도 '나'만이 유일한 인간은 아니었다. 갑작스레 달라진 세상의 인간 생존자들은 각각 우드맨('나'), 니터, 패스파인더라는 새로운 이름을 짓고 적극적으로 유대하며 변화한 삶에 적응해나간다. 최근의 '나'는 맨발로 걸을 때만 자신의 실존을 감각할 수 있는 "유령"(257쪽) 같은 상태였으나, 우드맨이 된 후로부터 "모든 의무와 책임에서 벗어나, 하루하루 느긋하게 보내는 리듬에 익숙해"(292쪽)지며 행복을 되찾는다. 니터와 패스파인더의 경우도 다르지 않았다. 살아가고 있다는 감각보다 죽어가고 있음을 더 실감하는 나날을 보내던 둘은 "먹을 것만 떨어지지 않으면 언제까지나 이렇게 살 수 있을 것 같다"(283쪽)라며 만족스러운 일상을 보낸다. "미래는 머나먼 곳에 있고 현재라는 보트에 탄 우리는 안전하고 행복하다"(284쪽)는 말은 이들의 현 상태를 잘 설명하는 문장이다.

흐름을 감지할 수 없이 정지된 시간 속에서 항상 불안 요소였던 미래는 영원히 오지 않을 것만 같다. 그러나 그것이 결국 환상이라는 사실이 침입자이자 시간 위조자에 의해 드러나면서 세 사람의 시곗바늘이 움직이기 시작한다. 「유령들」의 인물들이 그러하였듯 이 지점에서 우드맨, 니터, 패스파인더는 '나'라는 주체에 의식적으로 통합된다. 그들이 모두 "미래의 환영"(294쪽)이자 한 사람으로부터 파생된 조각이라는 사실이 밝혀지면서 '나'는 현재에 대한 고민을 다시 해야만 하는 상황에 놓인다. 언제 끝날지 모를 유예된 시간 속에 살 것인가 아니면 탈출구를 찾아 현재를 살 것인가. 미래를 도모할 수 있는 방법은 후자가 유일했으므로, 그녀는 뒤를 돌아보지 않은 채 기나긴 굴을 빠져나간다.

*

이전의 시간을 답답하게 가로막았던 정체가 해소되기라도 한 듯 「맨발 교실」의 '나'는 "위조되지 않은 현재"(303쪽)를 살고 있다는 것에 생경한 기쁨을 느낀다. 그렇다면 선택하지 않은 길에 대한 가능성도 생각해보자. 만일 그녀가 당장의 안락을 포기할 수 없다며 '위조된 현재'에 남기를 택했다면? 뒤엉킨 시간선의 침입자이자 시간 위조자는 이제 타인이 아닌 그녀 자신이 될 것이었다.

「왼손잡이는 꿈을 잘 기억한다」의 이야기가 바로 이에 해당한다. 달아날 데 없는 현실에서 우경이 찾은 유일한 탈출구는 꿈이다. 자의적인 꿈 편집이나 이어 꾸기도 가능한 재능을 가진 덕분에 그녀는 현실보다 더 자유롭게 꿈속을 여행했다. 인생을 바꿀 만한 기회가 온 것도 꿈에서의 일이다. "꿈속에만 존재하는 세상을 꿈 밖으로 꺼내와 펼쳐놓을 수만 있다면!"(98쪽) 하고 바라던 어느 날, 정체 모를 남자가 찾아와 즐거운 꿈과 현실의 일부를 바꿔보자고 제안한다. 남자와의 계약 이후 정말로 현실의 사정은 조금씩 나아진다. 경제적 문제, 일하는 환경, 남편의 취직, 전셋집으로 이사까지. 모든 면에서 이전보다 훨씬 더 괜찮은 생활을 하게 된다. 문제는 흉몽으로 변해버린 꿈이다. 더는 "현실의 도피처"(109쪽)로 기능하지 못하는 꿈 때문에 우경은 살 만해진 현실마저도 믿지 못한다. "고생으로 얻은 것조차 아까운 꿈을 판 대가라고 의심하게 된 것이다."(같은 쪽) 자신이 가진 모든 꿈을 내어주고 난 다음에야 우경은 계약을 되돌리기를 택한다. 생활의 기반이 빠르게 무너졌고, 당연하게도 행복한 꿈은 돌아오지 않았다. 다만 "꿈 없는 잠"(122쪽)이라는 죽음과도 같은 무감각한 시간을 건네받았을 뿐이다. 현실을 바꾸려는 선택과 시도가 마냥 성공적이고 행복한 결과를 낳을 수만은 없다는 사실을 우경은 너무 뒤늦게 깨달았다. 그녀가 남자와의 거래에 이면이 있다는 걸 알게 된 건 그동안 갈망했던 남들만큼의 삶에 '고작해야'라는 수식어가 붙기 시작했을 무렵이다. "고작해야 도시에 널리고 널린 아파트 한 채, 고작해야 부부라는 신분, 고작해야 병원에 다니지 않을 정도의 건강. 고작해야 남들만큼 평범해지는 것."(116쪽) 이미 내 것이 되어버린 안락은 바라왔던 시간에 비해 훨씬 빠르게 시시해지고 만다.

'고작해야'로 시작하는 물음에는 이런 것도 있다. "고작해야 이거였나? 이게 내 인생의 전부란 말인가?"(49쪽) 방금까지 언급한 박우경의 생각과 공명하는 「새로운 남편」의 '나'는 "나만을 위해 만들어진 진짜 인생이 있을 거라는 희망"(49~50쪽)을 품고 새로운 가능성을 모색한다. 이는 그녀가 담당자로 있는 '새로운 남편', 즉 인공지능 남편을 제공하는 프로젝트로 "남편과 똑같은 외형과 목소리를" 가진 홀로그램이지만, "스트레스가 없는 환경 속에서의 의사소통"(52쪽)이 이루어진다는 점에서 혁신적이다. 대개 "돌봄 중독증 여성"(53쪽)을 대상으로 진행되었으나 "프로젝트 담당자로서 대상자를 더욱 잘 이해하려 한다는 명분으로"(62쪽) 남편과 이혼한 '나' 역시 다정한 눈빛을 가진 '새로운 남편'을 몰래 마련해두었다.

그에게 심리적 안정감을 느끼며 칠 년이라는 시간을 함께했음에도 현재의 시점에서 '나'는 준의 육체를 주문하기 위해 베트남의 한 도시에 와 있다. 인간 남편이 채우지 못한 감정적인 부분을 보듬어주는 '새로운 남편'이 육체까지 갖는다면 정말로 완벽한 상대가 될까? 그것이야말로 그녀가 바라왔던 '나만을 위해 만들어진 진짜 인생'이 아닐까? 이런 기대는 육화된 '새로운 남편'과 마주하면서 한순간에 무너진다. "밀랍 인형 박물관의 말하는 인형"(71쪽)처럼 느껴지는 그는 육체를 가졌음에도 홀로그램 상태일 때보다 더 "기계처럼 보였"(72쪽)기 때문이다. 아이러니한 언캐니는 여기서 끝나지 않는다. "내게 맞춰주는 남편, 스스로 학습하고 강화해나가는 남편, 나를 위한 일인용 안락의자 같은 남편"이 마치 "절반 이상의 나"(75쪽)와 같다는 생각이 들기 시작한 까닭이다. 이는 사랑하는 사람과의 "완벽한 합일"(79쪽)을 이루고 싶다는 바람이 반영된 것이나, 절반보다도 못한 결과를 맞이하고 만다. '나'의 욕망은 본질적으로 감정보다 실재적 감각을 향해 있다. 머신러닝을 통해 학습하고 재현하는 감정이 아니라 육체적으로 맞닿고 싶다는 욕망은 오직 "원본"(80쪽)인 '살아 있는' 몸으로만 충족할 수 있는 것이기에 결코 성취할 수 없다.

책의 여정을 마무리하는 길 위에서 남겨진 흔적을 본다. 여덟 편의 소설에서 김성중은 각자의 무언가를 욕망하는 인물들이 '나' 자신을 재사유하는 현장을 보여주었다. 불을 지르거나 꿈을 팔아서라도 바꾸고 싶은 현실에서 그들은 내면의 욕망을 꺼내 보이길 주저하지 않는다. 미래는커녕 현재를 살기에도 벅찼던 이들마저 자신이 진정으로 원하는 게 무엇인지 직면한다. 여러 개의 '나'로 분화하는 욕망의 조각을 들여다보는 일은 우리가 딛고 선 지금의 시간을 돌아보게끔 한다. 꿈, 환상, 사후死後 등으로 복제되어 변형된 이중구조의 현실에서 우리는 찰나의 행복과 영원할 것 같던 불행을 둘 다 맛보았다. 선택하거나 선택하지 않은, 이곳이 아닌 다른 우주에서는 펼쳐지고 있을지 모를 장면들까지 김성중은 고루 그린다. 다시, 무엇을 선택할지의 문제는 우리에게 달려 있다. 말하자면 『왼손잡이는 꿈을 잘 기억한다』는 선택하지 않은 길에 대한 미리보기인 동시에 행운과 같은 '한번 더' 기회다. 주머니 속 모래시계를 슬쩍 돌리며 가능성이 우글거리는 자리를 살핀다. 그건 이미 잘 알고 있듯 어떤 공백. 작은 틈새라도 애써 비집고 태어나는 무수한 '나'들이 그곳에 있다.

작가의 말

마차 이야기

  한동안 피로에 사로잡혀 살았다. 피로는 나와 함께 눈을 뜬다. 무거운 덩치로 짓누르다가 아침 햇살에 닿으면 툴툴거리면서 육중한 몸을 옆으로 비켜준다. 뇌가 호통을 치며 오늘 할 일들을 읊어대기 때문이다. 우선 강의가 있고, 강의에 앞서 그보다 긴 강의 준비가 있다. 짧은 글이지만 서평 마감도 있고, 무엇보다 단편소설 마감이 발등에 떨어져 있다.

  나는 사륜마차의 마부석에 올라 채찍을 휘두른다. 지붕에는 강의에 쓸 책, 학생들의 습작, 어제까지 작업한 인쇄물, 점심으로 먹을 빵과 커피 등 되는대로 꾸려놓은 짐이 실려 있고, 안에는 '작가'라는 승객이 인상을 꽉 쓰며 가장 안쪽에 앉아 있다. 그는 마차에 오르는 다른 승객들을 노려보며 으르렁거린다. "내가 마감을 제때 못하면 전부 당신들 때문이야." 그러거나 말거나 '강사'라는 승객은 창밖으로 고개를 내밀며 "이봐요, 빨리 좀 못 가겠어요?"라고 마부에게 조바심을 드러낸다. '필자'라는 승객은 코너를 회전하느라 로데오 말처럼 흔들리는 마차 안에서 급히 서평을 완성한다. 그는 항상 마감의 스릴을 즐기며 이럴 때 문장력이 한결 좋아진다고 너스레를 떤다. 구석에서 자고 있던 '나무늘보' 승객이 하품을 하더니 무례하게도 모두의 무릎 위로 길게 누워 스마트폰을 만지작거린다. 잘 달리던 마차가 급정거를 하는 통에 나무늘보 승객은 바닥에 고꾸라지고, '엄마'가 벌컥 문을 열며 소리를 지른다. "다들 비켜! 딸이 올 시간이야." 엄마의 뒤로 '꼬마'가 들어온다. 꼬마는 열두 살이지만 마차에 탄 승객 누구보다 무겁다. 꼬마가 아기였을 때는 이보다 몇 배나 더, 믿을 수 없을 만큼 무거웠다. 얼마나 무거웠던지 마차의 바퀴가 바스라질 뻔했고, 승객들은 이대로 죽는 게 아닌가 벌벌 떨었을 정도였다. 목구멍이 포도청이라 강사가 나서 진창에 빠진 바퀴를 힘겹게 건져냈고, 그후 만 세 살이 된 꼬마가 어린이집에 갈 때까지는 초속 오 센티미터로 최대한 느리게 이동한 전력이 있다. 그때에 비하면 얼마나 가벼워졌는가.

마차에 올라탄 꼬마는 자기만의 마차를 그리는 데 열중해 있다. 부드러운 민트색 갈기를 달고 있는 말은 꼬마의 탄생석인 진주로 만든 목걸이를 감았으며 연보라색 속눈썹에 파묻힌 눈은 꿈꾸듯 먼 곳을 보고 있다. 꼬마의 마차는 전성기의 로코코양식처럼 장식이 많고 우아하지만 솜사탕으로 만들어져 있어 단독으로 굴러다니기에는 아직 이르다. 그래도 꼬마는 도면 그리기를 멈추지 않고 상상의 마차는 나날이 튼튼해진다. 엄마가 꼬마의 스케치를 뿌듯한 표정으로 내려다본다.

엄마와 꼬마를 내려주고 강의를 마친 강사가 한숨 돌리는 동안 마차는 도서관으로 향한다. 작가가 정 가운데 앉아 노트북을 편다. 그런데 작가 내부에 있던 '독자'가 셔츠 사이로 기어나오더니 노트북을 밀쳐놓고 열심히 책을 읽는다. 독자는 작가보다 훨씬 늙었고, 작가가 무슨 일을 하기 전에 먼저 나서려는 경향이 있다. 독자가 책장을 넘기다가 뭔가를 메모하더니 그대로 정지했다. 작가가 재빨리 독자의 손에 들려 있던 연필을 낚아채 이어 적기 시작한다. 마침내, 드디어, 가까스로, 그날의 첫 문장이 시작된다. 이 마차가 운행하는 목적이자 연료인 문장, 수고에 비해 너무도 느리게 추출되는 문장이 종이에 새겨진다. 문장은 노트북으로 옮겨가 이야기로 변한다. 마차와 승객들의 이야기다. 이야기의 주인공은 작가도, 꼬마도, 마차도 아니다. 이야기의 주인공은 '마부'다.

여러 승객을 모시느라 지친 마부는 이제 꾸벅꾸벅 졸고 있다. 고르지 않게 운행되는 마차의 리듬 때문에 작가의 글이 흔들리기 시작한다. 마부는 너무 혹사당했다. '못 버티겠는데.' 마부는 옆에 앉은 검은 그림자에게 채찍을 넘겨주고 본격적으로 졸기 시작한다. 마부석에 웅크린 유령 같은 검은 그림자. 그것은 피로다. 피로가 마차를 몰고 있다. 자정이 지난 밤. 피로조차 너무 피곤해 잠이 들었다. 밤이 부드러운 담요처럼 그들을 덮고 마차는 꿈속의 어두운 미로 위를 달린다. 오직 작가만이 이따금 몸을 뒤척이며 중얼거린다. '이건 모두 꿈이야. 까먹지 말고 내일 적어둬야지……' 그러나 작가마저 잠잠해지면 마차의 좌우에 달린 의식의 등불만 깜박, 깜박 흔들리며 밤과 꿈을 가로질러간다.

2025년 11월

김성중

| 수록 작품 발표 지면 |

유령들 …… 『문학동네』 2023년 겨울호

새로운 남편 …… 『창작과비평』 2024년 가을호

왼손잡이는 꿈을 잘 기억한다 …… 웹진 비유 2024년 4월호

서풍 …… 『현대문학』 2022년 6월호

귤락 혹은 귤실 …… 『겨울 간식집』(읻다, 2023)

도트와 프랭크 …… 『현대문학』 2020년 8월호

맥주의 알 …… 『쓺』 2024년 상반기호

맨발 교실 …… 윌라×래빗홀 오디오북 프로젝트(2024)

문학동네 소설집
왼손잡이는 꿈을 잘 기억한다
ⓒ 김성중 2025

초판 인쇄 2025년 11월 10일
초판 발행 2025년 11월 20일

지은이 김성중
책임편집 김영수 | 편집 최예림 김봉곤 오동규
디자인 최윤미 이주영 | 저작권 박지영 형소진 주은수 오서영 조경은
마케팅 정민호 서지화 한민아 이민경 왕지경 정유진 정경주 김혜원 김예진 이서진
브랜딩 함유지 박민재 이송이 박다솔 조다현 김하연 이준희
제작 강신은 김동욱 이순호 | 제작처 영신사

펴낸곳 (주)문학동네 | 펴낸이 김소영
출판등록 1993년 10월 22일 제2003-000045호
주소 10881 경기도 파주시 회동길 210
전자우편 editor@munhak.com
대표전화 031) 955-8888 | 팩스 031) 955-8855
문학동네카페 http://cafe.naver.com/mhdn
인스타그램 @munhakdongne | 트위터 @munhakdongne
북클럽문학동네 http://bookclubmunhak.com

ISBN 979-11-416-0267-3 03810

* 이 책의 판권은 지은이와 문학동네에 있습니다.
  이 책 내용의 전부 또는 일부를 재사용하려면 반드시 양측의 서면 동의를 받아야 합니다.

* 잘못된 책은 구입하신 서점에서 교환해드립니다.
  기타 교환 문의: 031) 955-2661, 3580

www.munhak.com